Mia

Nothing is so strong as gentleness,
And nothing is so gentle as true strength.
(Ralph W. Sockman)

Für alle Frauen, die in sich selbst gefangen sind.

Ein herzliches Dankeschön an

„Lucy", für ihre Freundschaft, ihren Beistand, ihren Zuspruch, ihre Unterstützung und dafür, dass sie stets wie ein Fels in der Brandung an meiner Seite steht.

Jenny, für ihre Freundschaft, ihre Motivation und ihren Glauben an mich, meine Geschichte und meinen Weg.

Das rote Bienchen, für das Zuhören, das Trösten und das offene und ehrliche Wort.

Die Männer dieses Buches. An die „Guten" und die „Schlechten", für viele Lernaufgaben und Herausforderungen auf meiner Suche zu mir selbst.

„Logan", für seine Liebe, seine Treue, sein Verständnis für mich und meine Vergangenheit und dafür, dass er mir gezeigt hat wie erfüllend eine in jeder Hinsicht ausgeglichene Partnerschaft sein kann.

Bibliografische Information der Deutschen Nationalbibliothek. Die Deutsche Nationalbibliothek verzeichnet diese Publikation in der Deutschen Nationalbibliografie, detaillierte bibliografische Daten sind im Internet über http://dnb.dnb.de abrufbar.

© 2015 Larissa Pirell
Herstellung und Verlag:
BoD – Books on Demand, Norderstedt

ISBN: 9783738637243

Suchen

1

Ein Scherbenhaufen. Das ist alles was mir bleibt von 10 Jahren Ehe. Ein riesiger Haufen Scherben, gefüllt mit zerbrochenem Glück, zerbrochenen Träumen und Hoffnungen. Alle gemeinsamen Pläne, alle Ziele, alles wovon ich dachte, dass es mein Leben ausmacht und definiert ist vernichtet. Mit einer Entscheidung und einem Satz habe ich alles beendet und meinen Mann verlassen. Es hilft nicht, dass ich keine Arbeit habe, gegen Panikattacken kämpfe und dringend eine Lösung brauche um diese Hölle hinter mir zu lassen. Eine Lösung für mich und meine Kinder, die kleine zweijährige Lilli und der sechsjährige Luke. Mit nur 33 Jahren habe ich es tatsächlich geschafft alles in den Sand zu setzen, was ich mir aufgebaut und erarbeitet habe. Gut gemacht, Mia. Eine wahre Glanzleistung. Am liebsten würde ich den Kopf in den Sand stecken und alles vergessen, aber ich weiß, dass das nicht geht. Natürlich ist niemand von meiner Entscheidung begeistert, am allerwenigsten mein Mann. Wie ein Schlag ins Gesicht trafen ihn meine Worte. „Es ist zu spät, da gibt es nichts mehr zu retten. Ich will diese Ehe nicht mehr." Ganz blass wurde er und seine Augen röteten sich, was mich wunderte, denn immer wieder hatten wir geredet und überlegt was wir tun können um alles wieder zu kitten. Scheinbar hatte er den Ernst der Lage dennoch nicht erkannt, sonst hätte er ja etwas dazu beigetragen. Etwas geändert oder sich wenigstens bemüht. Aber er blieb gleichgültig, kalt und fort. Versteckte sich tagtäglich in seinem Büro und hatte weder mit den Kindern noch mit mir viel zu tun. Man sollte meinen, dass die viele Arbeit wenigstens ein anständiges Gehalt hervorbringen würde, aber auch das war nicht der Fall. Von daher hatte ich an sich auch nichts zu verlieren, denn es war tatsächlich nichts mehr da an was man sich noch hätte klammern können. Und alte, durchaus schöne Erinnerungen reichen nicht um eine Ehe glücklich und lebendig zu halten. Meine Eltern sprechen gerade nicht mit mir, da auch sie äußerst aufgebracht sind wegen der Trennung und diverse „Freundinnen" wenden sich ebenfalls von mir ab. Wie konnte ich diesen tollen Mann und Familienvater nur verlassen, denken sie. Es fragt allerdings auch niemand nach. Sonst würde ich zumindest erklären können, dass nicht alles immer so ist wie es scheint und dass es Menschen gibt die blenden und täuschen und weit entfernt von dem sind, was sie nach außen hin vorspielen. Und dann gibt es noch Lucy, meine beste Freundin und Leidensgenossin, die auch schon eine gescheiterte Ehe hinter sich hat und felsenfest an meiner Seite steht. Ich glaube ohne sie, würde ich zusammenbrechen.

Aller Kritik zum Trotz habe ich Hoffnung. Ich schreibe eine Bewerbung nach der anderen an jede offene Stelle die halbwegs passt und nicht zu weit entfernt ist. Alleinerziehende Mütter finden nicht so leicht Stellen, das ist mir bewusst, aber irgendwann muss doch für mich etwas zu finden sein. Als Schreibkraft oder Sekretärin. Mein Noch-Mann, Jörg, zieht einfach nicht aus, obwohl die Trennung nun schon vier Monate her ist. Wenigstens schläft er nicht mehr im Ehebett und hat sich davon überzeugen lassen, ein Gästebett in seinem Büro aufzustellen. Ich hätte natürlich auch aus dem Schlafzimmer ausziehen können, jedoch kommt Lilli nach wie vor jede Nacht zu mir ins Bett und das Sofa oder die Gästeliege möchte ich ihr nicht antun. Es ist ein sonniger Nachmittag und das Telefon klingelt. Ich fasse es nicht, als ich mit der Personalabteilung der Firma „IT-Pro GmbH" aus Aschaffenburg einen Vorstellungstermin vereinbare. Ich kann mich an die Bewerbung gar nicht mehr erinnern, aber das ist egal. Hauptsache ein

Interview und das schon in zwei Tagen. Nur ein paar Stunden später kommt Jörg aus seinem Büro und erzählt mir, dass er eine Wohnung ganz in der Nähe gefunden hat und in 4 Wochen auszieht. Halleluja, was ein Glückstag.

„Lucy!", rufe ich laut ins Telefon. „IT-Pro hat gerade angerufen, in zwei Wochen fange ich dort an zu arbeiten." „Yiiiiiiiiiieeeeeeeeeeeeehaaaaaaa!", ruft sie zurück. „Siehst du, einfach durchhalten und nicht aufgeben. Wir kommen da raus. Ganz bestimmt." Ich halte durch und gebe nicht auf. Ich bin zwar sehr aufgeregt, da ich seit Lillis Geburt nicht mehr arbeiten war, aber ich schlage mich relativ gut. Jörgs Wohnung ist nur ein paar Straßen von uns entfernt, so dass er die Kinder öfter sehen kann. Sie sind jeden Dienstag bei ihm und jede zweite Woche Donnerstag bis Sonntag. Er möchte Teil ihres Alltags sein, was ich eine sehr schöne Idee finde. Außerdem gibt mir das Zeit durchzuatmen und zu heilen. Die Medikamente gegen die Panikattacken wirken, ich habe Arbeit und es scheint aufwärts zu gehen, aber die Tragik der letzten Monate macht mir immer noch zu schaffen. Ich bin ein Wrack, auch wenn ich es mir nur sehr ungern eingestehe. Und ich weiß immer noch nicht was schief lief. Warum Jörg sich so wandelte, so kalt und grausam wurde und mir alles nahm was mir lieb war. Es gehören immer zwei dazu! Das ist mir bewusst. Aber ich finde meine Fehler nicht, und das beunruhigt mich. Warum schikanierte er mich wo er nur konnte? Er gab mir kein Geld, ich verdiente nichts, da ich mit den Kindern zu Hause war, ich durfte nicht einkaufen gehen, wir haben nichts mehr unternommen, er verweigerte jede Art von Unterstützung im Haushalt, im Gegenteil, er bestand darauf, dass ich für ihn arbeite. Sämtliche seiner Studiengänge scheiterten und nun war er selbständiger Immobilienmakler. Er rempelte mich an wenn er an mir vorbei ging, er schubste mich vom Waschbecken, wenn er es benötigte, er wurde sehr wütend und unberechenbar wenn ich seinem Willen nicht folgte. Immer war ich darum bemüht es ihm Recht zu machen. Nicht zu anstrengend zu sein, nicht zu meckern, mich zu fügen. Und trotzdem bin ich angeblich nicht liebevoll, fürsorglich und leidenschaftlich genug. Schlafen wollte ich tatsächlich schon lange nicht mehr mit ihm. Aber ist das wirklich ein Wunder? Zumal der Sex mit ihm, alles, aber nicht genussvoll war. Ich möchte irgendwann wieder ein glückliches Zuhause und eine wunderbare funktionierende Familie. Das geht aber nur, wenn ich dieselben Fehler nicht nochmal mache und ich weiß, dass auch ich welche gemacht habe. Also was nur ist mein Teil an der Geschichte?

In all den Jahren, und anfangs auch sehr glücklichen Jahren, habe ich eine Person nie vergessen. Sven. Mein damaliger Kung Fu-Trainer, lange vor der Zeit meiner Ehe. Er trainierte uns nur wenige Monate, aber er faszinierte mich von Anfang an. Er war groß, mit einem maskulinen, aber dennoch schönem Gesicht, kurzen blonden Haaren und wunderschönen braunen Augen. Er war wehrhaft und hatte eine unglaublich sympathische Ausstrahlung. Ich war schwer verliebt in ihn und sehr enttäuscht, als er aufgrund seiner polizeilichen Ausbildung umzog. Jedes Mal wenn es in meiner Ehe kriselte, dachte ich an Sven. Irgendetwas Schicksalhaftes verbindet uns. Da bin ich mir sicher. Und weil er mir seit der Trennung nicht mehr aus dem Kopf geht, werde ich versuchen ihn zu finden. Im Zeitalter des Internets wird das ja wohl kein Problem sein. Mit ein wenig Glück, sehe ich ihn wieder und wenn es nur ist um herauszufinden, dass der ganze Zauber von damals verflogen ist und ich einen Abschluss habe. Es gibt nicht viel über Sven Schneider im Internet. Aber ich brauche ja auch nicht viel. Ein simpler Eintrag reicht mir vollkommen. Und da ist er. Sven Schneider ist nach wie vor Kung Fu-Trainer, allerdings in Roßbach. Roßbach? Das sind über 50 Kilometer. Eigentlich wollte ich schon immer wieder mit dem Kung Fu anfangen. Mein Selbstwertgefühl kann es sicherlich gebrauchen. Und Sven war damals ein hervorragender Trainer. Außerdem sieht die Kung-Fu-Schule in der er lehrt und vermutlich auch trainiert sehr professionell aus. Wobei ich das sicherlich auch sagen würde, wenn es der letzte Schuppen wäre. Meine Entscheidung steht, ich will das durchziehen. Jetzt brauche ich nur noch den Mut um an einem kinderfreien Abend in diese Schule zu fahren.

Dienstagabend, 20:00 Uhr und ich bin hier. Im Kung-Fu-Unterricht. Nur drei Wochen habe ich gebraucht um mich zu überwinden alleine hier her zu fahren. Ich möchte erst einmal einen Eindruck von allem gewinnen, weswegen ich keine Trainingssachen mitgebracht habe. Ich möchte nur zuschauen. Langsam gehe ich die Treppe nach oben und betrete den Trainingssaal. Mein Puls rast und mir ist schlecht vor Nervosität und Aufregung. Als ich durch die Tür in den Raum gehe, sehe ich ihn schon. Er hat sich kaum verändert. Er wirkt lediglich männlicher, muskulöser und reifer, was einem Mann aber ja alles andere als schadet. Wenn ich mich recht erinnere, müsste er jetzt ungefähr 34 Jahre alt sein. Er kommt auf mich zu und ich kriege kaum noch Luft. „Hi, ich bin der Sven. Haben wir uns schon mal gesehen?" „Hallo, ich bin Mia. Ich war schon mal bei dir im Training vor etwa 13 Jahren. Ich hatte einige Jahre Pause und wollte jetzt wieder anfangen." „Ah, stimmt. Das war doch in Eschborn. Bist du hier her umgezogen?" „Nein, ich suchte nur nach einer Schule und die gefiel mir im Internet sehr gut. Ich wusste nicht, dass Roßbach so weit weg ist." Ich kichere verlegen und hoffe, dass er meine Schwindelei nicht durchschaut. „Schade, dass du so lange pausiert hast.", sagt er. „Dann schaue dir das hier mal an und wenn es dir gefällt, dann komme einfach nächste Woche wieder." Nun gut, ich weiß was ich wissen wollte, weswegen ich nach etwa 20 Minuten aus dem Raum schleiche. Das Training interessiert mich ja eh nur zweitrangig. Kaum zuhause angekommen muss ich erst mal mit Lucy telefonieren, sie ist einfach mein Ratgeber in allen Lebenslagen und kennt Sven und die ganze Situation sowieso schon von meinen Erzählungen. „Stell dir vor, ich war gerade in Roßbach!" „WAS? „Und? War er da? Wie ist er? Erzähl doch mal!" „Ja, er war da. Und er ist immer noch eine geile Sau. Aber ich weiß noch nicht ob jetzt noch was da ist oder nicht. Ich gehe nächste Woche wieder hin und mache mit und versuche die Sache so oder so irgendwie zum Abschluss zu bringen. Ich komme mir eh schon vor wie eine Stalkerin" „ACH!!! Wie kommst du denn da drauf?", lacht Lucy. „Du bist der Hammer, da einfach so spontan hinzufahren und mir nichts zu sagen, wo wir seit Monaten darüber reden." Recht hat sie, aber ich konnte das vorher einfach nicht erzählen. Sonst hätte ich es nicht durchgezogen.

Es ist Dienstag, und ausgestattet mit neuen Trainingssachen fahre ich, so nervös, dass mir schlecht ist, ins Training. Ich war doch jetzt schon einmal hier und habe ihn gesehen, warum zum Teufel bin ich schon wieder so aufgeregt? Der Verkehr ist heute die Hölle und ich komme ein paar Minuten zu spät. Verdammt. Als wäre ich nicht schon nervös genug. Ich hasse die Treppe nach oben und schaue vorsichtig durch die leicht geöffnete Tür. Alle sind am Trainieren, Sven ist gar nicht da und ein anderer Trainer winkt mich freundlich hinein. „Nur zu, mach einfach mit so gut es geht." Nach und nach kommen so einige Erinnerungen an das Kung Fu zurück und das Training macht mir richtig Spaß. Sven hin oder her, wieder Sport zu machen tut mir gut. Ich übe gerade einen Kick als sich die Tür öffnet und ein Mann in grauer Anzugshose und weißem Hemd hineinkommt. Er schaut weder nach links noch nach rechts sondern verschwindet direkt in dem kleinen Zimmer neben dem Trainingsraum. Das muss Thomas sein. Der Schulleiter. Das weiß ich aus dem Internetauftritt der Kung Fu-Schule. Das Training ist fast vorbei, als Holger, der andere Trainer, uns Neulinge zum Schulleiter in das kleine Zimmer schickt weil dieser uns kennenlernen möchte. Das Zimmer ist eine Art Büro mit Schreibtisch ein paar Stühlen und vielen Schlag- und Stichwaffen an den Wänden. Wir sind zu fünft. Ich sitze auf einem Stuhl am Ende des Raumes. Leise und gespannt schauen wir erwartungsvoll auf den Schulleiter. „Ich stelle mich kurz vor.", fängt er an. „Mein Name ist Thomas, ich arbeite bei der Polizei und leite nebenbei diese Schule. Eigentlich leite ich das Training, aber ich hatte heute Termine und es nicht rechtzeitig geschafft, was allerdings nur sehr selten vorkommt. Bitte stellt euch nun kurz vor und erzählt mir, warum ihr euch genau diese Schule ausgesucht habt." Er macht einen etwas hektischen und irgendwie auch wirren Eindruck, aber ich finde ihn interessant. Er ist sehr groß, hat kurzes, lichtes, dunkles Haar und ausdrucksstarke, blaue Augen. Er ist keineswegs ein Adonis, ein Stück weit erinnert er mich sogar an einen Buchhalter, aber irgendetwas hat er, was meine Aufmerksamkeit geweckt hat. Egal, im Moment muss ich mir krampfhaft überlegen was genau ich jetzt erzählen soll. Ich stalke seit einiger Zeit einen deiner Trainer, was beim besten Willen nicht einfach ist, habe ihn jetzt endlich hier gefunden und versuche nun was draus zu machen ohne dass er merkt wie besessen ich schon seit Jahren von ihm bin. Hm, vielleicht nicht die beste Herangehensweise, auch wenn sie mich ein wenig zum Schmunzeln bringt. „Mein Name ist Mia. Ich habe vor 13

Jahren schon mal Kung Fu trainiert und dann zwecks Familienplanung damit aufgehört. Jetzt möchte ich gerne wieder einsteigen und diese Schule macht im Internet einen sehr guten Eindruck. Auch wenn sie recht weit entfernt von mir ist." „Wieso, wo kommst du her?", fragt Thomas. „Ich komme aus Wiesbaden." „Oh, das ist wirklich weit. Also, es ist so. Das hier ist tatsächlich eine sehr gute Schule. Aber wenn man wirklich konsequent und ehrgeizig trainiert, dann kann man überall und in jeder Schule gut werden. Das liegt an jedem selbst. Aber wenn es für dich OK ist, kannst du auch gerne die Strecke auf dich nehmen und hier trainieren." Natürlich trainiere ich hier. Ich stelle mich dem Schicksal doch nicht in den Weg. Dafür nehme ich die paar Kilometer gerne auf mich. Erleichterung überkommt mich auf der Heimfahrt. Jetzt habe ich vier Wochen Probetraining ohne Kosten und kann mich dann in Ruhe entscheiden. Wobei mein Entschluss eh schon feststeht. Eigentlich hätte ich den Vertrag gleich an Ort und Stelle unter-schreiben können, aber das wäre ja nicht wirklich normal und ich will ja schließlich nicht auffliegen.

Es ist Donnerstag, der zweite Trainingstag und ich bin vorbereitet und pünktlich. Ich warte mit den anderen Schülern im Raum, Sven ist wieder nicht da. Ob er Urlaub hat? Um 20:00 Uhr kommt Thomas aus dem Büro. Er trägt eine schwarze Trainingshose und ein schwarzes T-Shirt. Er ist bestimmt 1,90 m groß, hat einen sehr aufrechten Gang, ein breites Kreuz und er wirkt komplett anders als noch vor ein paar Tagen. Überhaupt nicht mehr hektisch und wirr und buchhalterisch. Er wirkt stark und überlegen und ruhig und ich bin absolut fasziniert. Ein wenig überrumpelt, aber fasziniert.

Circa 20 Minuten vor Schluss bittet er die Mädels in sein Büro. Ich ergattere mir wieder den Stuhl ganz hinten. Was das jetzt wohl gibt? Eine Theoriestunde über Selbstverteidigung vielleicht? Thomas holt ein Kartendeck hervor und fragt die anderen was sie das letzte Mal gemacht haben. „Das mit den Farben", sagt eine der Schülerinnen. „Ah ja, richtig. OK." Thomas fängt an die Karten zu mischen, holt eine von uns Mädels zu ihm nach vorne und beginnt mit einer Art Kartentrick. Es dauert eine ganze Weile, doch am Ende findet er heraus an welche Karte die Schülerin gedacht hatte. Währenddessen erzählt er viel über die Arbeit mit diesen Dingen und das er mit Tarotkarten noch ganz andere Sachen in Erfahrung bringen kann. *TAROTKARTEN????* Er arbeitet mit Tarotkarten? Und plötzlich wird mir alles klar. Naja, nicht wirklich, aber ich weiß jetzt, dass ich nicht wegen Sven hier bin, sondern wegen Thomas. Sven war lediglich der Lockvogel. Ein sehr gutaussehender Lockvogel, der aber ganz plötzlich an Bedeutung verliert. Ich hatte schon immer ein Interesse für okkulte, spirituelle oder esoterische Dinge und hier fühle ich diese völlig abgedrehte Anziehung zu diesem ansonsten unscheinbaren Mann, der am zweiten Trainingstag von Tarotkarten spricht? Ich kann es kaum erwarten nach Hause zu kommen, als erstes muss ich mit Lucy telefonieren. „Du glaubst es nicht, Lucy. Er ist ein genialer Kampfkünstler, er ist Polizist und er interessiert sich offensichtlich für esoterische Dinge. Ist das nicht alles so seltsam? Das hat alles eine Bedeutung, das spüre ich einfach." „Wow.", sagt Lucy und klingt leicht zögerlich und etwas verwirrt. „Na dann bin ich mal gespannt wie das weiter geht. Vielleicht sollte ich irgendwann mal mit ins Training gehen und mir ihn genauer anschauen?" Oh, ich weiß nicht. Einerseits gefällt mir der Gedanke sehr gut, Lucy hat eine gute Menschenkenntnis. Andererseits aber will ich es nicht, weil ich merke, dass ich in seiner

Gegenwart nicht ich selbst bin. Warum auch immer. Lucy würde das sofort auffallen und das würde ihr gar nicht gefallen. Vielleicht zu Recht? Nein, da denke ich jetzt nicht dran. „Ja, genau. Vielleicht sollten wir das irgendwann mal so machen.", antworte ich. Vielleicht legt sich ja alles und dann nehme ich sie gerne mit. Und jetzt denke ich nicht weiter darüber nach.

Ich verpasse kein Training. Seit Monaten nicht. Außer natürlich an den Donnerstagen, an dem meine Kinder bei mir sind. Dennoch, jeden Dienstag und jeden zweiten Donnerstag Sport tut mir richtig gut. Ich bin ausgeglichener, trainierter, selbstbewusster. Zumindest außerhalb des Trainingsraumes. In seiner Nähe bin ich ein Wrack. Ich kann ihn nicht anschauen, ich kann kaum mit ihm reden, kommt er auf mich zu, gehe ich automatisch einen Schritt zurück und schaue auf den Boden und ich habe eine unglaubliche Sehnsucht nach seiner Nähe. Mir gefällt das ganz und gar nicht. So kenne ich mich nicht und so möchte ich auch nicht sein. Ich bin kein hilfloser, unterwürfiger Mensch! Doch bei ihm bin ich es und ich kann absolut nichts dagegen tun. Wahrscheinlich gehören wir einfach zusammen, auf einer tiefen, seelischen Ebene. Ich merke auch, dass ich in ihm ein Interesse geweckt habe. Er schaut immer zu mir, teilweise nur aus den Augenwinkeln, aber trotzdem fällt es mir auf. Manchmal starrt er mich auch richtig an, völlig ungehemmt. Merken die anderen das denn nicht? Teilweise provoziert er mich, als wolle er mich aus der Reserve locken und ich kämpfe mit den Tränen. Oder ist er einfach doch ein Arsch und will mich schikanieren, einfach weil er es kann? Nein. Das möchte ich nicht glauben. Jedenfalls habe ich mich nicht mehr im Griff. Ich renne Thomas hinterher wie ein Hund und ich hasse mich dafür. Was denken die anderen wohl von mir? Ob sie merken wie schwach und erbärmlich ich bin? Keine

Ahnung, aber es ist auch egal, denn ich kann es ja nicht ändern. Ich kann nicht aus meiner Haut. Auch wenn sie sich gar nicht wie meine anfühlt.

Thomas kennt viele Leute und er hat viele Hobbys. Unter anderem ja, wie ich bereits festgestellt habe, den Mentalismus. Da einer seiner Bekannten, ebenfalls Hobby-Mentalist, eine Vorstellung gibt, macht Thomas fleißig Werbung für ihn und verteilt Freikarten. Es steht wohl außer Frage, dass ich unbedingt dahin muss. Er soll doch merken was für eine tolle, unterstützende und interessierte Frau ich bin und dass auf mich Verlass ist. Noch dazu ist es die perfekte Gelegenheit ihn Lucy zu zeigen. Ich rede schließlich seit Wochen von nichts anderem als von Thomas und sie hat ihn immer noch nicht gesehen, da keine von uns beiden die Idee mit dem Training mehr erwähnt. Es ist Spätherbst und wir sind auf dem Weg nach Darmstadt um uns eine Mentalisten-Show reinzuziehen die uns im Grunde überhaupt nicht interessiert. Ich bin furchtbar nervös. Mal wieder. Überraschender Weise findet die Show in einem sehr kleinen, abgenutzten Saal statt. Ich glaube es ist ein Gemeinderaum oder so etwas in der Art. Robert, ein anderer Schüler ist ebenfalls dort. Mit seiner Mutter, wie es aussieht. „Wir gehen nicht ganz nach vorne!", sage ich. „Sonst müssen wir noch auf die Bühne." Also setzen wir uns mittig in den Saal. Witziger Weise setzt sich Roberts Mutter eine Reihe vor uns und nicht wie erwartet neben uns. „Warum sitzt deine Mutter denn da vorne?", fragt Lucy. „Ach, das macht der nichts aus." Ich schaue Lucy an und kichere verlegen. „Dir hole ich jetzt erst mal einen Wein, das ist ja nicht mit anzuschauen wie angespannt du bist!", sagt sie und verschwindet erst mal für ein paar Minuten. Bis jetzt ist der Abend irgendwie witzig. Seltsam, aber lustig und Robert ist eine angenehme Bereicherung. Nach kurzer Zeit ist Lucy mit einem sehr vollen Glas Wein wieder zurück. „Hier! Trink!" Endlich betritt Thomas den spartanisch eingerichteten Saal des Gemeindehauses. Er trägt Jeans, ein weißes Hemd und ein schwarzes Sakko. In der Hand hält er eine digitale Spiegelreflexkamera und er ist sichtlich aufgeregt. „Okay.", meint Lucy zögerlich. „Irgendwas scheint er tatsächlich zu haben." Ich bin mir nicht sicher ob sie das einfach nur so sagt um mich nicht zu enttäuschen, denn ihr Blick spricht Bände und sagt etwas ganz anderes. Thomas wirkt allerdings auch nicht so stark und selbstbewusst wie sonst im Training. Ich traue es mich gar nicht zu denken, aber er wirkt tatsächlich ein wenig trottelig. Er grinst ununterbrochen, macht seine Fotos und freut sich wie ein kleiner Junge auf die Show. Endlich geht es los. Ich habe mittlerweile schon das zweite Glas Wein in der Hand. Der groß angekündigte Mentalist scheint ein ziemlicher Amateur zu sein. Man kann ihn kaum verstehen und nicht wenige seiner Stunts gehen schief. Da durch die Vorstellung eine Steilvorlage nach der anderen geliefert wird, können wir nicht anders als diese auch fleißig zu kommentieren. Lucy behält Thomas im Auge, während ich es nicht einmal wage in seine Richtung zu schauen. Zum einen weil ich ihn ja eh so gut wie nie anschaue und zum anderen weil ich den Wein merke und weiß, dass wir uns ein wenig daneben benehmen, was mir etwas unangenehm ist. Nach gefühlten fünf Stunden, letztendlich waren es aber nur zwei, ist die Show endlich überstanden. Wir verabschieden uns kurz per Handschlag bei Thomas und verlassen den Saal, die Stadt und diese äußerst angespannte Atmosphäre. „Also der war ja mal so was von nervös!", ist das erste was Lucy sagt. „Meinst du?" „Absolut. Als du dich ihm genähert hast um dich zu verabschieden – der hat ja gar keinen geraden Satz mehr herausbekommen." „Was, echt jetzt? Das ist mir gar nicht aufgefallen." „Ach!!! Außerdem war er irgendwie so, na ja, wie soll ich sagen, er war jedenfalls nicht so wie du ihn immer schilderst.", führt Lucy sehr vorsichtig fort. „Ich weiß. Er sieht aus wie ein Dork. Ich verstehe auch nicht warum er diesen Einfluss auf mich hat. Aber glaub mir, zwischen dem heutigen Thomas und dem vom Training liegen Welten." Dork hin oder her, mich hatte es ja eh total erwischt und da sieht man über so einiges hinweg.

2

Es ist Samstag und ich bin mal wieder in Roßbach. Es findet ein Kinderturnier statt und ich habe mich, oh Wunder, oh Wunder, bereit erklärt zu helfen. Ich habe das Gefühl hier ist eine weitere kleine Katastrophe im Anmarsch. Zum Glück muss ich nicht viel machen und meine Aufgaben sind relativ simpel, was mich natürlich nicht davon abhält sie dennoch zu vermasseln. Eine weitere Schülerin und ich sollen die Übungen der Kids gemeinsam bewerten und Treffer zählen. Vor lauter Aufregung und Anspannung zähle ich bei einem Kampf 40 Treffer, dabei waren es höchstens 18. Oh Gott wie peinlich. Thomas korrigiert meine zu ihm geflüsterte Aussage kommentarlos. Ich fasse es nicht, dass ich in der Nähe dieses Mannes nicht mal mehr bis 20 zählen kann. Wenn er mich mal so erleben würde wie ich wirklich bin, dann würde alles bestimmt ganz anders laufen. Wobei Lucy und ich nicht wirklich ladylike sind, was ihm sicherlich auch missfallen würde. Ein Mann wie Thomas braucht eine Dame die anständig ist und weiß wie man sich als solche verhält. Das kann ich. Das bin ich nicht, aber das kann ich. Den Rest ignoriere ich. Nach dem Turnier machen wir den Trainingsraum noch sauber und gerade als wir zum Restaurant fahren wollen, weil Thomas uns als Dankeschön zum Essen eingeladen hat, stößt Hanne zu uns. Eine weitere Schülerin, die sich verspätet hat. Perfektes Timing, jetzt wo wir fertig sind.

Thomas und Hanne begrüßen sich und ich spüre ganz deutlich – zwischen denen läuft was. Ich weiß nicht woher ich es weiß, denn die Begrüßung war völlig harmlos, aber ich bin mir 100%ig sicher und koche vor Wut und Eifersucht. Ihr lächeln, die Augen, seine etwas unbehagliche Reaktion; es ist ganz klar und deutlich. Verdammt!

Während des gesamten Essens beobachte ich die beiden. Sie sind sich sehr vertraut und wirken wie gute Freunde. Sie sitzen nebeneinander und nach ihren Erzählungen zu beurteilen unternehmen sie öfter etwas gemeinsam. Und dann, bei der Verabschiedung würdigt er sie keines Blickes. Was geht hier vor? Sie steht lächelnd da und er dreht sich kommentarlos um und geht einfach. Wie erbärmlich ist das denn? Eine heimliche Beziehung führen und dann auch noch so ein Verhalten. Also so will ich das auf keinen Fall. Entweder ganz oder gar nicht. Warum lässt sie sich das gefallen? Sie schaut ihm nach und himmelt ihn an, obwohl er sie einfach stehen lässt und in die andere Richtung geht. Sehr seltsam. Da ist er wieder, der unsicher wirkende Thomas, der nicht alle Rollen perfekt rüber bringt. Zumindest nicht, wenn man so ein intensives Auge auf ihn geworfen hat wie ich.

Ich bin endlos frustriert. Die Kleinen sind bei ihrem Vater, ich bin fertig von dem Turnier, habe mal wieder keine Pläne und sitze einsam und vor mich hin grübelnd auf meinem Sofa. Zum Glück habe ich meistens eine Flasche Wein im Haus und die gönne ich mir jetzt. Ich weiß einfach nicht was ich noch machen soll. Wird es wirklich so weiter gehen? Wenn ich das einfach alles so laufen lasse, passiert nie etwas. Ein Gedanke den ich kaum ertrage. Habe ich mich so getäuscht? Habe ich alle Blicke und sein seltsames Verhalten mir gegenüber komplett falsch gedeutet? Nein, das kann ich einfach nicht glauben. Und wenn er nicht den ersten Schritt macht, muss ich es eben tun. Zumindest brauche ich mal Klarheit. Und jetzt, mit einer dreiviertel Flasche Wein im Blut, bin ich plötzlich ganz mutig und schnappe mir meinen Laptop. Ich schreibe ihm jetzt eine Mail in der ich ihm schildere was in mir vorgeht. Mir ist nicht wirklich bewusst wie lang und ausführlich die Mail ist, als ich sie abschicke. Ob ich das wohl morgen bereuen werde? Ach was, das soll bestimmt so sein. Es dauert keine 5 Minuten, da erhalte ich eine Antwort. „Was stellst du dir vor?", fragt er. Was soll ich denn mit dieser Frage anfangen? Keine Ahnung was ich mir vorstelle, ich weiß ja noch nicht mal ob du für mich etwas empfindest oder nicht. Wie kann man nur so komisch auf so eine Mail reagieren? Eine Weile geht es nun hin und her. Er schreibt mir, dass ihm das schon klar ist, denn schließlich ist er ja nicht blöd. Aber er sagt rein gar nichts über sich selbst oder seine Gefühle und ich verstehe nach wie vor seine erste Frage nicht. Was stelle ich mir vor? Als er sich verabschiedet sagt er noch, dass ich gerne noch weiter schreiben kann. Das ich noch tiefer gehen soll. Und da ich ja eh gerade meinen Supermoralischen voll auslebe und mich in meinem Selbstmittleid nur so suhle, schreibe ich ihm eine ellenlange Nachricht über mein miserables Leben beginnend mit einer kalten und einsamen Kindheit, was ich sonst noch so alles ertragen musste und das alle Männer Weicheier sind weil keiner mehr Verantwortung übernimmt, Entscheidungen trifft oder im stehen pinkelt. Seine Antwort kommt prompt am nächsten Morgen. „Ruh dich aus, wir telefonieren heute Abend um 22:00 Uhr."

Es ist kurz vor 22:00 Uhr. Ich bekomme kaum noch Luft. Hop oder top, in wenigen Minuten entscheidet sich alles. Um die Zeit bis zu dem Telefonat zu vertreiben und mich abzulenken, chatte ich mit Lucy. Er verspätet sich, doch endlich, um viertel nach, klingelt das Telefon. Jetzt geht alles ganz schnell. Er sagt mir, dass er eine Freundin hat, dass ich ein paar Wochen pausieren soll um dann einfach wieder ins Training zu kommen. Das ist alles gar nicht schlimm und wir würden so tun als wäre nichts passiert. „Warum hast du mir das nicht vorher gesagt? Ich hätte dir das alles nie erzählt, wenn ich gewusst hätte, dass du eine Freundin hast!" „Ach, das ist ja wohl auch nicht so schlimm was du mir da erzählt hast. Was glaubst du was ich im Dienst alles erlebe? Außerdem ist das mit meiner Freundin eine ganz lockere Sache. Mach eine Pause, komm zur Ruhe und dann machen wir ganz normal weiter. Bis dann." In wenigen Minuten ist meine Welt in Tausend Teile zerbrochen. Mit allem habe ich gerechnet, aber nicht damit. Doch mit einer Sache hat er Recht. Ins Training kann ich jetzt nicht mehr gehen. Die Blöße gebe ich mir auf keinen Fall. Heulend rufe ich Lucy an. „Er hat eine Freundin." „Was? Wie kann das sein? Ach du Arme, das tut mir so leid. Was ein Arschloch! Ich komme morgen mit Schokolade vorbei, das kriegen wir wieder hin." Natürlich. Wie immer muss es ja weiter gehen. Wochenlang denke ich darüber nach, leide und heile doch dann treffe ich einen Entschluss und schreibe ihm, bzw. der Kung Fu-Schule, meine Kündigung. Ich brauche einen richtigen Abschluss.

3

Eigentlich dachte ich ja, die ganze Sache zerreißt mich. Aber es sind jetzt ein paar Wochen vergangen und es geht mir erstaunlich gut. Aus Langeweile sitze ich mal wieder mit dem Laptop auf dem Sofa und surfe durch werkenntwen, als ein Marcus mir eine Nachricht schickt. Ihm gefällt mein Profil, er fragt wie es mir geht, was ich so mache und sendet mir Grüße. Ich antworte freundlich und schon bald kommen wir ins Gespräch. Marcus ist ein ganz lieber und lustiger Kerl und nach kurzer Zeit telefonieren wir, weil es so doch viel angenehmer ist sich auszutauschen. Lange habe ich nicht mehr so gelacht wie jetzt, er ist lustig und liebenswert und seine Gesellschaft, wenn auch nur telefonisch und virtuell, tut mir unwahrscheinlich gut. Marcus kommt aus dem Sauerland, was gute 200 km von mir weg ist. Als ich ihm sage, dass ich an meinem anstehenden Geburtstag nichts vorhabe und die Kinder sowieso nicht da sind, protestiert er. Es kann ja wohl nicht sein, dass ich ausgerechnet an meinem Geburtstag alleine bin. Es ist aber ja meine Entscheidung. Wenn ich unbedingt wollte hätte ich auch etwas planen können, aber mir ist einfach nicht danach. Dennoch gefällt mir Marcus' Fürsorge. Es tut mir einfach gut, dass ein Mann um mich, im weitesten Sinne, besorgt ist. Zudem bin ich es leid immer vernünftig zu sein und das scheinbar Richtige und Anständige zu tun. Jedes zweite Wochenende sitze ich alleine in meiner Wohnung und lasse mir die Decke auf den Kopf fallen. Ich bin jetzt seit 7 Monaten Single, wobei unser Sexualleben schon lange vorher zum einen kaum noch vorhanden und zum anderen alles, aber nicht befriedigend war. Jörg ist weder einfühlsam noch in irgendeiner Art und Weise zärtlich. Zumindest nicht bei mir. Der Sex war überwiegend unangenehm und widerte mich an. Aber ich weiß, dass es auch anders sein kann und das will ich jetzt endlich erfahren. Wenn nicht jetzt, wann dann? Ich habe meine Jungend damit verbracht prüde zu sein, mich zu schämen und mir Gedanken zu machen ob ich mich im Bett richtig verhalte, ob ich ihm gerecht werde oder ob er im Nachhinein vielleicht sogar lacht, weil ich es nicht richtig kann und weil ich auch gar nicht weiß, was ein Mann eigentlich wirklich will. Aber tief im Inneren spüre ich, dass auch in mir mehr steckt. Und ich setze es mir hier und jetzt zum Ziel das herauszulocken. Die Hure in mir. Irgendwann will ich auch wieder eine feste

Beziehung haben, mit einem Partner der nicht nur mich, sondern auch meine Kinder liebt und ich werde bereit sein ihm auch im Bett den Himmel auf Erden zu bieten. Schon alleine um dem ständigen Pflichtgefühl und Zwang zu entgehen ihn befriedigen zu müssen und keine Freude dabei zu empfinden. Zugegeben, das Ziel ist für meine Verhältnisse sehr hoch gesteckt, aber ich habe ja Zeit. Wer weiß wo mein zukünftiger Traumprinz gerade steckt und wann ich ihm begegne. Und da den Worten die Taten folgen sollen, setze ich mich am Freitag, der zugleich auch mein 34. Geburtstag ist, nach dem Frühstück ins Auto und fahre ins Sauerland.

Gute zwei Stunden und gefühlte 50 Musik-CDs später sagt mir mein Navigationsgerät, dass ich mein Ziel erreicht habe. Mein Herz rast, ich bin nervös und aufgeregt, insbesondere vor der ersten Begegnung. Alles andere wird sich dann schon ergeben. Zu dumm, dass ich die Haustüre nicht finden kann. Also rufe ich ihn an: „Hallo, ich stehe vor deiner Wohnung, aber ich weiß nicht wo die Tür ist." Marcus lacht. „Warte, ich komme gerade aus der Dusche. Ich trockne mich schnell ab und komme raus." Nach wenigen Minuten öffnet sich die Tür vor der ich stehe, aber von der ich dachte es sei eine Kellertür und Marcus kommt raus. Er ist groß. Etwa 1,94. Er hat sehr kurze, blonde Haare, liebevolle Augen und eine trainierte Figur. Er wirkt sehr männlich, was mir gefällt. Wir begrüßen uns mit einer leichten Umarmung und einem Küsschen auf die Wange. Auf geht es in ein erstes Abenteuer, denke ich mir und folge ihm in seine Wohnung. Die Tasche hat er mir bereits abgenommen und stellt sie in den Flur. „Hast du Lust auf einen Spaziergang?" Nein, habe ich nicht, aber da ich zu gut erzogen bin um abzulehnen und denke, dass es vielleicht etwas auflockernd wirkt, zumal es noch zu früh ist um sich die Kanne zu geben, nicke ich freundlich. Es ist sehr ländlich und schön hier im Sauerland. Wiesen und Wälder und viel Natur. Die Sonne scheint und der Wind ist etwas frisch, aber wir kommen schnell ins Gespräch. Marcus ist auch in Person ein sehr angenehmer Mensch. Wieder zuhause angekommen machen wir es uns auf dem Sofa gemütlich. Ach ja, mit einem Glas Wein in der Hand quatscht es sich gleich noch viel gelassener. Nach etwa einer Stunde, gefüllt mit netten Gesprächen, zwei Gläsern Wein und einem Vodka-Lemon, lehnt er sich plötzlich zu mir vor und küsst mich auf den Mund. Vorsichtig, liebevoll und ohne Zunge. Dann schaut er mich an und sagt: „Übrigens, ich bin ein Küsser, ich liebe es nämlich zu küssen." Er lächelt und wir küssen uns weiter.

Alles ist perfekt. Das abgedunkelte Zimmer mit der großen kuscheligen Couch, das Album von „Hurts" spielt im Hintergrund, ich fühle mich sicher und entspannt und Marcus überschüttet mich mit Zärtlichkeit und Aufmerksamkeit und ich treffe eine weitere Entscheidung. Ich nehme das jetzt an. Ich empfange dieses Geschenk und reagiere so darauf wie es mir passt. Ich werde mir keine Gedanken darüber machen was er denkt oder sagt oder vielleicht fühlt. Wenn ich mich bewegen will, dann tue ich das und zwar so, wie es mir gefällt und wie es mir gut tut. Ich lebe jetzt meine Leidenschaft. Ich mache das was mir in den Sinn kommt und nicht das wovon ich denke, was er vielleicht haben wollen könnte. Es dauert nicht lange bis wir nackt auf dem Sofa liegen. Seine großen Hände berühren mich überall, zärtlich, aber bestimmt. Genau wie seine Küsse. Noch nie zuvor hat sich jemand so um mich bemüht, noch nie zuvor wurde ich so verwöhnt. Er streichelt mich überall und als seine Hände die Innenseite meiner Schenkel berühren, kann ich nicht anders als diese willig zu öffnen. Er küsst meinen Mund, dann meinen Nacken, meine Brüste hinunter zu meinem Bauch bis er vorsichtig mit seinem Gesicht zwischen meinen Beinen ist. Das macht mich etwas nervös, denn es ist eine wahre Herausforderung mich zum Höhepunkt zu bringen. Egal auf welche Art und Weise man es versucht. Am besten kann ich es immer noch selbst. Außerdem ist es mir unangenehm, dass er mir nun so viel gibt, ich ihm aber im Gegenzug gerade nichts gebe. Vermutlich hofft er, dass es schnell vorbei ist und er endlich zum Zug kommt. Nein, Mia. Denk so nicht! Es ist seine Entscheidung. Genieße es, verdammt! Seine Zunge sucht nicht lange nach meiner Klitoris und dem Punkt, der mich zum Höhepunkt bringt. Er weiß ganz genau was er macht und ist unfassbar gut darin. Vorsichtig umkreist er in gleichbleibenden Bewegungen meine Klitoris und entsprechend dauert es auch nur einen Bruchteil der Zeit die ich erwartet habe, bis ich mich stöhnend meiner Erregung ergebe und einen wundervollen Orgasmus erlebe. Herrlich. Jetzt ist er an der Reihe. Er liegt auf dem Rücken, ich krieche zu ihm hinunter und schnappe mir seinen Penis. Erstaunlicher Weise ist er zwar erigiert, aber nicht hart. Als wäre er aus Gummi. Das stört mich jedoch nicht im Geringsten, denn Härte hin oder her, Marcus ist ein genialer Liebhaber. Ich gehe jetzt ganz nach meinem Gefühl und führe seinen Schwanz so tief in meinen Mund wie es geht ohne dass ich würgen muss. Das wenig Harte an diesem Penis kommt mir hierbei zu Gute. In Gedanken sage ich mir immer wieder: Sei eine Hure im Bett und wenn er so weit ist und kommt, dann schluck es runter! Schluck es runter! Ich will das unbedingt. Letztendlich bleibt mir auch gar nichts anderes übrig, denn kurz bevor er kommt, rammt er seinen Schwanz tief in meinen Rachen und sein Saft kommt aus ihm herausgeschossen. Ui, wie eine Druckbetankung. Selbst wenn ich es ausspucken hätte wollen, hätte ich das gar nicht mehr geschafft, da die zähe, leicht salzige Flüssigkeit bereits meinen Hals hinunterläuft.

Marcus grinst: „Das war gerade dein erstes Mal was?"
Oh nein. War das so offensichtlich? Wie peinlich ist das
denn? Natürlich hat er Recht. Geschluckt habe ich das
Zeug vorher noch nie. Lächelnd nicke ich und gehe
davon aus, dass es das jetzt für heute war. Weit gefehlt
denn wir hatten ja noch nicht miteinander geschlafen.
Marcus küsst mich, legt mich vorsichtig auf den Rücken,
beugt sich über mich, so dass wir in der Missionarsstellung liegen und führt seinen Penis ein. Es funktioniert
ganz prima, trotz der Tatsache, dass sein Penis nicht so
hart ist wie andere und das Kondom da sicherlich nicht
hilfreich ist. Er bewegt sich zärtlich vor und zurück und
plötzlich dreht er mich auf den Bauch, bringt mich in die
Vierbeiner-Position, befeuchtet seinen Penis mit Spucke
und bevor ich mitschneiden kann was gerade passiert,
habe ich seinen Schwanz im Po. Ach du liebe Zeit! Ein
wenig tut es weh, aber nicht sehr lange. Es fühlt sich
seltsam an, aber nicht unangenehm. Ich spüre die
Bewegungen wesentlich deutlicher, jeder einzelne Stoß
kommt zur Geltung und das hat einfach was für sich.
Alles ist irgendwie härter. Ergibt ja auch Sinn, schließlich
ist es da hinten nicht so weich und feucht wie vorne.
Nach kurzer Zeit kommt Marcus erneut. „Auch das war
eine Premiere für mich.", sage ich grinsend. „Echt? Das
hat man jetzt aber nicht gemerkt." Eng aneinander gekuschelt liegen wir auf dem Sofa und genießen die
Zweisamkeit.

Irgendwann am späten Abend ziehen wir um in sein
Schlafzimmer um wenigstens ein paar Stunden Schlaf zu
bekommen. Er weckt mich morgens mit einem Kuss und
einem Kaffee. Er ist bereits angezogen. „Hey du.", sagt
er. „Guten Morgen.", antworte ich und versuche ihn nicht
direkt anzuatmen. Verfluchter schlechter Morgenatem.
„Ich muss kurz zur Bank etwas erledigen und bin so
schnell zurück wie ich kann, in Ordnung?" „Sicher. Ich

gehe so lange ins Bad." Als er die Tür hinter sich schließt stehe ich auf und gehe erst einmal auf Toilette. Wegen des Analsexes muss ich erst mal ziemlich laut furzen. Wer weiß schon wie viel Luft er in mich hineingepumpt hat. Die muss ja schließlich wieder raus. Ich bin unendlich froh und dankbar, dass ich alleine in der Wohnung bin und erst mal alles Überflüssige aus meinem Darm lassen kann. Jetzt freue ich mich auf die Dusche und eine frische Rasur der Beine. Auch hier bin ich froh, dass ich alleine bin und alles in Ruhe erledigen kann. Wenn er dann zurück ist, bin ich frisch geduscht, rasiert, geschminkt und habe meinen Toilettengang auch schon erledigt. Also alles vollkommen entspannt. Irgendwie. Ich bin mich gerade am abtrocknen, als Marcus schon wieder da ist. Er kommt auf mich zu und beginnt mich zu küssen. Meine zusammengelegten, frischen Klamotten bleiben erst mal auf der Waschmaschine liegen, denn Marcus führt mich zurück ins Schlafzimmer. Ich helfe ihm aus dem T-Shirt und der Jeans. Er legt sich auf den Rücken, was wohl bedeutet, dass ich jetzt nach oben soll. Mia, keine Panik. Du kannst das. Beweg dich einfach wie es dir gefällt und achte darauf ob es ihm gefällt. Also klettere ich auf ihn und küsse ihn weiter, während er versucht seinen gummiähnlichen Schwanz in mich einzuführen, was ihm nicht wirklich gelingt. Plötzlich und ohne wirklich darüber nachzudenken, schnappe ich mir das Teil und führe es selbst ein. Huch – wo kam das denn jetzt her? Egal. Ich setze mich auf und bewege meine Hüften vor und zurück. Erst langsam, dann etwas schneller. Marcus stöhnt etwas und lächelt mich an. Ich lächele zurück und realisiere, dass es das erste Mal ist, dass ich einem Mann beim Sex in die Augen schaue. Weder bei meinem Exmann noch bei den wenigen Männern davor, habe ich mich das jemals getraut. Es war mir immer peinlich. Jetzt jedoch macht es mir gar nichts aus. Im Gegenteil. Ich fühle mich ihm so noch näher. Marcus ist groß und kräftig. Breite Schultern, breite Hüften und ich merke, dass ich meine Beine recht weit spreizen muss um auf ihm zu sitzen und irgendwie scheint es so zu sein, dass genau deswegen meine Klitoris perfekt positioniert ist um durch meine Bewegungen und seinen Schambereich stimuliert zu werden. Mit jeder Bewegung merke ich, wie ich erregter werde. Jetzt ist es mir egal, ob es ihm gefällt oder nicht. Ich will einfach nur noch kommen. Ich achte gar nicht mehr auf ihn sondern nur noch auf meine Gefühle und meine Bewegungen. Ich atme schwer und kann ein gelegentliches Stöhnen nicht unterdrücken. Will ich auch gar nicht. Es tut gut und macht Spaß. Dann spitzt sich alles zu und innerhalb von Sekunden erlebe ich einen wundervollen Orgasmus. Ich werfe stöhnend meinen Kopf in den Nacken um dann direkt nach vorne zu fallen um ihn, immer noch stöhnend, zu küssen. Leidenschaftlich küsst er mich zurück und ich merke, dass es ihn freut. Klar, er hat mich zum kommen gebracht. Mich freut es doch umgekehrt auch, wenn ein Mann in mir oder durch mich kommt. Eng aneinander gekuschelt liegen wir eine Zeit lang da. „Dreh dich auf den Bauch.", sagt er. Ich drehe mich um, er beugt sich über mich und beginnt damit meinen Rücken zu küssen. Zärtlich und liebevoll mit seinen vollen Lippen. Er beginnt am Nacken, küsst meine Schultern, den unteren Rücken bis kurz über meinen Hintern. Dann leckt er meine Wirbelsäule hinauf um sie dann vorsichtig anzupusten. Es fühlt sich zärtlich und erfrischend und aufregend an. Ich entspanne mich total und genieße einfach. Ohne schlechtes Gewissen. Dieses Geburtstagswochenende könnte gar nicht besser sein. „War der Sex in deiner Ehe auch so?", fragt er, während er mich verwöhnt. „Oh nein.", antworte ich. „Das war auch eines seiner Probleme mit mir. Ich bin ihm nicht leidenschaftlich genug." „WAS?", antwortet Marcus überrascht. „Ich habe schon einige Frauen in meinem Leben gehabt und noch keine erlebt, die sich mehr hingibt als du. Das war der beste Sex den ich je hatte." Echt jetzt? In mir entfacht ein Freuden-Feuerwerk. Es war also gar nicht alles meine Schuld und offensichtlich bin ich auch keine Niete im Bett. Mein Plan beginnt für mich aufzugehen und genauso werde ich ihn fortsetzen. Und was ist die Quintessenz des Ganzen? Gehen lassen und genießen. Sich auf die Berührungen und die Bewegungen ein-lassen, annehmen was man bekommt und geben was man möchte, was Spaß macht und von dem man merkt, dass es dem Partner gefällt.

Am späten Nachmittag verabschieden wir uns und ich begebe mich wieder auf den Heimweg. Ich bin nicht mehr nervös und verunsichert. Ich fühle mich reifer, erleichtert, frei und selbständig. An einer Autobahntankstelle halte ich, tanke und kaufe mir einen Kaffee für die Rückfahrt. Marcus und ich sehen uns nie wieder. Es war so nicht geplant und wir versuchten zwei weitere Treffen hinzubekommen, aber jedes Mal wenn der Zeitpunkt des Treffens sich näherte, wurde mir schlecht und ich bekam Panikzustände. Ich kann es mir nicht erklären, scheinbar bin ich noch nicht bereit für eine Beziehung, obwohl er sich gerne darauf eingelassen hätte. Trotz der Kinder. Aber was nicht geht, das geht nicht und so sagte ich beide Treffen ab und beendete ein unglaublich schönes und wichtiges Abenteuer von dem ich noch lange zehre. Ich wünschte jede Frau könnte so eine Erfahrung, möglichst zu Beginn ihres Sexuallebens, machen. Damit sie weiß, wie schön es sein kann und sich niemals mit weniger zufrieden gibt. Aber wir sind hier ja nicht bei wünsch dir was. Wer weiß wie mein Leben und meine Ehe verlaufen wären, hätte ich das bisschen was ich jetzt weiß, schon früher gewusst.

Ich denke noch oft an dieses Wochenende zurück und sehne mich mehr und mehr nach dieser Zärtlichkeit. Oder besser gesagt, diese Art von Zärtlichkeit, mit einem Mann an meiner Seite bei dem ich keine Panikattacken bekomme. Oh je, vielleicht sollte ich mich dieser Sache auch einmal widmen, denn so ganz normal scheint das ja auch nicht zu sein. Oder aber es dauert einfach noch etwas, bis ich wieder soweit bin mich auf jemanden einzulassen. Und während ich mal wieder auf meinem alten Sofa sitze, die Kinder schlafen und ich meine Nachrichten bei werkenntwen checke, entdecke ich einen neuen Eingang. Pascal, ein Wasserschutzpolizist. Er ist ein Jahr jünger als ich, ledig, tätowiert, höflich und irgendwie cool. Sein Interesse an mir scheint nicht sexuell, denn dieses Thema bleibt komplett unberührt während wir eine ganze Weile hin- und herschreiben. Klar ist alles noch ein wenig oberflächlich. Vergangene Beziehungen, allgemeine Einstellungen, was man sich so wünscht vom Leben und so weiter. Pascal kommt aus Koblenz, was wieder ein ganzes Stück weg ist. Aber da er in Wiesbaden arbeitet, vereinbaren wir, dass er mich nach seiner Schicht an einem kinderfreien Wochenende besuchen kommt. Er weiß aber nicht wie lange das dauern wird, da eine Veranstaltung in der Stadt stattfindet und er wohl auf seinem Bootchen Ausschau nach Übeltätern halten muss. Um 22:00 Uhr schreibt er mir eine SMS, dass er jetzt zwar Feierabend hat, aber doch lieber nach Hause fährt. WAS? Das kann er doch nicht machen. Absagen und dann noch so kurzfristig. „Das hättest du mir ruhig auch früher sagen können, ich warte hier schon seit Stunden." Antworte ich wütend. Daraufhin ruft er an. „Ich wollte dich nicht verletzen.", sagt er. „Hast du aber. Was soll das denn jetzt?" „Irgendwie habe ich kalte Füße bekommen. Aber jetzt wo ich dich am Telefon habe, bereue ich es." „Na dann dreh um und komm her!" „Ich bin in 15 Minuten zuhause, Mia." „Oh.", sage ich enttäuscht. Und dann platzt es aus mir raus. „Dann setze ich mich eben ins Auto und komme zu dir!" „Bist du sicher?" „Klar, mir macht das nichts aus." „Na, OK dann. Bis in zwei Stunden." Er simst mir seine Adresse, ich kontrolliere mein Äußeres, setzte mich ins Auto und fahre nach Koblenz. Eine winzige, kleine Mia in mir, kaum sicht- und hörbar versucht mir zuzuflüstern, dass das doch schon sehr verzweifelt rüberkommen muss. Aber gekonnt schiebe ich sie zurück in die tiefe Dunkelheit meiner Seele. Meine Vorfreude ist größer als meine Nervosität und diesmal höre ich überwiegend Radio auf der Fahrt. Ich verfahre mich nur ein einziges Mal, bzw. ich fahre an seinem Haus vorbei und muss erst mal drehen. Hat mich höchstens zwei Minuten gekostet. Jetzt stehe ich vor einem schönen Haus. Scheint ein Altbau zu sein. Ich klingel und als er öffnet, merke ich, dass er nicht wirklich größer ist als ich. Das krasse Gegenteil von Marcus. Zumindest von der Statur. Ansonsten ist er sehr gepflegt und höflich und schlank. Seine Wohnung ist geschmackvoll eingerichtet und sauber, er hat Kerzen angezündet, Musik läuft im Hintergrund und der Wein ist bereits geöffnet. Ich fühle mich gleich willkommen und freue mich über die Mühe, die er sich gemacht hat. Gute zwei Stunden unterhalten wir uns über alles Mögliche. Ich wundere mich etwas, dass ich nicht müde bin, auf der anderen Seite aber bin ich auch sehr neugierig wie es weiter geht. Es gibt keinerlei seltsame und stille Redepausen, was sehr angenehm ist. Zudem haben wir viel gemeinsam und harmonieren irgendwie. Vielleicht klappt es ja diesmal. Vielleicht ist das ja mein Seelenpartner. Ist ja nicht so wichtig, dass er nicht der Größte ist. Mini-Mia beginnt zu flüstern... „langsam!" Zurück mit dir in die Ecke! Und schon ist es wieder vergessen. Ich weiß nicht wie, aber plötzlich sind wir bei dem Thema Selbstverteidigung. „Komm, ich zeige dir mal einen Trick wie du dich aus einem Griff lösen kannst.", sagt er.

Während er also vor mir kniet, was ich irgendwie komisch finde, und mir diesen Griff erklärt, den ich schon tausend Mal gesehen und geübt habe, lehnt er sich vor und küsst mich. Auf in die nächste Runde, denke ich mir. Küssend verschwinden wir im Schlafzimmer, reißen uns die Kleider vom Leib und gehen zur Sache. Der Sex ist sehr wild um nicht zu sagen wir ficken wie die Tiere. Im Gegensatz zu Marcus, ist sein Penis sehr hart, dafür aber auch sehr klein. Das stört mich aber nicht weiter, denn seine harten und tiefen Stöße tun deshalb nicht weh und ich merke wie sehr es mir Spaß macht so genommen zu werden. Aufgrund der späten Stunde und dem Wein, kam allerdings alles andere zu kurz, so dass wir relativ schnell erschöpft einschlafen.

Es ist noch sehr früh als ich einen Finger in meiner bereits feuchten Vagina spüre. Stimmt, ich bin ja gar nicht zu Hause. Ich drehe mich auf den Rücken und öffne meine Augen. Pascal ist bereits auf mir, durch die Rolladenschlitze sehe ich, dass es draußen schon hell ist. Wir küssen uns zum Glück nicht, da wir ja beide gerade aufgewacht sind. Irgendwie scheint das eine unausgesprochene Regel zu sein. Wieder nimmt er mich recht hart, diesmal aber eben in der Missionarsstellung. Ich merke es kaum, als er kommt. „Möchtest du einen Kaffee?", fragt er mich. „Ja, gerne." Pascal verschwindet in die Küche und kommt nach wenigen Minuten mit zwei Kaffee zurück ins Schlafzimmer. „Ich weiß das ist jetzt nicht sehr romantisch, aber ich muss gleich meine Söhne abholen.", sagt her. „Oh, natürlich. Ich trinke aus und verschwinde wieder." Mini-Mia setzt gerade wieder an, aber ich will das jetzt nicht hören. Ich wollte auch niemanden da haben wenn meine Kinder nach Hause kommen. Guter Sex, wenn auch ausbaufähig, denke ich mir auf meiner Heimfahrt.

Pascal ist ein guter Kerl. Wir schreiben täglich. Mit seinen Schichten und den Kindern ist es nicht so einfach einen Termin zu finden, aber nach nur wenigen Wochen schaffen wir es. Da in Koblenz gerade Jahrmarkt ist, besuche ich ihn ein weiteres Mal an einem Freitag. „Diesmal habe ich auch viel mehr Zeit.", sagt er. Wie schön. Ein Wochenende zum Vögeln und Kennenlernen und Näherkommen. Erst am Sonntag muss er wieder arbeiten. Im Moment stehe ich total auf süße Weinschorle. Die hatte ich letztens schon einmal probiert und für gut befunden. Deshalb klammere ich mich heute daran. Auf dem Fest treffe ich seinen besten Freund und seine Schwester. Alle sind sehr nett und ich finde es schön, so früh so integriert zu werden. Wir trinken und lachen viel bis er mich plötzlich mit diesem sehr offensichtlichen Blick anstarrt. „Ich denke wir müssen jetzt nach Hause.", sagt er. „Jetzt schon?", frage ich naiv. „Ja, genau jetzt!", wiederholt er. Aaaaah, denke ich. Jetzt wird mir alles klar. Wir sind gerade mal so durch seine Wohnungstür durchgegangen, als wir uns unsere Kleider vom Leib reißen. Für den ersten Sex des Abends, schaffen wir es gerade so ins Schlafzimmer. Er liegt auf dem Rücken, ich sitze auf ihm, jedoch verkehrt herum, so dass er meinen Rücken sieht. Immer noch folge ich meinem Prinzip, zu machen was mir gefällt und gut tut und bewege mich entsprechend wild hin und her. Plötzlich klatscht er seine Hände auf meinen Hintern und sagt laut: „Aaaah du bist so was von geil!" Schmunzelnd und leicht triumphierend reite ich ihn weiter wie ein Rodeopferd bis er kommt. Dann lege ich mich auf dann Rücken, damit er mich lecken kann. Ich muss gestehen, das macht er nicht besonders gut und ich wünsche mir fast, dass er es lässt. Nach nur wenigen Momenten hat er wohl auch keine Lust mehr und hört damit auf. Na da müssen wir aber noch dran arbeiten. Scheinbar hat er mich gerne auf ihm, denn in diese Richtung führt er mich wieder. Jedoch habe ich heute mein eigenes Ziel. Ich will, dass er mir in den Mund kommt. Also mache ich mich auf den Weg nach unten, lege meine Hände auf seine Hüfte und nehme seinen Schwanz in den Mund. Aufgrund der Größe kann ich ihn sehr weit nach hinten schieben, so dass er fast ganz in meinem Mund verschwindet und tatsächlich kommt er nach kurzer Zeit. Es ist zwar nicht viel, aber das ist mir egal. Ich weiß nicht warum mir das so wichtig ist, denn ich merke, dass er kein so großer Fan des Oralsex ist. Scheinbar traut er der Damenwelt in der Hinsicht nicht wirklich. Sehr seltsam. Aber was das betrifft, war ich eben gerade einfach ein wenig egoistisch. Zufrieden schlafe ich anschließend neben ihm ein. Als ich aufwache, merke ich, dass es noch Nacht ist. Mir ist schlecht. Sehr schlecht. Scheiße. Er darf nichts davon merken. Schnell ins Bad. Vorsichtig setze ich meinen Fuß auf den Boden und schmeiße dabei die Wasserflasche um, dass es nur so scheppert. Verdammt!! So schnell ich kann stelle ich sie wieder auf. Jetzt schnell ins Bad. Auf dem Weg dorthin höre ich einen lauten Knall und finde mich am Boden liegend wieder. Allerdings in der verkehrten Richtung liegend. Was zur Hölle??? Pascal läuft auf mich zu. Scheiße aber auch. Ich sehe seine Füße direkt vor mir und merke wie es mir hochkommt. Ich springe auf, hechte ins Bad, knalle die Tür hinter mir zu und übergebe mich in die Toilette. Oh nein. Ich kann nie wieder hier raus. Wo ist dieses blöde Loch im Erdboden wenn man es braucht. „Mia? Ist alles in Ordnung?", fragt Pascal nach einigen Minuten. „Ähm, ja, ich komme sofort.", antworte ich. Es nützt ja nichts. Da muss ich jetzt durch. Also rappele ich mich auf, spüle meinen Mund mit Wasser aus und verlasse das Bad. „Es tut mir leid.", sage ich. „Ich weiß gar nicht was passiert ist. Ich hörte nur diesen Knall und dann lag ich auf dem Boden." „Ich glaube du bist gegen die Dusche gelaufen.", antwortet er. Ernsthaft? Gegen die Dusche? Hätte ich das nicht gemerkt? Um das mal zusammenzufassen: Ich bin beim zweiten Treffen, im Vollsuff, mitten in der Nacht gegen seine Dusche gelaufen und umgekippt nur um mich dann zu übergeben. In dem Moment weiß ich, dass Lucy und ich noch eine Menge Spaß mit dieser Geschichte haben werden. Aber jetzt will ich erst mal nur noch schlafen.

Als die Nacht vorbei ist und wir aufwachen, diesmal ohne Guten-Morgen-Sex (warum nur?), fühle ich mich erstaunlich fit. Keine Übelkeit oder Sonstiges, ich bin lediglich etwas gerädert. Auch wenn mir meine Eskapade aus der Nacht unendlich peinlich ist. „Vielleicht hast du auch meine Hormone nicht vertragen", sagt er tröstend. Seine Hormone? Meint er seinen Saft? „Ja, ähm, so wird es wohl gewesen sein.", antworte ich, obwohl ich mir der Sache nicht so sicher bin. Pascal bringt mir einen Kaffee ans Bett. „Dankeschön, du bist ja lieb", freue ich mich darüber. Nach einer Weile schaut er in meine Tasse um zu sehen, ob diese schon leer ist. Er hat seinen Kaffee nämlich bereits ausgetrunken. „Oh, ich möchte keinen weiteren, Danke", sage ich. „Darum geht es mir gar nicht", antwortet er. „Ich wollte nur wissen wie weit du bist, mir geht es nämlich nicht so gut. Habe Bauchweh und ich wollte dich bitten zu gehen." Ich muss kurz an Mini-Mia denken. Bin sprachlos. Seine Begründung ist legitim, aber ich kaufe sie ihm nicht ab. Wortkarg stehe ich auf, ziehe mich an, wünsche ihm eine nicht wirklich ernst gemeinte gute Besserung und verschwinde. Mia, da hat dich jemand gerade ziemlich verarscht. Verletzt und erschöpft fahre ich nach Hause. Mein Gefühl bestätigt sich dadurch, dass er sich kaum noch meldet. Er antwortet nur selten auf meine Nachrichten und wenn doch, dann nur in kurzen, abgehackten Sätzen. Für zusätzliche Treffen hat er keine Zeit. Na gut. Er wollte scheinbar nur ein Abenteuer. Aber warum hat er das nicht gleich gesagt? Warum erst dieses Rumgeschreibe, das scheinbare Interesse an meinem Leben, die vorsichtigen Annäherungsversuche? Kann man mit so etwas nicht offen und ehrlich umgehen? Dann hätte ich auch offen und ehrlich darauf reagieren können oder mich wenigstens darauf einstellen können. Was ein Arschloch. Ich habe nichts gegen Abenteuer oder One-Night-Stands. Aber ich verabscheue es auf Kosten der Gefühle anderer. Nach circa vier Wochen meldet er sich wieder und fragt ob ich Lust habe ihn mal wieder zu sehen. Distanziert schreibe ich ihm zurück, dass ich sein Verhalten unter aller Sau finde und kein Interesse an einem weiteren Treffe habe. Mittlerweile ist die Enttäuschung ja auch überwunden. Erstaunlich schnell, meiner Meinung nach. Hatte mich wohl wieder in etwas hineingesteigert, was gar nicht da war. Ich bin lediglich noch sauer auf ihn. Und auf mich wegen meiner Blödheit.

Lucy und ich lachen nach wie vor herzlich über meinen nächtlichen Zusammenstoß mit der Dusche. „Was mich aber irgendwie ärgert, Lucy", sage ich. „Ich kann mich teilweise gar nicht mehr an alles erinnern. Diese süße Weinschorle scheint mein Gehirn lahmzulegen. Er erzählte mir, dass er das so geil findet, was ich da mit dem Mund gemacht habe und ich blöde Kuh weiß nicht mehr was er meint, weil ich mich nicht daran erinnern kann. Der ganze Abend ist in meinem Kopf nur noch in Bruchstücken vorhanden. Ich weiß nur, dass ich auf ihm geritten bin als wäre ich auf der Flucht und es war saugeil!" Sicher ist alles ein wenig überschattet durch sein Verhalten, aber wir machen eben das Beste daraus. Und obwohl mir eine kleine Männerpause gerade gut tut, kann ich das Grübeln einfach nicht lassen. Über mein Leben und mich und das Schicksal und wie doof alles mit Thomas gelaufen ist und wie ich mich in meinem Wunschdenken verloren habe und Anzeichen gesehen habe, die scheinbar nie da waren. Offensichtlich habe ich es nicht nötig einem Mann dermaßen hinterherzulaufen, aber im Grunde kann er ja da gar nichts für. Im Grunde ist er ja ein Guter. Er hat sicher nur auch viel zu viel Schlechtes erlebt. Und immerhin hat er sehr positiv reagiert, indem er mir sein Verständnis entgegen brachte und ich könnte ja, wenn ich will, sogar zurück ins Training gehen. Nein, ganz aus meinem Kopf ist er noch nicht verschwunden. Das ist mir schon bewusst. Und es fällt mir auch nicht leicht ihn nicht mehr zu sehen beziehungsweise nicht mehr zu trainieren. An sich war es ja auch nicht gerade sehr nett von mir einfach ein kaltes Kündigungsschreiben zu senden, ganz ohne persönliche Nachricht. Ich denke eine kurze Mail ist da mehr als nur angebracht.

„Hallo Thomas,

nach allem was war, wollte ich mich eigentlich nur noch mal anständig bei dir verabschieden und dir mitteilen, dass ich denke, dass du ein ausgezeichneter Trainer und Schulleiter bist.

Liebe Grüße Mia"

Doch, das war sicher eine gute und richtige Entscheidung. Zumindest fühlt sie sich gut und richtig an. Und sicherlich bekomme ich auch eine Antwort. Bestimmt nur eine kurze und knappe, aber eine Antwort. Tatsächlich dauert es keine zwei Stunden, da habe ich sie auch schon im Posteingang. A-ha, so ganz egal bin ich ihm wohl doch nicht.

„Hi,

schön von dir zu hören und danke für die Blumen. Geht es dir gut? Gibt es was Neues?

LG Thomas"

„Hallo,

Danke ja, mir geht es sehr gut. Hoffe bei dir ist auch alles OK. Neues gibt es leider nichts.

LG Mia"

„Dann lass uns heute Abend doch nochmal telefonieren. Ich rufe gegen 22:00 Uhr an, OK?

LG Thomas"

Staunend und mit aufgerissenen Augen sitze ich auf dem Sofa. Er will telefonieren? Wozu? Natürlich freue ich mich tierisch. Er hat bestimmt nicht mit meiner Kündigung gerechnet und vielleicht hat er gemerkt, dass er mich doch irgendwo vermisst. Vielleicht lädt er mich zum Essen ein. Vielleicht habe ich mich doch nicht geirrt und es war einfach noch nicht die richtige Zeit. Ich greife zum Telefon. „LUCY!!!!! Er will telefonieren!" „Wie bitte, was? Wer will telefonieren? Und mit wem? Worum geht es hier eigentlich, Mia?" „Thomas will telefonieren, heute Abend um 22:00 Uhr und natürlich mit mir." „A-ha." Lucy ist skeptisch. „Wieso? Ich meine, woher kommt das jetzt plötzlich? Hat er dich angeschrieben?" „Nein, ich habe ihn angeschrieben. Ich habe ihm nur kurz geschrieben, dass ich denke, dass er ein toller Trainer ist. Das ist alles. Daraufhin hat er geantwortet und schwupp – Telefondate. Jippiieeee!" „Soso, OK. Sorry, ich bin nur gerade etwas verwirrt." „Ja, ich habe auch keine Ahnung was er will!" „Ach, der will dich bestimmt jetzt doch haben. Der hätte nie damit gerechnet, dass du die Schule verlässt. Warte mal ab. ABER, du rufst mich sofort an wenn ihr aufgelegt habt. Ich will alles wissen. Klar?" „Klar, Lucy. Bis dann."

Wie ein Tiger im Käfig laufe ich den ganzen Abend durch meine Wohnung und warte auf 22:00 Uhr. Im Fernsehen läuft nur Schrott, wie immer in solch kritischen Momenten. Er verspätet sich wieder, diesmal rechne ich aber damit. Um 22:35 Uhr klingelt endlich das Telefon. „Hallo.", antworte ich mit einer piepsigen Stimme. „Grüß dich, Mia. Wie geht es dir?" „Gut, Danke." „Ja? Das ist schön. Ich bin wieder etwas spät dran, sorry. War noch laufen eben und ich habe immer so viel Arbeit, dass ich nicht pünktlich raus komme." „Ja, macht ja nichts.", antwortet ich, diesmal mit etwas gefestigter Stimme. Was soll ich auch anderes sagen? „Nein? Na dann ist ja gut." Das Gespräch wird ganz klar von ihm geführt. Er fragt was ich so mache, wie die Beziehung zu meinem Ex ist, ob ich neue Männer kennenlerne usw. Ich bin teilweise ein wenig überrumpelt, kann aber nicht anders als einfach ehrlich zu antworten. Wow, dieser Polizist nimmt seine Arbeit echt mit nach Hause. Es fühlt sich an als wäre ich in einem Verhör. Bestimmt will er nur einiges vorher abklären. Und dann geht es plötzlich ans Eingemachte. „Wie oft hattet ihr Sex, du und dein Ex? Regelmäßig?" Hallo? geht's noch? „Na am Ende sicher nicht mehr. Da hatten wir gar keinen Sex mehr." Und im Übrigen geht dich das gar nichts an. „A-ha, und worauf stehst du so?" „Ähm... keine Ahnung. Bin da wohl recht offen, glaube ich. Nur Extreme mag ich nicht." „Was sind für dich Extreme?" „Nun, heftige Sachen. Wie SM und so. Ich mag Schmerzen nicht." „OK. Also das sehe ich anders." WAS? Bist du bescheuert? „Was siehst du anders? Dass ich auf so was stehe?" „Genau. Ich weiß, dass du darauf stehst. Ich sehe das an der Art wie du dich bewegst, wie du dich kleidest, wie du bist, wie du sprichst, wie du atmest. Ich lege meine Hand dafür ins Feuer, dass du da voll drauf abfährst und ich kann es dir zeigen wenn du möchtest. Diese Frauen sind starke Frauen die im Leben stehen. Und es hat nichts mit Entwürdigung zu tun, im Gegenteil. Es wirkt vielleicht von außen so, aber es fühlt sich für die Frau nie so an. Es ist das Intensivste was es zwischen zwei Menschen geben kann. Was hältst du davon?" Pause. Ich kann nicht fassen was ich da höre und ich begreife den ganzen Umfang der Sache auch gerade nicht. Nach ein paar stillen Sekunden, die mir wie eine Ewigkeit vorkommen, sage ich vorsichtig: „Ich weiß es nicht. Ich glaube ich bin neugierig." „Sehr schön. Eine lockere BDSM-Spiele-Beziehung. Das kann ich dir bieten. Nicht mehr und nicht weniger. Ich zeige dir eine neue Welt. Schlaf eine Nacht drüber, denke darüber nach, ich rufe dich morgen um diese Uhrzeit wieder an. Bis dann."

Das ist es also? Das ist es, was ich die ganze Zeit gefühlt habe? Nein. Ich stehe nicht auf so was. Ich doch nicht. Nicht, dass ich ein Problem damit habe. Lucy hat schon ihre Erfahrungen damit gemacht und mir ein wenig darüber berichtet. Ich finde das absolut OK, aber ich kann mir beim besten Willen nicht vorstellen, dass es mir gefallen würde, wenn mir ein Mann mit einer Gerte den Hintern versohlt. Immer noch völlig baff wähle ich Lucys Nummer. „JA? Und? Erzähl doch mal. Was will er?" „Eine Sub.", spreche ich etwas trocken ins Telefon. Schweigen.

„Wie bitte?" „Eine Sub, Lucy. Thomas will, dass ich seine Sub werde. Er ist ein Dom." Dann müssen wir beide erst einmal lachen. „Das gibt es ja nicht. Und was hast du gesagt?" „Er ruft mich morgen nochmal an. So lange habe ich Zeit um darüber nachzudenken. Aber mal ehrlich, was bleibt mir anderes übrig? Wenn ich es nicht mache werde ich es mein Leben lang bereuen. So nah war ich ihm noch nie, das ist die Chance. Ich kann ihn nicht zurückweisen. Und er ist sich sicher, dass mir das gefällt." Lucy hört gar nicht mehr auf zu lachen. „Na ja, ehrlich gesagt, vorstellen kann ich es mir auch." „Was? Das mir das gefällt?" „Ja sicher. Ich habe mir das schon immer vorstellen können, aber du warst dir so sicher, dass es nichts für dich ist, da bin ich nicht weiter drauf eingegangen." „Nun ja, wir werden es ja bald genauer wissen."

Sehr bald sogar. Thomas meldet sich halbwegs pünktlich am nächsten Abend. Schau an, sobald etwas für ihn drin steckt, hält er sich an die Zeitvorgaben. Wir plaudern kurz oberflächlich bevor wir zum eigentlichen Thema kommen. Thomas nimmt sich viel Zeit, erzählt beruhigende Dinge, dass alles ganz langsam anfangen wird um sich dann zu steigern. Dass man die ganze Zeit in Sicherheit ist, aufgefangen, beschützt und geachtet wird und so weiter. Letztendlich ist es mir aber fast egal was er sagt, da meine Entscheidung ja eh schon fest steht. Und als ich ihm sage, dass ich es probieren möchte vereinbaren wir noch in derselben Woche einen Termin und er beendet das Telefonat.

Während der nächsten Tage lasse ich mir alles nochmal durch den Kopf gehen. Ich wusste ja die ganze Zeit, dass ich etwas fühle. Dass ich es mir nicht einbilde. Dass zwischen uns etwas ist, etwas Anziehendes, Faszinierendes, Animalisches und etwas sehr, sehr Dunkles.

Aber ich wusste nicht, was es war. Bis zu diesem Zeitpunkt. Hätte mir das irgendjemand noch vor einer Woche erzählt, hätte ich gedacht: „Was ein Spinner!", um mich dann zu distanzieren. Aber es geht hier schließlich um IHN. Und jetzt will ich es wissen. Ist es das was ich fühle? Woher hätte ich das wissen sollen? Erkennen und wahrnehmen sollen? Ich weiß ja noch nicht mal was genau auf mich zukommt, nur dass ich mich geborgen dabei fühlen werde. Und bei all diesen Gedanken schießt mir ein ganz besonderer immer wieder in den Kopf – Mia, dieser Mann ist dein Untergang!

Es ist Mittwochabend und mir ist schon seit gestern schlecht vor Nervosität. Heute kommt er und ich bereite seit Stunden alles vor. Ich räume auf, putze, kaufe ein. Gulasch soll ich kochen. Und einen Rock tragen. Den kurzen, rotkarierten, mit einem schwarzen Top. So sagte er es am Telefon. Warum bestimmt er was ich anziehe? Eine Jeans wäre mir Tausend mal lieber, oder wenigstens einen nicht ganz so kurzen Rock. Aber er will es so und aus irgendeinem mir nicht ersichtlichen Grund, wage ich es nicht etwas zu tun, was er ausdrücklich untersagt hat.

Eine halbe Stunde vor dem vereinbarten Termin ist alles fertig. Das Essen, die Wohnung.... ich. Ich kann es kaum fassen, dass er bald vor meiner Tür steht. Da ich durch einen Spalt in der geschlossenen Jalousie schaue, sehe ich wie sein Auto vorfährt. Atme, Mia, atme! Ich höre die Autotür zuschlagen und warte auf das Klingeln der Tür. Ich hole tief Luft, öffne die Tür und lasse dieses Abenteuer beginnen. Er begrüßt mich und überreicht mir eine wunderschöne rote langstielige Rose. Die schönste, wohl bemerkt, die ich je gesehen habe. Erst reden wir in der Küche, während ich das Essen fertig mache. Als er Ansätze meiner Tätowierung auf dem Rücken sieht, will er sie ganz sehen, streicht meine Haare zur Seite und streichelt mir über den Rücken. HUCH. Wieso zur Hölle fast er mich schon an? Ich versuche mir nichts anmerken zu lassen, was mir aber ganz und gar nicht gelingt. „Gefällt dir das?", fragt er. „Ist OK.", antworte ich kurz und knapp und etwas verlegen.

„Wir haben den ganzen Abend Zeit.", sagt er. „Lass und in Ruhe essen." Essen? Ich bekomme keinen Bissen herunter. Am besten ich klammere mich einfach an den Wein, würge aus reiner Solidarität ein paar Gabeln Gulasch hinunter und lausche ihm, während er isst und erzählt. Überwiegend von sich, aber das ist ja nur gut. So lerne ich ihn wenigstens richtig kennen. Nachdem er fertig gegessen hat sagt er: „Lass uns auf das Sofa gehen. Da ist es gemütlicher." Schnell räume ich den Tisch ab, schnappe den Wein und folge ihm ins Wohnzimmer. Immer wieder mal streichelt er mich am Rücken oder an den Beinen und langsam gewöhne ich mich daran und entspannte etwas. „So, wir haben jetzt drei Optionen.", sagt er nach einer guten Stunde. „Entweder wir fangen an zu spielen, oder du sagst – keinen Bock auf dich und ich haue ab – oder wir machen es einfach so und ich haue ab. Was willst du?" „Ich weiß nicht. Entscheide du." „Gut, dann spielen wir!", antwortet er mit einem seltsamen Grinsen im Gesicht. Oh je.... aber zuerst muss ich dringendst noch mal um die Ecke. „Ich muss nochmal Pippi. Ist das in Ordnung?" Natürlich gestattet er es. Aber warum in aller Welt frage ich plötzlich jemanden in meiner eigenen Wohnung ob ich zur Toilette darf?

Als ich aus dem Badezimmer komme, ist er bereits im Flur. Er schaut mich an und geht mir sehr zielstrebig entgegen. Mit seinen großen Händen packt er mich bestimmt, aber nicht zu grob, an den Schultern und sagt leise in mein Ohr: „Ich möchte, dass du jetzt ins

Schlafzimmer gehst und neben dem Schrank an der Wand auf mich wartest!" Kurze Pause in der ich versuche meine Gedanken zu ordnen. Wieso kommandiert er mich jetzt herum? Warum soll ich da warten? Auf was? Will ich das jetzt? Ja... doch, irgendwie schon. „Hast du mich verstanden?" Verdammt, er will eine Antwort. Ich stottere ein „OK", wende mich ab und gehe ins Schlafzimmer, während jetzt er im Bad verschwindet.

Wie von mir verlangt, stehe ich an der Wand und frage mich ob es auch genau die Stelle ist, die er meinte. Aus dem Badezimmer höre ich Wasser rauschen. Was macht er da nur? Penis waschen? Hände waschen? Wie lange dauert das denn noch? Ich bin unendlich nervös. War das wirklich eine gute Idee? Wer weiß was er mit mir anstellen wird. Worauf habe ich mich da eingelassen? Aber wenn ich ihn jetzt nach Hause schicke, dann war es das. Dann ist alles verloren und vorbei. Meine Gedanken rasen. Dann höre ich wie die Badezimmertür sich öffnet. Er betritt das Schlafzimmer und kommt direkt auf mich zu. In der Hand hält er ein schwarzes Tuch. Erneut packt er mich an den Schultern und versucht mich herumzudrehen, so dass ich ihm den Rücken zukehre, doch ich erstarre. Er lässt davon ab, sagt keinen Ton und bindet mir das Tuch um meine Augen. Sofort schießen meine Hände vor mich in die Höhe und direkt auf seine Brust, als wolle ich ihn von mir fernhalten. Ich wundere mich selbst über diese reflexartige Reaktion. Thomas bleibt davon allerdings recht unbeeindruckt. Er nimmt meine Hände von seinem Körper und umarmt mich. „Umarme mich zurück." Einige Momente lang halten wir uns fest. „Du zitterst am ganzen Körper, das finde ich total geil!", sagt er leise. DAS findet er geil? Ich könnte drauf verzichten. Oder vielleicht doch nicht? Er löst die Umarmung, zieht mir mit einer kurzen Bewegung das Top aus, gefolgt von meinem BH. Ich merke wie er mich anschaut, berührt, vorsichtig ertastet. „Wunderschön.", sagt er sanft und ich freue mich darüber.

Nun nimmt er meine Hand und führt mich ein paar Schritte in Richtung Bett. Ich bin sehr verunsichert, schließlich kann ich ja nichts sehen. „Ganz ruhig, ich bin bei dir." Er setzt sich auf den Rand des Bettes und führt mich so, dass ich unmittelbar vor ihm stehe. Er streicht mir über den Bauch, berührt meine Brüste und ich fühle mich bewundert und begehrt. Seine Hände beginnen mir den Rock zu öffnen und auszuziehen, gefolgt von meinem Höschen. Oh nein. Er schaut mich an. Er schaut direkt DORT hin. „Wunderschön.", sagt er immer wieder, aber diesmal glaube ich ihm nicht. Ich weiß wie meine Schnecke aussieht. Die ist nicht schön. Die ist faltig mit viel zu großen Schamlippen die man sogar von Weitem sehen würde und ich wünschte, du würdest da jetzt nicht so hinstarren. Natürlich sage ich kein Wort. Ich Feigling. Er streicht mir über den Po. Einige Male. Dann verpasst er mir einen leichten Klaps. Oh, das gefällt mir ganz gut. Das tut auch gar nicht weh. „Dreh dich um, ich will dich von hinten sehen!", sagt er und ich gehorche. Wieder fühle ich seine Hände, diesmal auf meinem Rücken und meinem Hintern. Mit einer kurzen Bewegung dreht er mich wieder zurück. „Wie schön Du bist. So ein flacher Bauch." Er steht auf und geht um mich herum, dreht mich zu ihm und deutet mit einem leichten Druck auf meine Schultern an, dass ich mich hinknien soll. Aber meine Knie blockieren. Ich weigere mich. Auf die Knie gehen? Vor einem Mann? Nein. Das geht zu weit. Er lässt von mir ab und sagt: „Das war heute alles etwas viel, deswegen verzeihe ich dir das." Anschließend legt er mich mit dem Rücken auf das Bett.

Ich höre wie er sich seine Hose und sein T-Shirt auszieht. Dann legt er sich über mich, seine Schenkel zwischen meinen Beinen und er bewegt sich langsam vor und zurück, als würde er mit mir schlafen. Seine Unterhose hat er aber noch an. „So werde ich dich auch irgendwann nehmen, aber nicht heute!" Wie schade. Denke ich. Es beginnt mir zu gefallen. Ich bin immer noch aufgeregt, aber nicht mehr wirklich nervös. Die Augenbinde verrutscht ständig, was Thomas ganz und gar nicht gefällt, aber ich genieße die kurzen „Augenblicke" in denen ich erhaschen kann, was er gerade macht. Doch dann rückt er sie immer wieder zurecht und bindet sie fester zusammen. Plötzlich ist seine Hand in meinem Schritt gefolgt von seinem Finger in meinem feuchten Loch. Seine andere Hand legt er direkt unter meinen Hals, was sich toll anfühlt. „Du sagst mir wenn du kommst, hast du verstanden?" „Ja." Als würde ich heute, bei der Aufregung kommen. Aber seine sanften Berührungen gehen nicht spurlos an mir vorüber, was er merkt und mir eine sehr leichte, fast gestreichelte Ohrfeige verpasst. Die soll mich scheinbar in erster Linie erschrecken. „Dein Herz schlägt schneller, deine Haut schimmert, du sollst mir doch sagen wenn du kommst!" Aber ich komme doch gar nicht. Wir können noch zwei Stunden so weiter machen und ich würde nicht kommen. Aber natürlich halte ich meinen Mund. Wie interessant, worauf so ein Dom alles achtet. Dem entgeht ja gar nichts.

Plötzlich packt er mich, dreht sich auf den Rücken und setzt mich auf sich drauf. Automatisch bewege ich mich vor und zurück, wie ich es ja mittlerweile so gerne mache. „Du bist wilder als ich dachte, aber es gefällt mir!", sagt er dazu. Dabei traue ich mich gerade mal überhaupt nichts. „Ich merke, dass dir das gefällt.", fährt er fort. „Vielleicht erlaube ich dir irgendwann mal mich so zu reiten, aber das wird nur sehr selten sein." Eine Weile „spielen" wir so. Viele Berührungen, viel Nähe, teilweise reden wir auch. „Du bekommst jetzt noch drei Klapse.", sagt er dann und drückt mich zu sich hinunter, so dass ich mit meiner Brust auf seiner liege. Drei Mal schlägt er mir sehr leicht auf den Hintern. Es tut nicht weh. Überhaupt nicht. Für meinen ersten kleinen Schritt in diese dunkle, bezaubernde Welt soll das wohl aber erst mal reichen. „Ich möchte jetzt, dass du mir einen bläst. Machst du das?" „Ja.", „Hast du ein Problem damit? Oder mit Sperma?" „Nein." „Ich möchte, dass Du das langsam machst und ganz vorsichtig bist, so lange wie du kannst und wenn ich komme, hältst du still! Hast du das verstanden?" „Ja.", antworte ich wieder und begebe mich, immer noch blind, mit dem Kopf hinab zu seinem erigierten Schwanz. Vorsichtig nehme ich ihn in den Mund und beginne mit meinen Bewegungen. Mit der Hand unterstützend bewege ich mich langsam auf und ab, vorsichtig, so dass ich ihn mit meinen Zähnen nicht verletze. Nach nur kurzer Zeit stöhnt er auf und ergießt sich in meinem Mund. Seine Hand legt er auf meinem Kopf und hält ihn fest, so dass ich mich nicht bewegen kann. Sein Saft läuft langsam in meine Mundhöhle, ich freue mich darüber und schlucke ihn runter. Jetzt klettere ich, zufrieden mit meiner Leistung, wieder zu ihm hoch und lege mich neben ihn. „Darf ich die Augenbinde jetzt abnehmen?", frage ich. „Ja, darfst du. Beim ersten Mal, lässt man die Sub immer hungrig zurück. Mit der Lust auf mehr.", sagt er mir. Okay. Im Moment bin ich allerdings erst mal froh dass es nicht weiter geht. Ich bin müde und erschöpft. Meine Gedanken rasen zudem immer noch und im Übrigen habe ich Sperma-Reste neben meinem Mund, die ich langsam und heimlich versuche zu entfernen.

Eine Weile liegen wir noch so da, bis er sich wieder verabschiedet. Ich bleibe zurück, lasse alles sacken, überlege was gerade passiert ist, bis ich in einen tiefen und erholsamen Schlaf falle und darauf hoffe, dass man das ganze doch gegebenenfalls mal wiederholen könnte.

4

Das Timing für unser erstes Treffen war extrem schlecht, denn nun ist Thomas erst mal für 4 Wochen im Ausland, mit nur einem Wochenende dazwischen, indem er wieder zuhause ist. Ich darf ihn weder anrufen noch eine SMS schicken. Die einzige Art und Weise wie ich ihn kontaktieren darf, ist per Mail. Was aber nicht bedeutet, dass er auch immer antwortet. Unsere „Beziehung" ist eine heimliche, und da hin und wieder auch seine Kollegen sein Handy haben, möchte er nicht, dass ich dort irgendwo zu finden bin. A-ha. Als könnte man sich da nicht auch eine Ausrede einfallen lassen. Schließlich war ich ja mal seine Schülerin. Bin es ja gewissermaßen immer noch (kicher). Demnach finde ich das alles etwas übertrieben. Dennoch, es ist wie es ist. Die ersten zwei Wochen, in denen er nicht erreichbar ist, vergehen nur langsam und die Erinnerungen, die mich nicht loslassen, verunsichern mich auf der einen Seite, auf der anderen Seite aber, will ich mehr davon. Dieses Gefühl, seine Macht, der Wein, die Musik – als gäbe es weder Raum noch Zeit sondern nur ihn und mich in endloser Stille. So ist es also wenn man sich fallen lässt. Und ich weiß, dass ich noch weit davon entfernt bin mich richtig hinzugeben. Weil ich es irgendwie verarbeiten muss, schreibe ich Gedichte und male ein Bild über das Thema. Wenn ich etwas verarbeiten muss, dann werde ich gerne kreativ. Auf die ein oder andere Weise. Klappt prima. Außerdem hat Thomas mir den Film „Secretary" zukommen lassen, wohl ein Klassiker in der Szene, zum Näherbringen des Themas. Ich schaue mir den Film an und stelle fest, dass ich teilweise einen Bezug dazu habe, teilweise aber auch gar nicht. Die Demütigungen des Doms gefallen mir überhaupt nicht. Wie kann man sich so etwas nur gefallen lassen?

In ein paar Tagen kehrt Thomas zurück und ich habe, erfreulicher Weise, eine Mail von ihm im Posteingang. Kurz und knapp, aber immerhin. Er fragt wie es mir ergangen ist, was mir so durch den Kopf ging und wann wir uns wieder sehen können. Ich antworte ihm recht ausführlich, erzähle ihm meine Gedanken und Gefühle und Bedenken und mache ihm einen Terminvorschlag. Meine Gedanken und Gefühle und Bedenken lassen ihn scheinbar unberührt, denn er geht in seiner Antwort gar nicht darauf ein. Er will mich einfach nur wiedersehen und zwar direkt nach seiner Rückkehr, auch wenn er nicht viel Zeit haben wird. Mini-Mia beschwert sich etwas, weil er so gar kein Interesse an meinen Gefühlen zeigt. Aber Mini-Mia hat ja auch keine Ahnung von ihm und seiner Sehnsucht und seiner verletzten Seele. Woher ich das weiß? Ich weiß es nicht wirklich, aber nur so kann ich mir ein solches Verhalten erklären. Die Vorgaben für unser Treffen sind ähnlich wie beim letzten Mal. Ein leckeres Abendessen, Wein, Musik und Kerzen. Was die Kleidung betrifft so darf ich entscheiden zwischen einem Abendkleid mit halterlosen Strümpfen, einem schwarzen Morgenmantel aus Seide oder gar nichts. Hervorragend. Ich bin alleinerziehende Mutter mit einer Halbtagsstelle und wenig Kindesunterhalt. Seidene Morgenmäntel gehören nicht zu meiner Garderobe. Und Nackt öffne ich ganz sicher nicht die Wohnungstür. Aber ich habe noch ein schickes Abendkleid aus früheren Zeiten im Schrank. Nur Pumps habe ich keine mehr. Wieso zur Hölle habe ich keine Pumps? Jede normale erwachsene Frau hat so etwas im Schrank. Nur ich nicht. Wozu auch. Mit den Kleinen trage ich so etwas nicht und die Männer, die mich ausführten, oder auch nicht, haben auf so etwas keinen Wert gelegt. Meine alten Pumps waren alle aussortiert und neue habe ich mir nie gekauft. Und was ist mit halterlosen Strümpfen? Direkt nach dem Büro und vor unserem Treffen eile ich in die Stadt um mir wenigstens ein paar Halterlose zu besorgen. Die Dinger kosten mich ganze 27,00 EUR, sind aber auch extrem schick. Und weil ich gerade dabei bin, kaufe ich mir gleich noch schickere Wäsche für 160,00 EUR obwohl ich mir das eigentlich nicht leisten kann. Aber der Abend soll schließlich perfekt sein und er soll sehen was er an mir hat.

Wieder zu Hause habe ich zwei Stunden Zeit. Thomas will um 20:00 Uhr hier sein. Ich räume auf, brenne eine CD mit schönen romantischen Liedern, poliere die Weingläser, decke den Tisch, platziere Kerzen im Wohnzimmer, lege das Feuerzeug in Reichweite, bereite das Essen vor und bin mal wieder tierisch aufgeregt. Aber ich liebe diese Vorbereitungen. Sie stimmen mich auf den Abend ein. Im Bad nehme ich mir etwas mehr Zeit. Ich rasiere mich gründlich und komplett. Bisher habe ich immer einen sehr dünnen und kurzen Streifen Schamhaar übrig gelassen. So, wie man es in Pornos immer sieht. Doch da Thomas sagt er mag es blank, bekommt er es blank. Gedanklich gehe ich nochmal alles durch. Ich will auf alle Fälle vermeiden, dass irgendwas nicht passt wenn er hier ist. Er soll keinen Grund haben irgendetwas zu beanstanden. Oh man, wer weiß was er heute mit mir anstellt. Eigentlich will ich es jetzt gar nicht wissen und so konzentriere ich mich auf das Herausputzen meiner Selbst. Die Kleiderfrage bereitet mir, trotz Vorgabe, nun doch ein paar Schwierigkeiten. Irgendwie gefällt mir das gekaufte Höschen nun nicht mehr. Und in regelmäßigen Abständen durchsuche ich meinen Schrank nach schwarzen Pumps die ja vielleicht doch noch irgendwo sind und ich sie nur in den unzähligen Malen, in denen ich danach suchte, übersehen habe. Nichts. Ich ziehe ein anderes schwarzes Höschen an. Es ist ein String-Tanga, der vorne links aus ein paar geschickt zusammen geknüpften Schnüren besteht. So sieht es schön verspielt aus. Dazu die halterlosen Strümpfe, das schwarze Abendkleid, dezentes Make-up – fertig! Jetzt kann er kommen. Um 20:00 Uhr und einigen, bereits genehmigten Schlückchen Wein, man will ja nicht völlig verkrampft den Abend beginnen, sitze ich wieder in der Küche am Fenster und schaue durch meinen kleinen Spalt in der Jalousie. Die CD läuft bereits im Hintergrund und ich muss an mich halten, dass ich den Wein nicht in einem Zug austrinke.

Um 20:40 Uhr fährt Thomas vor. Ich hüpfe von der Arbeitsplatte, renne ins Wohnzimmer um die CD auf den Anfang zu stellen, rücke mein Kleid zurecht, schüttele mein Haar und hole tief Luft als es endlich klingelt. Er begrüßt mich wieder sehr herzlich, sagt mir wie hübsch ich aussehe und drückt mir eine Flasche Weißwein in die Hand. „Ich habe leider keine Pumps.", sage ich, weil es mir so unangenehm ist. Allerdings reagiert er nicht darauf. Während ich den Wein in die Küche bringe, stellt Thomas eine mitgebrachte Tasche ab, zieht die Jacke aus und folgt mir. „Lass dich erst mal drücken.", sagt er und nimmt mich in den Arm. „Wie fühlt sich das an? OK?" Warum fragt er mich das immer? Das ruiniert doch alles. „Ja.", antworte ich verlegen. Nach ein paar Momenten lässt er von mir ab und beginnt von seinem Urlaub zu erzählen. Gut, denn jetzt kann ich in Ruhe den Filettopf aus dem Ofen holen und das lästige Abendessen hinter mich bringen. „Das Essen ist fertig, magst du dich setzen?" Alles ist so förmlich, nur dass er wesentlich legerer gekleidet ist als ich. Das Essen schmeckt ihm sehr gut. Mir auch, wobei ich wieder nur sehr wenig davon hinunter bekomme. Somit klammere ich mich mal wieder an den Wein. Wer weiß schon was heute noch auf mich zukommt.

Das Essen dauert nicht wirklich lange und als Thomas alles von seinem Urlaub berichtet hat sagt er: „Wir legen uns jetzt auf das Sofa und schauen gemeinsam den Film „Secretary"." Eigentlich habe ich keine Lust darauf, zumal ich ihn ja, seinen Anweisungen folgend, bereits gesehen habe. So toll ist er jetzt auch wieder nicht, dass ich ihn mir gleich nochmal reinziehen muss. Aber gut, er will den Film sehen und so lege ich ihn ein. Reden ist wohl überbewertet. Mini-Mia motzt und es fällt mir schwer sie zum Schweigen zu bringen. Aber letztendlich gelingt es mir. So kann ich ihm zumindest erklären, dass ich das extreme zurückweisende Verhalten des Chefs nicht gut finde und mir das gar nicht gefallen würde. Auch würde ich mich nicht vor so einen winzigen Schreibtisch setzen. Noch verstehe ich eben sehr wenig von dieser Welt. Wir liegen nebeneinander auf dem Sofa und er streichelt mich, was ich sehr angenehm finde. Ich fasse ihn nicht an. Ich weiß nicht warum ich es nicht tue, aber ich wage es schlicht und ergreifend nicht. Ich weiß ja nicht ob es erwünscht ist und ich will auf keinen Fall eine Zurückweisung kassieren. Irgendwann nimmt er meine Hand und legt sie auf seine Brust. „Streichel mich!", sagt er. Nachdem ich nun mein „Go" erhalten habe, beginne ich damit ihn am Oberkörper zu streicheln. So lange bis er schließlich ein wenig heftiger atmet und sagt: „Hör jetzt auf, sonst komme ich." So schnell? Ich hab doch noch gar nichts gemacht. Ich ziehe meine Hand zurück und wir schauen uns an. „Obwohl du Erfahrung hast, bist du total schüchtern. Das finde ich total geil!", sagt er mit einem Lächeln im Gesicht. Recht hat er. Allerdings kann ich mir nicht erklären warum ich so bin, denn bei anderen Männern ist das nicht so. Zumindest nicht mehr. Ich weiß, dass Thomas' Bild von mir kein korrektes ist, und ich weiß, dass das nicht gut ist, denn er soll mich ja so kennenlernen wie ich bin, aber ich schaffe es einfach nicht es zu korrigieren. In seiner Gegenwart bin ich völlig hilflos. Endlich ist der Film vorbei. Thomas dreht sich zu mir. „Ich möchte, dass du dich da vorne hinstellst, mich anschaust und dein Kleid dabei auszeihst. Hast du das verstanden?" „Ja.", sage ich. „Jetzt?" Er nickt. Also gehe ich ein paar Schritte vom Sofa weg und drehe mich um, während Thomas sich aufrecht hinsetzt. Ich schaue ihn an und öffne langsam den Neckholder an meinem schwarzen Kleid, so dass es, da es mit vielen Pailletten bestickt ist, langsam an mir herunter gleitet und ich nur noch im String und den neuen Halterlosen vor ihm stehe. Thomas stöhnt. Ich lächele verschmitzt und beginne zu verstehen. Er findet es einfach geil, dass ich mache was er sagt. Ich leiste seinen Wünschen folge und genieße es und das macht ihn total an. Zu sehen wie es ihn erregt, macht mich wiederrum an. Und wenn die Wünsche weiterhin so simpel sein würden, na dann kann ja nichts mehr schief gehen. „Komm her zu mir!" Ich gehe zu ihm und er setzt mich auf seinen Schoß, Brust zu ihm gerichtet, so dass ich mich ankuscheln kann. Er hält mich fest und flüstert: „Bist du glücklich? Natürlich bist du glücklich, das merke ich sofort." Und er hat Recht. Ich fühle mich sicher und behütet und wünsche mir, dass der Moment nie enden wird. „Würdest du mich massieren?", fragt er nach einer Weile. „Ja, sicher.". Er legt sich auf den Bauch, ich setze mich auf seinen Rücken und beginne damit seine Schultern zu massieren, arbeite mich dann den Rücken herunter und wieder herauf um am Nacken weiterzumachen. „Hast du das gelernt?" „Nein. Ich mache das einfach so wie ich denke." „Du hast ein Talent dafür. Du weißt anscheinend intuitiv genau wo die Muskeln entlang laufen. Du machst das sehr gut." Keine Miene verziehen, Mia. Bedank dich einfach höflich. „Dankeschön.", sage ich leise und bescheiden. Innerlich strahle ich jedoch wie eine Göttin. Ich mache das sehr gut und rein intuitiv und es gefällt ihm. Wunderbar.

Plötzlich setzt er sich auf, dreht sich zu mir und sagt: „Ich gehe jetzt ins Bad. Wenn ich wieder komme, möchte ich, dass du den Wein ins Schlafzimmer gebracht hast, dein Kleid wieder anhast und in der Mitte dieses Raumes stehst. Hast du das verstanden?" Ich nicke. „Hast du das verstanden?", wiederholt er in einem strengeren Ton. „Ja, Thomas." Nun ist er derjenige der nickt, anschließend aufsteht und aus dem Zimmer verschwindet. Ich springe auf, schnappe mir die Gläser und die Weinflasche und flitze damit ins Schlafzimmer. Schnell stelle ich den Kram auf den Nachttisch, rase zurück ins Wohnzimmer und schlüpfe in mein Kleid. Was ein Glück ist es so einfach das Kleid an- und auszuziehen. Dann schaue ich mich um und überlege wo genau die Mitte des Raumes ist. Da müsste sie sein. Und jetzt stelle ich mich einen Meter daneben und schaue was passiert. Nervös warte ich auf seine Rückkehr. Als er den Raum betritt, hat er nur noch seine Unterhose an. Zielstrebig geht er auf mich zu und packt mich an den Schultern. Ich halte die Luft an. „Wo sollst du warten?", sagt er streng. „In der Mitte des Raumes.", flüstere ich. „Dann stell dich dort auch hin!", erwidert er und geht wieder raus. „Aber wo genau ist denn die Mitte?", frage ich unschuldig, doch erhalte keine Antwort. Schnell stelle ich mich einen Meter weiter nach links, an die Stelle die ich vorher als Mitte auserkoren habe. Thomas kommt zurück und scheint mit meiner neuen Mitte zufrieden zu sein. Das war einfach. Ich habe mit mehr Ärger gerechnet. In seiner Hand trägt Thomas ein schwarzes Halsband an dem ein silberner, großer Ring befestigt ist. Als er es mir umlegen will, hebe ich meine Hände um mein langes Haar für ihn aus dem Weg zu halten, doch er schlägt mir auf die Finger, so dass ich meine Hände schnell wieder an die Seite meines Körpers lege. Bitte, sie doch zu wie du klar kommst. „Du fasst das nicht an. Ich lege es an und ich ziehe es wieder aus!", sagt er, nachdem er es angelegt hat. Keine Ahnung wie das Halsband an mir aussieht, aber es fühlt sich sehr gut an. Außerdem mag ich Leder. Und Metallringe sowieso. Mit einer schnellen Bewegung hebt Thomas mich hoch und trägt mich ins Schlafzimmer. Auf dem Weg dorthin stößt er sich den Kopf am Türrahmen. Ziemlich heftig sogar, und vermutlich vor Verlegenheit muss ich kichern. Dabei kuschel ich mein Gesicht an seinen Hals. „Gefällt es dir so getragen zu werden?" „Ja. Schon.", antworte ich immer noch grinsend, jedoch mit sehr schlechtem Gewissen. Im Schlafzimmer angekommen lässt er mich vorsichtig herunter, so dass ich vor ihm stehe. „Zieh dein Kleid aus und leg es ordentlich dort hin. Ich mag nur ordentliche Frauen." Ui, was ein Glück war er gestern nicht hier. Ich lege mein Kleid zusammengelegt in die Ecke und frage mich, warum ich es für die 3 Minuten überhaupt wieder habe anziehen sollen. Aber natürlich behalte ich auch diese Gedanken für mich, denn letztlich scheint es ja nicht wichtig zu sein ob ich seine Forderungen als sinnvoll erachte oder nicht. „Ich liebe deine Brüste.", sagt er. „Dich mag ich, aber deine Brüste liebe ich!" Meine Brüste sind nicht echt. Mit den zwei, durch die Kinder, ausgelutschten, hässlichen Brüsten konnte ich mich nirgends sehen lassen. Wie bei so vielen Müttern. Jetzt sind es wohlgeformte, wunderschöne B-Körbchen-Brüste die auch ich über alles liebe und ich freue mich tierisch über jedes Kompliment das ich für sie erhalte. Er greift nach ihnen, hält sie fest, streichelt meinen Körper. Ich stehe regungslos da, genieße seine Berührungen und sein Gefallen an mir. Dann packt er mich und legt mich mit dem Rücken auf das Bett. Er greift nach dem schwarzen Seidentuch, welches er vorher im Zimmer abgelegt haben muss und bindet meine Handgelenke damit zusammen um diese dann an das Fußende meines Bettgestells zu fesseln. Hurra, was ein Glück habe ich ein Metallbett! Thomas küsst mich, streichelte mich, bewunderte mich, fingert mich ein wenig, sagt mir wie schön ich bin und ich genieße jeden Moment davon. Gut, beim Fingern kann ich nicht wirklich entspannen. Aus irgendeinem Grund will ich nicht, dass er das bei mir macht. Ich will nicht, dass er mich in diese Situation bringt in der ich fühle und stöhne und empfange. Ich weiß nicht warum das so ist und ich will es auch nicht so haben. Daran muss ich wohl noch arbeiten, denn unterwürfig hin oder her, auf meine Kosten kommen will ich an sich schon früher oder später. Ob er heute mit mir schläft? Oh bitte lass ihn heute mit mir schlafen. Das wäre ja OK, denn da hätten wir beide was von. Er seinen Orgasmus und ich ihn in mir.

Plötzlich dreht Thomas mich von jetzt auf gleich auf den Bauch, zieht meinen Hintern nach oben und spreizt meine Beine so, dass ich auf den Knien und Unterarmen liege. Wie ein Hund. Dann lehnt er sich nach hinten und holt einen breiten Gürtel hervor. „Du bekommst jetzt zehn Schläge damit auf den Hintern. Denk dran, das ist kein Schmerz, das ist Lustschmerz." *WAS????* Mit weit aufgerissenen Augen und völlig überrumpelt drehe ich meinen Kopf in seine Richtung, doch bevor ich etwas sagen kann, knallt der Gürtel auf mein Hinterteil und es ist alles, aber kein Lustschmerz. „AU!!", rufe ich. „Halt still und dreh den Kopf nach vorne!" Ich versuche mich zusammenzureißen und es folgen fünf weitere Schläge. Mit jedem Schlag zucke ich mehr zusammen. Jeder Schlag schmerzt mehr als der vorherige und ich finde nichts, aber auch gar nichts gut oder reizvoll daran. Mein Hintern brennt wie Feuer. „Wie viele hatten wir?", fragt er streng. „Sechs.", antworte ich schmerzverzerrt. „Sehr gut!" Drei weitere Schläge halte ich gerade so noch aus, dann beginne ich mich reflexartig zu wehren. Jegliche Selbstkontrolle geht flöten, ich bäume mich auf und reiße an den Fesseln, während er mir noch den letzten Schlag verpasst. Ich befreie meine noch immer zusammengebundenen Handgelenke vom Bett, drehe mich ihm zu und versuche ihn mit aller Kraft wegzuschubsen, was allerdings überhaupt nichts bringt. Er beugt sich nach vorne, reißt mich mit ihm um, so dass wir beide auf dem Bett liegen und hält mich fest. Vor lauter Schmerz und Wut und Hilflosigkeit beiße ich ihm in die Schulter, was mir allerdings wie ein Traum vorkommt. Ich bin wie im Wahn. Thomas beißt die Zähne zusammen und dreht seinen Kopf zur Seite während ich meine Zähne in sein Fleisch presse. „Halte mich fest!", sagt er dann. Ich versuche es, doch meine Handgelenke sind nach wie vor gefesselt. Schnell entfernt er den Schal, so dass ich ihn umarmen kann. Einige Sekunden lang kralle ich mich an ihm fest. „Das war geil!", sagt er. Nein, nein, nein das war es nicht. Das ist nicht meine Welt. Das will ich nie wieder. Von wegen Lustschmerz. Doch nach einer Weile habe ich mich beruhigt und kann wieder etwas entspannen.

Still liegen wir nebeneinander. Auf seiner Schulter befindet sich nun ein recht großer, dunkelblauer bis violetter Fleck, mein Dankeschön für seine Schläge. Ich erschrecke mich ein wenig, als ich den blauen Fleck sehe, denn es war nicht meine Absicht so feste zu beißen. Aber irgendwie bin ich auch etwas stolz darauf. „Das macht nichts, ich brauch das auch manchmal.", sagt er. Dann plötzlich beginnt er zu erzählen: „Meine Frau hätte immer Mittel um sich zu pflegen und schön zu kleiden. Ich würde wollen, dass sie hübsch, gepflegt und ausgeruht ist, wenn ich nach Hause komme. Deswegen sollte sie nicht so viel arbeiten. Ich würde für sie sorgen und schauen, dass es ihr gut geht. Im Alltag währen wir 50/50, aber im Bett hätte ich zu 100% das Sagen! Und ein bis zwei Mal in der Woche gäbe es ein Spanking. Ich bin sehr glücklich im Moment. So glücklich. Eigentlich passen wir perfekt zusammen." Was hat er da gesagt? Wir passen perfekt zusammen? Und überhaupt.... seine

Frau? Vielleicht verliebt er sich ja doch in mich. So etwas sagt kein Mann einfach nur so! Gerade wenn es um die Heirat und so weiter geht. Vielleicht haben wir doch eine Chance. Meine Gedanken rasen, allerdings nicht sehr lange. „Du weißt, was du noch tun musst?", fragt Thomas mich. „Ich soll dir einen blasen.", antwortete ich. „Genau. Tust du das?" „Ja." „Ja, was?" „Ja, Thomas." Er dreht sich auf den Rücken, zieht seine Unterhose aus und beginnt seinen Schwanz zu massieren. Wieso macht er denn das jetzt? Ich denke ich soll ihm einen blasen. Nach einigen Momenten jedoch, schiebt er mich mit der freien Hand nach unten. Vorsichtig nehme ich seinen Schwanz in den Mund und beginne, wie immer, langsam mit meinen Auf- und Ab-Bewegungen. „Ooh, du bist mit allem immer so liebevoll.", stöhnt Thomas. Es dauert nicht lange bis er kommt und sein Samen langsam in meinen Mund läuft. Sie haben ihr Ziel erreicht! Ich freue mich darüber, vor allem über das „liebevoll", genieße den Moment und schlucke alles hinunter. „Weiß dein Ex eigentlich wie schön es ist in deinem Mund zu kommen?" „Nein, ich denke nicht.", antworte ich und finde den Gedanken daran auch irgendwie widerwärtig. „Schade, da hat er echt was verpasst." Dann richtet er sich auf und flüstert in mein Ohr: „Ich verreise morgen wieder für ein paar Wochen. In der Zeit möchte ich, dass du dir überlegst, ob du meine Sub sein willst oder nicht." Innerhalb 10 Minuten ist Thomas wieder angezogen und auf dem Weg nach draußen. Aus Spaß schlägt mir noch einmal mit dem Gürtel auf den Oberschenkel. „Siehst du? Das tut nicht weh!", sagt er dabei. „AUA! - doch das tut es!", antworte ich lachend und etwas empört. In der Hinsicht scheint er mich zu überschätzen. „Ich schreibe dir morgen eine Mail, wir bleiben in Kontakt.", sagt er noch bevor er die Haustüre hinter sich schließt und in die Nacht verschwindet.

5

„Du hast ihn gebissen?", fragt Lucy lachend und erstaunt, als ich ihr am nächsten Tag alles erzähle. „Wow, und wie hat er reagiert? Ich meine, das geht ja gar nicht, dass man einen Dom beißt!" „Er hat gar nicht reagiert. Er meinte er braucht das manchmal. Aber es war so heftig, Lucy. Ein richtig dunkelblauer Fleck, ich wusste nicht, dass ich so feste beiße. Aber das tat so weh mit dem Gürtel.... man bin ich ein Weichei!" Wir lachen viel, im Wesentlichen mal wieder über mein Verhalten. Aber dennoch sitzt die Sache tiefer. Ich bin verwirrt und weiß nicht ob sich Thomas nicht doch geirrt hat. Das Dominante gefällt mir sehr, aber nicht die Schmerzen. Und ich will so gerne mit ihm darüber reden. Ich habe so viele Fragen. Warum will er mir weh tun? Warum gefällt es ihm mich zu schlagen, wo es doch so klar ist, dass es mir gar nicht gefallen hat? Und warum fahre ich so auf diese dominante Schiene ab, wo ich doch mit einem sehr autoritären Vater aufgewachsen bin, der auch nicht immer ganz gewaltfrei gewesen ist und ich so froh bin, dass ich mich davon lösen konnte. Ich weiß wie es ist den Hintern voll zu bekommen und es hat mir noch nie gefallen. Außerdem bereitet es mir Schwierigkeiten Thomas nachts gehen zu sehen und am nächsten Morgen wieder komplett in meinem alleinstehenden und alleinerziehenden Alltag zu sein. Der Sprung von der komplett unselbständigen Sklavin zu meiner eigenen Herrin ist für mich nur schwer zu bewältigen. Aber es hilft ja nichts, denn Thomas ist nicht erreichbar. Zumindest nicht für mich. Zwar erhalte ich abends noch die angekündigte Mail, in der er mir sagt, dass alles super war, er jetzt erst mal weg sei, sich aber wieder melden wird. Doch auf meine Antwort reagiert er nicht.

Nach gut einer Woche erhalte ich ein Lebenszeichen in Form einer weiteren Mail von ihm. Er fragt mich wie es mir geht und sagt mir, dass er sehr oft und sehr intensiv an mich denkt. In einer Woche wird er wieder im Lande sein und sich dann melden. Auch wenn ich tief in mir spüre, dass es nicht in Ordnung ist, wie es läuft, freue ich mich über seine Nachricht und hoffe auf ein baldiges Wiedersehen. Natürlich antworte ich sofort, ich starre sowieso täglich immer wieder auf den Rechner in der Hoffnung eine Mail von ihm zu erhalten. Doch wieder kommt von seiner Seite keine Reaktion. Anscheinend hat er alles gesagt, was er sagen wollte. Und dann wie immer der Stress, die Arbeit und so weiter. An Ausreden mangelt es ihm nie. Mir geht es nicht wirklich gut damit, aber ich weiß auch, dass ich im Moment nichts machen kann außer hoffen, dass die Zeit schnell vorüber geht. Eine weitere Woche später erhalte ich die nächste Mail:

„Hi,

bin wieder im Lande, hast du heute Zeit für ein Treffen? Könnte in zwei Stunden bei Dir sein.

LG Thomas"

„Hallo,

ich werde es versuchen, melde mich gleich nochmal. Ich habe kein kinderfreies Wochenende.

LG Mia"

Nun setze ich Himmel und Hölle in Bewegung. Ich frage Lucy ob sie meine Kinder für diesen Abend nimmt, doch sie ist selbst schon verabredet. Ich rufe ein paar

Freundinnen an, doch keine hat so kurzfristig Zeit. Verdammt, was mache ich nur? Thomas wartet auf die Antwort. Ich habe ihn so lange nicht gesehen. Es muss einfach klappen. Okay, ich frage meine Mutter. Von allen Menschen auf der Welt, ist sie die letzte die ich in diese Geschichte mit einbeziehen will, aber gut, dann muss ich halt etwas mogeln. „Ich habe ihn sehr gerne und wir haben so wenig Zeit weil er so viel arbeitet.... bla bla bla." Eigentlich ist meine Mutter in der Nachbarschaft auf einen Geburtstag eingeladen doch sie sagt, sie würde einfach früher gehen und die Kinder holen. Danke, danke, danke.

„Hallo Thomas,

ich hätte heute Abend Zeit, allerdings erst in circa drei Stunden. Ist das auch Okay?

LG Mia"

Das sollte ja wohl kein Problem sein, zumal er ja sowieso immer eine halbe bis dreiviertel Stunde zu spät kommt. Und mit meiner Klärung hatte es nun keine halbe Stunde gedauert, auch wenn ich in der Zeit Blut und Wasser geschwitzt habe.

„Liebe Mia,

tut mir leid, das wird einfach zu stressig heute. Wir verschieben, ich mache es wieder gut.

LG Thomas"

Mir bleibt die Luft weg. Vor einer halben Stunde war doch noch alles in Ordnung. Weiß er überhaupt was ich auf mich genommen habe um das zu ermöglichen? Die Tränen steigen mir in die Augen und ein winziger Gedanke steigt mir in den Hinterkopf: Das war Absicht! Aber nein, das würde er doch niemals machen. Warum sollte er? So gemein konnte er nicht sein.

Schwer enttäuscht mache ich alles wieder rückgängig. Meine Mutter kann beruhigt den Geburtstag feiern und ich für meine beiden Kleinen da sein und irgendwie fühlt es sich richtig an. Ich hatte vorher kein gutes Gefühl bei meinen Aktionen. Und eine Sache schwöre ich mir an diesem Abend. Nie wieder mache ich so etwas. Nicht bei Thomas und auch bei keinem anderen Mann. Wenn ich keine Zeit habe, weil meine Kinder bei mir sind, dann habe ich keine Zeit! Meine Kinder haben immer Priorität! Und dass ich mich nicht mehr entwürdigen lasse, habe ich mir nach dem Scheitern meiner Ehe bereits vorgenommen. Ich glaube Mini-Mia kann sich ein zufriedenes Schmunzeln gerade nicht verkneifen.

Ein paar Tage später erhalte ich mal wieder eine Mail von Thomas.

„Hallo Mia,

bist du noch böse? Ich würde es gerne wieder gut machen. Hast du am Wochenende Zeit? Ich könnte die ganze Nacht bleiben.

LG Thomas"

Angehängt ist ein Bild von einem bezaubernden Blumenstrauß.

Die ganze Nacht. Das haben wir noch nicht gehabt und

ich habe mich immer gefragt wie es sein würde neben ihm einzuschlafen. Meine Wut ist sowieso wieder verflogen, auch wenn ich es nach wie vor alles andere als richtig finde, wie er sich verhalten hat.

„Hallo Thomas,

ich bin nicht mehr böse und habe Samstag Zeit.

LG Mia"

Die Antwort kommt prompt.

„Samstag passt. Musik, Wein usw. wie immer. Bin um 22:00 Uhr bei dir. Freue mich.

LG Thomas

PS. Trag das Höschen und die Halterlosen vom letzten Mal!!!

PPS. Schau dir zur Vorbereitung bitte beigefügte Videos zum Thema Gagging und Deepthroat an."

Huch, das klingt jetzt irgendwie nicht so vertrauenserweckend. Ich klicke auf die beigefügten Links und sehe Videos von Frauen die den Schwanz des Mannes sehr weit in den Rachen geschoben bekommen, teilweise auch nicht gerade liebevoll. Ab und an würgen die Frauen dabei und die Tränen laufen ihnen, vor Anstrengung, die Wangen herunter. Eine Frau muss sich sogar übergeben, lacht, und macht dann weiter. Igitt. Das kommt jetzt auf mich zu? Erst mal recherchieren. Ich liebe das Internet. Es liefert mir eine genaue Anleitung zum Thema Deepthroat, welche ich auf das Genaueste studiere, denn umso mehr ich weiß, umso besser bekomme ich das vielleicht hin. Heißt ja nicht umsonst, Wissen ist Macht. Komisch, dass ich diese Lektion auf diese Art und Weise lerne. Außerdem sagte eine bekannte Pornodarstellerin, dass man sich den Würgereflex auch abtrainieren kann, und dass sie das hinbekam indem sie einfach immer schluckte wenn sie würgen musste. Soso. Dann merke ich mir das jetzt einfach mal und hoffe, dass es nicht so schlimm wird. Mental zumindest, habe ich jetzt ein paar Tage Zeit um mich darauf einzustellen. Als ich Lucy davon erzähle sagt sie nur: „Deepthroat? Das liebe ich. Ich habe aber auch überhaupt keinen Würgereflex, mir kannste alles in den Rachen schieben." Beneidenswert.

Als wir damals gemeinsam „Secretary" schauten, sagte Thomas mir, dass ein schwarzer Rock kombiniert mit einer weißen Bluse und Heels das klassische BDSM-Outfit ist. Ich habe zwar keine weiße Bluse, aber dafür ein geniales Oberteil. Es ist ein schwarz-weiß, schräg gestreiftes Top, eng anliegend, das hinten am Nacken zusammengebunden wird und den Rücken somit zur Hälfte entblößt. Dazu kaufe ich mir einen schwarzen Businessrock und schwarze Lackpumps in die ich mich auf den ersten Blick verliebe.

Samstagabend dann beginne ich mein übliches Ritual. Kochen muss ich ja nicht, da er erst um 22:00 Uhr kommt. Vorausgesetzt er ist pünktlich. Ich stelle die Kerzen auf, brenne zwei CDs (eine für das Wohnzimmer und eine für das Schlafzimmer), poliere die Weingläser und stelle sie bereit, drehe sämtliche Duftstäbchen in den Vanille-Duftölfläschchen um und lege Feuerzeuge griffbereit, so dass ich immer eines zur Hand habe, je nachdem in welchem Raum Thomas spielen will. Dann lasse ich mir ein Bad mit Rosenduft-Badezusatz ein und höre dabei schon mal die gebrannte CD. Ich rasiere mich, lege eine Maske auf, wasche mein Haar, entspanne und stimme mich auf einen schönen Abend ein. Ich freue mich total auf mein Outfit und bin endlos begeistert davon, als ich es letztendlich anhabe. Dann dezentes Make-up und mein Lieblingsparfum von dem ich weiß, dass Thomas es auch sehr gerne mag.

Es ist 22:00 Uhr. Ich bin bereit, die Kerzen brennen, die Musik läuft und ich öffne den Wein. Wie immer am Fenster wartend, muss ich wieder aufpassen nicht zu schnell zu viel davon zu trinken. Eine gute halbe Stunde später fährt Thomas vor. Ich bin zwar immer noch sehr aufgeregt, aber lange nicht mehr so wie früher. Langsam habe ich damit begonnen ihn von seinem Podest zu holen und es fühlt sich gut an. Als es klingelt öffne ich ihm selbstbewusst die Tür und präsentiere mein Outfit. Thomas ist am telefonieren, betritt die Wohnung, mustert mich beim Reden von oben bis unten und gibt mir das Daumen-hoch-Zeichen. Ich lächele zufrieden. Als er aufgelegt hat, dreht er sich zu mir und sagt: „Wow – toll siehst du aus. Dreh dich mal um." Stolz drehe ich mich langsam vor ihm im Kreis. „Das ist ein tolles Outfit. Damit führ ich dich irgendwann mal aus. Wo hast du denn die Schuhe her, ich wollte dir eigentlich welche kaufen." „Ja genau, wann denn?" Erwidere ich lachend. So etwas hätte ich bei unseren ersten Treffen noch nicht gewagt zu sagen. Aber er reagiert eh nicht darauf. Mal wieder. „Komm her und lass dich drücken", sagt er nur, während er mich zärtlich in den Arm nimmt. Dieser Mann macht mich fertig. „Sei so gut und bring den Wein schon mal ins Schlafzimmer und warte dort auf mich. Ich komme gleich, muss nochmal ins Bad." Ich nicke, schnappe die Gläser und die Flasche und stolziere los. Das passt mir eigentlich sehr gut, denn jetzt kann ich in Ruhe im

Schlafzimmer die Kerzen anzünden und die Musik anmachen. Perfekt. Als Thomas den Raum betritt schaut er mich nochmal kurz von oben bis unten an, nimmt mich in den Arm und sagt: „Heute probieren wir etwas Neues." „Deepthroat?", erwidere ich etwas schüchtern. „Das auch. Aber ich meine etwas Anderes." „Ach so." Noch etwas Neues? Reicht es nicht, dass er seinen nicht gerade kleinen Schwanz in meinen Hals schieben will? „Ich möchte, dass du vor mir kniest." Entsetzt starre ich ihn an. Vor ihm knien? Vor einem Mann knien? Da ist mir ja Deepthroat noch lieber. Es war unglaublich schwer nach meiner Trennung wieder auf die Beine zu kommen und vor einem Mann in die Knie zu gehen, oder generell nochmal in die Knie zugehen steht nicht auf meinem zukünftigen Lebensplan. Thomas interessiert das aber nicht. Er hält mich an den Schultern fest und schaut mich an. „Knie vor mir nieder." Ich schaue auf den Boden und stehe regungslos da. Ich will ihn ja auch nicht enttäuschen. Ich versuche in die Knie zu gehen, doch sie weigern sich standhaft. „Ich kann nicht.", sage ich. „Doch du kannst." „Nein, ich versuch's ja, aber meine Beine spielen nicht mit." „Versuch es weiter, ich weiß, dass du es kannst und ich weiß, dass du es willst!" Wenn ich das jetzt mache, dann ändert sich alles. „Weißt du, das ist ja auch so eine Kopfsache wenn ich vor dir niederknie. Das macht man nicht einfach so. Man kniet nicht einfach so vor jemandem. Man kniet vor Königen!" Thomas lächelt nur selbstverliebt, hält meine Schultern fest und wartet. Ich versuche es noch ein paar Mal, dann nehme ich seine Hände und beuge meine Knie ganz langsam, tiefer und tiefer und tiefer bis sie den Boden berühren. Ich fühle mich seltsam dabei und schaue herab. „Schau mich an!", sagt Thomas streng. Kurz schaue ich nach oben, halte es aber nicht sehr lange aus und starre wieder auf den Boden. Dann kommt Thomas zu mir herunter und setzt sich vor mich. „Und, wie fühlt sich das an?" „Ich weiß nicht. Nicht so toll." Er nickt. „Ich liebe es wenn eine Frau vor mir kniet. Sie ist dann wie eine Muse für mich. Teilweise mussten die das stundenlang machen, während ich gearbeitet habe." Hmmm stundenlang also. Na ich weiß nicht. Manchmal frage ich mich ob er mit allem nicht doch etwas übertreibt. „Eigentlich bin ich ja nicht mehr, als ein Spielzeug für den Mann, richtig?", frage ich ihn, auch wenn es etwas vom Thema abweicht. „Ja, das ist richtig. In der Rolle als Sub, fungierst du als mein Spielzeug. In einem gewissen Sinne." Ich nicke. Auch das habe ich jetzt verstanden. „Willst du meine Sub sein? Ich zeige dir alles und erziehe dich sexuell so wie ich dich haben will." „Ja, warum nicht.", antworte ich schulterzuckend und etwas gleichgültig. Noch hänge ich eh viel zu tief drin. Thomas lacht – vermutlich über meine eher leidenschaftslose Reaktion. „Und wie fühlt es sich jetzt an zu knien? Es gefällt dir besser, richtig? Du fühlst dich jetzt wohl, das sehe ich." Ich grinse ihn an. „Ja, schon. Ein bisschen." Dann nimmt er meine Hände und hilft mir aufzustehen. „Zieh den Rock und das Oberteil aus und lege deine Sachen ordentlich zusammen." Ja, schon klar. Er mag nur ordentliche Frauen. Am liebsten würde ich den Kram in die Ecke feuern, aber dann muss ich ihn eh nur wieder aufsammeln und doch zusammenlegen, also mache ich es gleich richtig. „Ich habe ein Baby-Öl mitgebracht und möchte, dass du mich massierst. Ich bin sehr verspannt und du kannst das so gut." Prima, erst mal kein Deepthroat.

Meine Massage beginnt an seinem Rücken. Eigentlich ist es eine sehr schöne Atmosphäre. Wir reden sehr viel und er fragt sehr viel. Ich bin lange nicht mehr so schüchtern und zurückhaltend, sondern ein wenig mehr ich selbst. Ich sage meine Meinung zu gewissen Dingen und es entstehen richtige Gespräche, die durch ihn aber auch sehr schnell wieder beendet werden. Nach einer Weile dreht er sich auf den Rücken. „Mach oben weiter." Ich setze mich auf ihn, verteile das Öl in meinen Händen und während ich seine Brust massiere bewege ich meine Hüfte auf seinem Genitalbereich mit langsamen und bewussten Bewegungen vor und zurück. Seine Atmung verändert sich und ich spüre seine Erektion. Hach wie ich das liebe. „Hast du dir die Links angeschaut die ich dir zugeschickt habe?" SCHLUCK!!!! Verdammt. Der Schuss ging mal nach hinten los. „Ähm, ja, schon." „Das werden wir jetzt üben. Ich führe dich da ganz langsam heran, das weißt du. Du musst keine Angst haben." „Okay.", sage ich, und steige von ihm herunter. Er zieht seine Unterhose aus und setzt sich auf den Rand des Bettes. „Knie dich vor mich auf den Boden." Ich mache was er sagt und schaue ihn mit großen Augen an. „Nimm ihn in den Mund, so tief es geht." Ich denke an die Beschreibung und weiß, dass meine Nasenspitze an seinen Bauchnabel soll. Mit meiner Hand greife ich nach seinem Schwanz. „Versuch es ohne Hände.", sagt er. Auch das noch. Mein Mund nähert sich seinem Penis und meine Lippen umschlingen ihn vorsichtig. Dann bewege ich meinen Kopf nach vorne. Ganz langsam und immer tiefer. Ich spüre ihn bereits hinten an meinem Gaumen, konzentriere mich aber letztlich nur auf meine Nase und seinen Bauch. Fast, fast habe ich es geschafft. Dann muss ich würgen und ziehe meinen Kopf zurück. „Das war schon sehr gut. Weißt du wie tief du runter musst?" „Ja, mit der Nase bis dahin.", ich zeige mit dem Zeigefinger auf seinen Bauchnabel. „Im Internet gibt es eine super Beschreibung." „Richtig, sehr gut. Probiere es noch mal." Wieder gehe ich mit meinem Mund zu seinem Schwanz und schiebe meinen Kopf nach vorne. Diesmal schaffe ich es. Gerade so. Und sobald ich seinen Bauchnabel berühre, schieße ich auch schon wieder nach hinten und hole Luft. Erleichtert lächele ich ihn an, kleine Tränen steigen mir vor Anstrengung in die Augen.

„Super!", sagt er erfreut. „Jetzt massiere meine Beine." Und schon liegt er wieder quer im Bett und wartet. Ich stehe auf, genehmige mir einen großen Schluck Wein und widme mich dann wieder meinem Dom. Auch wenn ich den Begriff immer noch etwas seltsam finde. Allerdings ist er immer noch besser als „Herr" und ich frage mich, ob ich das jemals zu ihm sagen werde. Ja, mein Herr. „Du bist eine tolle Frau. Eine ganz besondere Frau.", sagt er plötzlich. „Wenn wir heiraten würden, gäbe es eine große Feier. Und irgendwann, wenn alle am feiern sind, führe ich dich hinauf auf unser Zimmer. Dort binde ich dich mit den Händen an einen Haken in der Decke. Dann gehe ich das einzige Mal in meinem Leben vor dir auf die Knie und schwöre dir meine ewige Liebe und Treue. Danach bekommst du 50 Schläge auf den Hintern. Wäre das nicht eine tolle Hochzeitsnacht?" Mein Puls rast. Er redet vom Heiraten, sagt mir, dass ich eine tolle Frau bin, schildert eine traumhafte Hochzeitsnacht – bis auf die 50 Schläge – und ich höre nur noch ewige Liebe und Treue, sehe eine wunderbare Zukunft und denke, dass ich alles lernen kann was er will. Ich werde Deepthroat beherrschen, ihn täglich kniend begrüßen und ihn auch mein Herr nennen, wenn er es denn wünscht. Ich werde die perfekte Sklavin für ihn sein. Alles im Rahmen der Möglichkeiten mit den Kindern natürlich. Aber jetzt wird endlich alles gut. Nach meiner Massage ist es bereits 01:00 Uhr. „Wir sollten gleich schlafen.", legt Thomas fest. „Es ist spät. Aber du weißt ja, was ich noch von dir verlange." „Ja." „Ja, was?" „Ja, Thomas." „Du kannst das so machen wie du möchtest. Du musst jetzt kein Deepthroat machen. OK?" „Ja, Thomas." Wieder massiert er sein Glied bis es stark erigiert ist bevor er mir das Zeichen gibt anzufangen. Ich weiß, dass ich es nicht muss, aber ich will es schließlich lernen und ich weiß auch, dass ihm das besser gefällt als die althergebrachte Art und Weise jemandem einen zu blasen. Also versuche ich erneut seinen Schwanz so tief in mich eindringen zu lassen wie es geht. Es ist in dieser Position in der wir uns befinden zwar etwas schwerer, aber immerhin ist er tiefer in meinem Mund als jemals ein Schwanz in meinem Mund gewesen ist. Abgesehen von der Nasen-Bauchnabel-Aktion zuvor. „Star-Treck"-Musik geht mir durch den Kopf. Hin und wieder würge ich etwas und hole kurz Luft. Meine Augen tränen. Er unterbricht und zieht mich ein kleines Stück zu ihm nach oben. „Mia, du bist super. Mach langsam, alles ist gut." Ich nicke und gehe wieder an die Arbeit. Noch ein paar Momente, Thomas' Atmung wird heftiger, seine Hand sucht meinen Kopf, drückt ihn nach unten, ein leichtes Stöhnen und ich schmecke den herrlichen salzigen Geschmack seines Spermas. Erschöpft bleibe ich zwischen seinen Beinen liegen und lege meinen Kopf neben seinen Penis auf den Oberschenkel. Thomas schaut mich kurz an und schließt dann für eine kleine Weile seine Augen. Ein paar Minuten später krieche ich nach oben und lege meinen Kopf auf seine Brust. Wie schön wäre es jetzt, seinen Arm um mich zu haben, aber ich frage nicht danach. „Ich möchte jetzt, dass du deinen Schlafanzug anziehst. Und zwar den, den du auch anziehen würdest wenn ich nicht da wäre." „Der ist aber nicht wirklich sexy.", sage ich ein wenig enttäuscht, denn eigentlich würde ich viel lieber mein schwarzes Negligee tragen. „Das macht nichts." Nun gut, während Thomas im Bad ist, ziehe ich meinen Kätzchen-Schlafanzug an, bestehend aus einem weißen Spagettiträger-Top mit dem Bild von einem süßen Kätzchen und einer braunen Hot Pants. Mal sehen was er dazu sagt. Aber wider erwarten ist Thomas total begeistert. „Zeig mal her. Das ist ja süß. Dreh dich um. Klasse. Eigentlich bist du zu alt für so was, aber du kannst es tragen." Den letzten Satz hätte er sich wirklich schenken können, aber immerhin gefällt ihm der Schlafanzug. Wer hätte das gedacht. Ich finde es sowieso schon ein wenig befremdlich, dass wir überhaupt Schlafanzüge anhaben, denn auch Thomas trägt Shorts und ein T-Shirt zu Bett. Nun liegen wir nebeneinander wie ein altes Ehepaar, Thomas dreht mir den Rücken zu, sagt gute Nacht und schläft binnen Sekunden ein. Sehr, sehr seltsam. Aber da auch ich sehr erschöpft bin von den Ereignissen der letzten Stunden und der Erleichterung, dass mir der Gürtel erspart geblieben ist, schlafe ich nach ein paar weiteren Minuten ein. Allerdings ist die Nacht eher unruhig. Ich werde immer wieder wach und fühle mich nicht wirklich wohl. Am frühen Morgen, es ist noch nicht mal richtig hell, steht Thomas dann auf und zieht sich an. „Ich habe noch Termine und muss heute viel erledigen.", sagt er. „Ich kann nicht länger bleiben. Tut mir leid." „Möchtest du einen Kaffee?" „Nein, bleib liegen und schlafe weiter. Ich finde alleine raus." Ich schließe meine Augen und versuche weiterzuschlafen. Nach ein paar Minuten höre ich ihn wieder ins Zimmer kommen. Er zieht die Decke über meine Schulter und verschwindet anschließend fast lautlos. Am Abend dann erhalte ich die übliche Standard-Mail.

„Hi,

war super gestern. Auf bald.

LG Thomas"

6

„Das hat er gesagt?", fragt Lucy überrascht. „Er hat von eurer Hochzeitsnacht geredet?" „Ja, hat er. Ich verstehe das nicht. Auf der einen Seite redet er von Hochzeit, sagt mir wie toll ich bin, bringt rote Rosen mit und erzählt mir wie glücklich er ist. Das hört sich für mich einfach nicht nach Affäre an. Auf der anderen Seite meldet er sich nie, versetzt mich, ich darf nach wie vor weder anrufen noch Nachrichten senden, abgesehen von Mails, und körperliche Nähe ist nur bedingt sein Ding und vor allem nur wann und wie er es will. Ich weiß auch nicht, ich glaube der ist extrem beziehungsgestört." „ACH! Merkste was?" „Ja, so langsam schon. Aber sicher bin ich mir noch nicht. Manchmal glaube ich er ist der liebste Mensch auf der Welt, der sich um mich kümmert und manchmal glaube ich, der ist einfach nur ein Arschloch vor dem Herrn, das meine Gefühle zu ihm auf eine ganz üble Art und Weise ausnutzt. Aber irgendwie kann und will ich das nicht glauben. Er sieht mich einfach. Er weiß immer wie es mir geht, er schaut mich an und weiß Bescheid. Das liegt doch nicht nur an seiner Ausbildung bei der Polizei. Oder?" „Nein.", sagt Lucy. „Das glaube ich auch nicht. Aber komisch ist es schon."

Die nächsten Wochen sehen wir uns nicht. Ein paar Mal schreibe ich Thomas an und frage nach einem Treffen, doch entweder hat er keine Zeit oder aber er reagiert überhaupt nicht. Hin und wieder werde ich auch relativ emotional und werfe ihm an den Kopf wie verantwortungslos er ist, dass er sich ja nur hinter seinen Rollen als Polizist und Dom und Mentalist versteckt und alles perfekt spiele, nur sich selbst dabei leider vergisst. Darauf geht er aber natürlich nicht weiter ein. Abgesehen davon, dass er mir sagt, dass er nichts dafür kann wie ich mich fühle. Und das ist nicht alles. An einem Samstag, als ich schon fertig gebadet und fertig gemacht bin, sagt er ein geplantes Treffen wieder kurzfristig ab. Per Mail. „....ich mache es wieder gut." Warum tue ich mir das immer wieder an? Und warum komme ich nicht von ihm los? Ich hänge an diesem Mann seit unserer ersten Begegnung in Roßbach und dass es keine Chance für mich gibt ein bestehender Teil seines Lebens zu werden wird mir mehr und mehr bewusst. Aber wie heißt es so schön, die Hoffnung stirbt zuletzt. Und dann ist da ja noch die Sache mit dem Schicksal. Oder ist es doch eher Wunschdenken? Jedenfalls ist es mal wieder Wochenende und eigentlich habe ich gar nicht mehr mit einer Nachricht gerechnet als Thomas mich anschreibt.

„Hi Mia,

wenn du diese Mail in den nächsten 1 ½ Stunden liest, schreibe mir eine SMS.

LG Thomas"

Oh nein, wann kam die Mail an? Habe ich noch Zeit? Oh gut, eine Stunde noch. Schnell greife ich zum Handy und sende Thomas ein simples „Ja?" Kurze Zeit später ruft er an. „Grüß dich, Mia. Wie geht's dir?" „Gut, Danke." „Sehr schön. Pass mal auf, ich bin gerade auf der Durchreise und hätte nachher Zeit, aber nur eine Stunde. Ich kann leider nicht länger bleiben. Ist das für dich OK?" „Oh, ähm, ja klar. Okay." „Sehr schön. Ich brauche noch ungefähr 1 ½ Stunden bis zu dir. Ich melde mich in einer Stunde nochmal mit Anweisungen!" Dann legt er auf. FUCK! Zum Glück ist es aufgeräumt. Ich rase ins Bad und lasse Badewasser ein, lege mein Outfit zurecht, stelle Kerzen und Weingläser ins Schlafzimmer, suche das Feuerzeug und die CD. Habe ich was vergessen? Nein, jetzt in die Wanne. Mein Ritual ist heute keines, denn alles geschieht mit ziemlich großer Hektik. Was ein Glück habe ich die ganzen Vorgaben mittlerweile so verinnerlicht, dass ich gar nicht lange über die Vorbereitungen nachdenken muss. Als Thomas eine

Stunde später wieder anruft ist alles fertig. „Hallo?" „Hi Mia. Alles gut?" „Ja." „Ich bin in einer dreiviertel Stunde bei Dir. Ich möchte, dass du in die Badewanne gehst, dir vorstellst wie ich dich am ganzen Körper zärtlich küsse und es dir dabei selber machst, aber kurz bevor du kommst, hörst du auf!!! Dann möchte ich, dass du den Kätzchen-Schlafanzug anziehst (VERDAMMT!) und wenn ich bei dir klingele, öffnest du die Tür, gehst in die Küche und wartest vor dem Küchentisch auf mich. Wenn ich zu dir komme, kniest du dich vor mich auf den Boden, schaust mich an und sagst: Ich grüße dich, mein Herr! Dann stehst du auf und legst dich mit dem Oberkörper auf den Tisch. Leg ruhig vorher ein Kissen darauf, damit es bequemer ist. Die Arme streckst du nach vorne weg. In Ordnung?" „Okay." „Okay, ja oder okay, nein?" „Okay, ja." Dann legt er auf. Ein wenig enttäuscht ziehe ich mein Outfit aus und den gewünschten Schlafanzug an. Zum Glück ist der gerade frisch gewaschen. Dann nehme ich mein Kopfkissen und lege es auf den Küchentisch. Eigentlich soll ich jetzt zwecks der Selbstbefriedigung in die Badewanne gehen. Aber ich war ja gerade in der Wanne gewesen, ich könnte das also eigentlich auch im Bett machen und es ihm nicht sagen. Ansonsten komme ich mit der Zeit auch nicht mehr hin. Sei tapfer, Mia. Vermutlich fragt er gar nicht ob du es dir in der Wanne gemacht hast oder nicht. Ich kenne ihn ja mittlerweile und wenn er nicht fragt, dann ist alles gut. Und wenn er doch fragt, dann muss ich eben da durch. Belügen kann ich ihn eh nicht, aber ich gehe das Risiko ein und lege mich auf mein Bett. Ich ziehe meine Schlafanzughose aus und spreize meine angewinkelten Beine so, dass ich schön viel Freiraum zum Spielen habe. Wie gefordert, denke ich daran, wie Thomas mich überall zärtlich küsst und beginne mich zu streicheln. Nach einigen Momenten werde ich feucht. Ich schiebe den Mittelfinger in mein Loch, so dass auch dieser schön feucht ist und gleite anschließend damit über meine Klitoris. Die einzige Möglichkeit wie ich eigentlich richtig zum Orgasmus komme. Mit langsamen, sanften und kreisenden Bewegungen massiere ich meine Klitoris und denke dabei an das in mir aufkommende Gefühl und an Thomas. Ich atme heftig, beginne zu schwitzen, meine Bewegungen werden schneller, aber nicht fester. Wie ich es hasse wenn Männer zwischen meinen Beinen rubbeln als gäbe etwas was zu gewinnen. Bleib beim Thema, Mia! Ich befeuchte durch ein weiteres tiefes Einführen meinen Mittelfinger auf ein Neues und konzentriere mich wieder. Jetzt brauche ich nicht mehr lange, ich merke wie die Lust steigt, ich mehr will und beginne zu stöhnen. Jetzt, wenn ich jetzt nicht aufhöre, komme ich und so ziehe ich schnell meine Hand aus meinem Schritt, hole tief Luft und beruhige mich wieder. Ein Blick auf die Uhr verrät mir, dass Thomas in den nächsten zehn Minuten hier aufkreuzen wird. Vorausgesetzt er ist ausnahmsweise mal pünktlich. Gut, Höschen an und erst mal ein Glas Wein zur Beruhigung, denn die gewünschte Begrüßung macht mir schon etwas zu schaffen.

Fünfzehn Minuten später klingelt es. Ich öffne die Tür, gehe schnell den Flur entlang in Richtung Küche und warte vor dem Tisch auf Thomas. Als er kommt, gehe ich vor ihm auf die Knie, aber bringe keinen Ton heraus. Er reicht mir seine Hand und hilft mir hoch und nimmt mich in den Arm. „Geht es dir gut?", fragt er. „Ja.", sage ich. „Zieh dein Höschen aus und leg dich über den Tisch wie ich es dir gesagt habe." Ich folge seinem Befehl und strecke ihm meinen bloßen Hintern entgegen. „Du bekommst jetzt 6 Schläge mit der Hand. Ich möchte, dass du entspannst und still hältst. Hast du das verstanden?" „Ja, Thomas.", sage ich und bin nervös und erleichtert zugleich. Nervös, weil er gleich schlägt, und erleichtert, weil er es nicht mit dem Gürtel tut. „Zähle mit!", befiehlt er. Der erste Schlag kommt. "Eins!", presse ich mit angehaltenem Atem hervor. Allerdings ist das gar nicht so schlimm und es wird auch nicht schlimm. Die Schläge sind zwar feste, aber nicht zu feste und zwischendurch wird mein Hintern liebevoll von Thomas gestreichelt. Ich zähle alle sechs Schläge mit, mein Po brennt ein wenig und ist sehr warm. Nach dem sechsten Schlag sagt Thomas: "Bleib so liegen, ich bin gleich wieder da." Ich höre wie er im Bad verschwindet und das Wasser laufen lässt. Als er zurückkommt legt er ein feuchtes Handtuch für ein paar Momente über meinen Hintern um ihn zu kühlen. Ach herrje, wie lieb ist das denn? "Zieh dein Höschen wieder an!", sagt er und legt das Handtuch auf die Spüle. Dann nimmt er mich an die Hand und geht mit mir ins Schlafzimmer. "Massierst du mich?" "Ja, Thomas." Meine Massage dauert bestimmt eine Stunde und ich freue mich, dass er schon länger da ist als ursprünglich angekündigt. Doch kurz darauf schaut er auf die Uhr. "Warum musst du denn so bald wieder weg?", "Ich habe noch einen Arzttermin." "So spät?" Schließlich haben wir schon 22:30 Uhr an einem Samstag. "Mia, du weißt ich habe viele Termine, meine Zähne machen mir Probleme, ich muss da nachher noch hin, das ist nichts was ich verschieben kann, ich habe es dir gesagt!" Ich sage nichts mehr. Klar, hat er es mir gesagt, aber ich habe nicht gedacht, dass es mir so schwer fallen wird. Thomas dreht sich auf den Rücken. "Werden wir irgendwann auch mal andere Dinge machen als nur Oralsex?", frage ich ihn. "Irgendwann vielleicht. Blas mir jetzt einen, ich muss gleich wieder los." Ich fühle mich nicht mehr wohl in meiner Haut und reagiere einfach nur noch. Wie gewohnt knie ich mich zwischen seine Beine, suche seinen vorbereiteten Schwanz mit meinem Mund und erledige die Sache innerhalb weniger Minuten. Als Thomas sich anzieht sagte er: "Ohne Abschied, gibt es auch kein Wiedersehen. Wenn ich gleich weg bin möchte ich, dass du es dir selber machst und dir dabei vorstellst wie ich dich anal nehme!" Anal? Ich will keinen Analsex mit Thomas. Ich will die tausend Küsse. Ich will Nähe und Wärme und Liebe oder zumindest vaginalen Sex. „Machst du das?" Ich schaue ihn an und würde am liebsten nein sagen, aber ich weiß, dass ich das nicht kann. Noch nicht. Anscheinend sieht er irgendeine Muskelbewegung in meiner Mimik, die genau das aussagt, denn mit einem „Sehr gut!" und „Wir bleiben in Kontakt!" verlässt er nach insgesamt knapp 2 Stunden meine Wohnung. Ich lege mich wieder ins Bett und versuche seiner Forderung nachzukommen. Aber es geht nicht. Ich bin fertig und enttäuscht und frustriert und benutzt und ich habe überhaupt nicht die geringste Lust das jetzt zu machen und so beschließe ich einfach es zu lassen. Ich werde seinen Wunsch nicht erfüllen und wenn er fragt, dann werde ich es ihm ins Gesicht sagen. Ich werde diesen Mann entmachten und wenn es das Letzte ist was ich tue. Mit dem Gedanken puste ich die Kerzen aus und weine mich in den Schlaf.

7

Wieder vergehen Wochen. Zwar habe ich Thomas mitgeteilt, dass sein letzter Besuch mir gar nicht gut getan hat, aber er ist wie üblich nicht weiter darauf eingegangen. Abgesehen von dem Kommentar: „Entweder eine Stunde, oder gar nicht. Das wusstest du". Nun, da hat er Recht. Ich wusste es vorher. Ich kann ihm das nicht vorwerfen. Achtloses Verhalten vielleicht schon, aber nicht den Mangel an Zeit. Wenigstens habe ich für mich gelernt, dass ich für diese Spiele Zeit brauche, denn für eine stundenweise Abfertigung in der Art und Weise hätte ich woanders auch Geld verlangen können, und nicht zu wenig.

Wenigstens schaffe ich es mehr und mehr mich emotional von ihm zu lösen. Aber eben immer noch nicht ganz. Ich brauche mehr Zeit und ich nehme mir vor mich weiterhin mit ihm zu Treffen, zu seinen Bedingungen, bis ich es geschafft habe mich aus seinen unsichtbaren Ketten zu befreien. Endgültig. Als Thomas sich das nächste Mal meldet, geht es ihm nicht gut. Er hat sich das Sprunggelenk verletzt, kann nicht Auto fahren, keinen Unterricht geben und sagt, dass er mich gerne sehen würde und auch könnte, insofern wir beide dazu beitragen werden. In anderen Worten: ich soll ihn abholen. Auch kein Thema. Zuhause bereite ich alles vor wie immer. Ich ziehe wieder meinen Rock mit dem passenden Oberteil an, die schwarzen Heels, werfe meinen Ledermantel über und fahre los. Thomas sitzt während der Fahrt hinten, da er sein Bein hochlegen muss. Er trägt eine Schiene um das Gelenk zu schonen. Die Stimmung ist gedrückt und ich merke, dass er sehr niedergeschlagen ist. Er starrt aus dem Fenster und sagt kaum ein Wort. Er lobt meinen Musikgeschmack und schimpft lediglich über seine Verletzung. Zuhause geht es sofort ins Schlafzimmer. Natürlich nimmt er mich noch kurz in den Arm, aber auf die Knie soll ich nicht. Er ist nicht rasiert und ich habe nicht den Eindruck, dass er heute schon unter der Dusche war. Ich finde es sowieso schade, dass er generell nie ein Eau de Toilette auflegt, denn ich liebe wohl riechende Männer, wie die meisten anderen Frauen auch. „Massierst du mich?", fragt er. „Ja.", sage ich nicht gerade überrascht. Er zieht sich bis auf die Unterhose, von der ich mir nicht sicher bin ob es sich hierbei nicht sogar um eine Schlafanzughose handelt, aus und legt sich auf das Bett. Ich hole das Öl, ziehe mich, wie üblich, bis auf das Höschen und die Halterlosen aus, gieße den Wein ein, mache die Musik an und lege los. Seine Schlafanzug-Unterhose ist alt und verwaschen und unglaublich weit. Die bekommt er besser über die Schiene, sagt er. Wenn er sich auf dem Bett bewegt verrutscht sie so, dass man teilweise sein Gehänge sehen kann. Nicht, dass ich etwas gegen sein Gehänge habe, aber seine ganze Erscheinung wirkt schwach und ungepflegt und trostlos. Gut denke ich, das kommt mir gerade Recht. Irgendwann während der Massage, als seine Hose wieder bis ganz nach oben gerutscht ist, ziehe ich sie einfach wieder nach unten. Dabei sage ich: „Komm, ich zupfe mal schnell dein Röckchen zurecht!" Er dreht seinen Kopf und starrt mich an. Ich starre gespannt zurück. Komm Thomas, zeig mir was in dir steckt. Zumindest ein Klaps müsste das doch wert sein. Aber es kommt nichts. Er wendet sich wieder ab und ich massiere ihn weiter. Erbärmlich. Einfach nur erbärmlich. Ich kann ja alles mit ihm machen. Der ganze Abend verläuft weiterhin sehr unspektakulär. Im Anschluss an den obligatorischen Blowjob, ziehe ich den Kätzchen-Schlafanzug an und wir legen uns in unserer Ehepaarmanier schlafen. Er auf seiner Seite, ich auf meiner. Am nächsten Morgen fahre ich ihn unmittelbar nach dem Aufstehen nach Hause und wir verabschieden uns per Handschlag inmitten einer Roßdorfer Hauptstraße. Ernsthaft? Per Handschlag? In Sachen Dom-Entmachtung war die letzte Nacht für mich ein Meilenstein und somit fahre ich zufrieden wieder nach Hause.

Es ist Weihnachten. Beziehungsweise Weihnachten ist gerade vorüber und ich habe Urlaub. Das letzte Treffen mit Thomas ist nun sicherlich schon sechs Wochen her. Mir geht es die ganze Zeit sehr gut. Ich denke nicht mehr viel an ihn, bin offen für andere Männer und genieße mein Leben. Mittlerweile ist es sogar so, dass ich mich nicht mehr wirklich regelmäßig bei ihm melde und er sich dafür immer öfter bei mir. Soso, kaum macht man sich ein wenig rar. Allerdings braucht es auch nicht mehr als einen Gruß von ihm um mich wieder in Dom-Sub-

Stimmung zu bringen, so dass wir relativ schnell wieder ein Treffen vereinbaren. Und da ich ja, wie gesagt, Urlaub habe und meine Kinder bei ihrem Vater sind, soll es ein ganz besonderes Treffen werden. Den ganzen Mittag bin ich damit beschäftigt das Bett im Schlafzimmer abzubauen und im Wohnzimmer wieder aufzubauen. Dafür muss aber mindestens das große Sofa ins Schlafzimmer geschoben und alle anderen Möbel umgestellt werden. Am Ende habe ich es aber geschafft das große Wohnzimmer in ein extrem romantisches und gemütliches Schlafzimmer zu verwandeln, mit Kerzenschein, Kaminfeuer und Musik. Der Wohnzimmertisch steht neben dem Bett und fungiert als eine Art Nachttisch. Auf ihm stehen Kerzen, die Weingläser und natürlich der Wein. Das Bett ist frisch bezogen mit schwarzer Bettwäsche und wohl duftend und ich habe mich auch dem üblichen Baderitual unterzogen und das traditionelle, von Thomas gewünschte, Outfit angezogen. Denn obwohl ich sehr unter dieser seltsamen Art von Spielebeziehung leide, so sind doch die eigentlichen Treffen mit Thomas, bis auf das eine, sehr schön und erfahrungsreich. Und da er heute wieder mehr Zeit mitbringt, soll dieses absolut einzigartig werden. Zumal das Thema BDSM mich nach wie vor fasziniert.

Thomas ist sichtlich überrascht, als er das Wohnzimmer betritt. So etwas hat er wohl nicht erwartet. „Ich habe dir doch gesagt, dass ich eine kleine Überraschung für dich habe.", sage ich stolz. „Ja.", antwortet er. „Das war viel Arbeit. Das musst du aber nicht immer machen." Ach wirklich!? Natürlich muss ich das nicht immer machen, was denkt der denn? Ich glaube aber, dass er sich darüber freut. Zu Beginn des Abends will Thomas erst einmal ein paar Fotos machen. Ich knie vor dem Kamin und vor dem Bett, lediglich in meinen Halterlosen und im Höschen. Mein Outfit habe ich, wie immer, recht schnell ablegen müssen. Anschließend geht es über zur Massage, ab und an nippe ich an meinem Wein. Thomas hält mich vermutlich für eine Alkoholikerin, aber so ganz ohne kann ich ihm einfach immer noch nicht begegnen. Dabei trinke ich sonst eigentlich gar nicht viel Alkohol. Aber das ist mir auch egal, weil es ja meistens bei einer Flasche für uns beide bleibt und es den Abend einfach noch reizvoller und angenehmer macht, als er in der Regel eh schon ist. Dennoch scheint der Wein mich heute mehr zu beeinflussen als sonst. Ich fühle mich relativ betrunken. Habe ich tagsüber genug gegessen? Thomas unterbricht die Massage und dreht mich auf den Bauch. Seit langem trage ich auch endlich mal wieder das Halsband. Aus seiner mitgebrachten Tasche holt er schwarze Bondage-Seile, bindet meine Handgelenke zusammen um diese dann an das Kopfende des Bettes zu fesseln. Meine Beine bindet er einzeln und gespreizt an das Fußende des Bettes. Dann beginnt er mit dem Spanking. Zwar nimmt er die flache Hand, aber er ist nur wenig zaghaft. Erstaunlicher Weise jedoch, bekomme ich kaum etwas mit. Ich weiß nicht, wie oft Thomas schon geschlagen hat und wie lange ich schon so da liege, ich weiß nur, dass mein Hintern plötzlich wie Feuer brennt. Ich jammere: „Bitte schlag mich nicht mehr. Bitte hör auf." Er folgt meinem Wunsch und bindet mich los. „Das war so geil, ich bin fast gekommen.", höre ich ihn sagen. Doch das ist das Einzige was ich höre. Ich schaffe es einfach nicht bei mir zu bleiben. Jetzt will er, dass ich ihn umarme, aber ich kann es nicht. Mein Körper gehorcht mir nicht und auch mein Verstand ist nur hin und wieder anwesend. Das Nächste was ich mitbekomme ist, dass ich auf dem Rücken liege und Thomas meinen Schritt mit seiner Hand massiert. Ich werde kurz wach, schaue ihn an und bin sofort wieder weg. Dann spüre ich wie er mich hält und streichelt und mir sagt, wie besonders ich bin, doch auch das lässt mich nicht zurückkehren. Ich erlebe bewusst nur Bruchteile von allem was passiert. Erst als er wieder über mir liegt und sagt: „Halt mich fest!", schaffe ich es ihn tatsächlich zu halten und nicht mehr gänzlich abzudriften. Meine Arme umschließen ihn fest und ich öffne meine Augen. Thomas ruft erleichtert: „Ja, genau so, Ja!" Er dreht sich mit mir auf den Rücken, so dass ich einige Minuten auf seinem Oberkörper liege. Ich fühle und schmecke ihn, bis er sagt: „Holst du mir bitte mal zwei Kühlakkus?" „Warum?", frage ich verwirrt und Thomas zeigt kurz auf seine beiden Schultern an denen sich je ein riesiger, dunkelblauer Fleck befindet. „Oh!", sage ich erschrocken. „Ich habe dich eben gebissen?" „Ja, aber das macht nichts. Ich habe dir gesagt, dass ich das manchmal brauche." Schnell hole ich ihm die Kühlakkus. „Wir waren noch nicht fertig mit der Massage." „Ach so, ja, natürlich. Wo soll ich weiter machen?" „An der Brust." Ich bin wirklich sehr bemüht, aber der Alkohol und das Spanking und die späte Stunde machen mir schwer zu schaffen, so dass ich mich einfach immer wieder auf ihn lege. „Du bist heute extrem verschmust und liebevoll, aber das mit der Massage klappt ja nicht wirklich gut!", sagt Thomas lächelnd. Nun, da hat er wohl Recht. Ich bekomme es aber nun mal einfach nicht hin. Warum auch immer. Kurz darauf beschließt er, dass es jetzt Zeit ist schlafen zu gehen. Und wie er es will, so wird es gemacht. Natürlich aber nicht ohne seinen „Schlummer-Blowjob". Am nächsten Morgen hilft Thomas mir noch das Bett wieder ins Schlafzimmer und das Sofa wieder ins Wohnzimmer zu stellen. Das wäre eigentlich gar nicht nötig gewesen, da ich das auch alleine kann und gerne weiter geschlafen hätte. Aber er besteht darauf, vermutlich hat er ein schlechtes Gewissen wegen der Schlepperei. Der gestrige Abend war wundervoll, aber ich verspüre keinerlei Wehmut als Thomas sich verabschiedet. Im Gegenteil, ich bin froh meine Ruhe zu haben und noch etwas schlafen zu können bevor ich Lucy anrufe um ihr von dem seltsamen Blackout zu berichten. Vielleicht weiß sie ja was da los gewesen ist.

8

„Oooookay.", ist Lucys Reaktion auf meine Schilderung. „Hattest du schon mal so was?", frage ich. „Nein, nie!", sagt sie. „Oh. Also ich habe mich mal schlau gemacht und entweder hatte ich so ein komisches BDSM-High, aber das glaube ich irgendwie nicht, denn dann könnte ich mich doch sicherlich besser dran erinnern. Außerdem haben das wohl eher die erfahreneren Subs. Oder aber es ging vielleicht zu weit? Weil, es hat ja eine Weile gedauert bis ich wieder richtig anwesend war. Aber mir ging es ja trotzdem die ganze Zeit gut. Emotional, meine ich. Nun ja, überwiegend zumindest. Genau weiß ich es nicht" „Und dass er dir was in den Wein gemacht hat?", fragt Lucy. „Ja, den Gedanken hatte ich auch schon. Aber das kann ich mir nicht vorstellen. Dann wäre ich doch sicherlich stundenlang richtig weg gewesen und warum hätte er das tun sollen? Ich mache ja an sich alles was er will. Ist ja nun auch nicht schwierig, er will ja immer dasselbe." „Schon, aber du magst ja keine Schläge und er offensichtlich schon, wenn es ihn so geil macht." „Das wäre ja der Hammer. Damit würde er doch seine Karriere als Polizist aufs Spiel setzen. Ach wer weiß. Vielleicht habe ich auch einfach die drei Gläser Wein nicht vertragen. Das hat man ja manchmal." Somit belassen wir es dabei. Es ist ja auch nichts weiter passiert, auch wenn ich immer wieder darüber nachdenken muss. Ich würde ihn eigentlich gerne fragen, aber er ist mal wieder nicht erreichbar und reagiert nicht auf meine Mail. Im Großen und Ganzen habe ich den Abend in sehr schöner Erinnerung, aber mittlerweile sehe ich Thomas durch ganz andere Augen. Ich finde ihn lange nicht mehr so dominant. Der „Trottel" bahnt sich immer öfter seinen

Weg in den Vordergrund, vorbei an den perfekt eingeübten Rollen der autoritären Männer. Die Art in der er spricht und isst und sich teilweise verhält; es ist alles in Allem einfach kein stimmiges Bild. Manchmal schaue ich ihn an und denke: Du kannst mir nicht das Wasser reichen. Du lebst eine Lüge durch die 1.000 Rollen die du spielst. Dann erinnere ich mich aber daran, dass ich das nicht wirklich beurteilen kann und eigentlich kann es mir auch egal sein. Letztendlich bin ich dankbar, dass ich diesen Punkt und diese Distanz überhaupt erreicht habe.

Da mir mittlerweile ja durchaus bewusst ist, dass Thomas mit sehr, sehr großer Wahrscheinlichkeit nicht der Mann sein wird, der den Rest seines Lebens mit mir verbringt, muss ich mich auch für andere Männer öffnen und ihnen eine Chance geben. Auch wenn ich nach wie vor der Meinung bin, dass nur ich Thomas jemals wirklich glücklich machen kann, aber er will ja nun einfach nicht und ich werde nicht ewig auf ihn warten. Außerdem steht Silvester vor der Tür und ich habe noch keine Pläne. Lucy verbringt den Abend ganz romantisch mit ihrem Freund, da möchte ich natürlich nicht stören und ansonsten ist da einfach niemand mit dem ich ins neue Jahr feiern könnte. Wie es der Zufall, an den ich gar nicht glaube, so will, erhalte ich am 30. Dezember eine Nachricht auf werkenntwen. Armin aus Heidelberg stellt sich vor und macht einen sehr sympathischen Eindruck. Jedoch ist mir relativ schnell klar, dass Armin kein Mann für eine Beziehung ist. Zumindest nicht für mich. Es springt einfach kein Funke über. Nach circa einer halben Stunde des belanglosen Hin- und Herschreibens, entwickelt sich das Gespräch aber plötzlich schlagartig in eine ganz eindeutige Richtung.

Armin: Du siehst ganz schön sexy aus, auf dem Bild.
Ich: Dankeschön.
Armin: Bist du auch so sexy?
Ich: Ich kann es durchaus sein, wenn ich das möchte.
Armin: Und was machst du dann so?
Ich: Was immer von mir verlangt wird.
Armin: Wie zum Beispiel was?
Ich: Wie gesagt, was immer erwünscht wird. Ich bin recht unempfindlich was so etwas betrifft. Wenn es nicht gerade etwas mit Natursekt, also Pipi und so weiter zu tun hat.
Armin: Das turnt mich gerade ziemlich an.
Ich: (mit gewecktem Spieltrieb) Ist das so, Armin? Wieso? Weil du daran denkst, wie ich an deinem Schwanz lutsche?
Armin: Oh ja, nimm ihn tief in den Mund.
Ich: Ganz tief Armin, so wie ich das immer mache.
Armin: Und jetzt greif mir an die Eier und massiere sie. Feste.
Ich: Natürlich, Armin. Gefällt es dir so?
Armin: Ich liebe es so. Ich hole mir jetzt während unseres Schreibens einen runter. Nur das du es weißt.
Ich: Aber sicher. Das wäre ja sonst auch eine Verschwendung.

Ich bin selbst ziemlich geil und nach kurzer Überlegung entscheide ich es ihm gleich zu tun. Ich ziehe mich untenrum aus und beginne ebenfalls damit mich zu streicheln.

Armin: Ich will dich jetzt ficken.
Ich: Oh ja. Wie willst du mich denn am liebsten?
Armin: Am liebsten von hinten, direkt in den Arsch. Willst du das auch?

Ich: Ja, bitte fick mich in den Arsch. Bitte fick mich tief und feste in den Arsch.
Armin: Oh Gott, du geile devote Drecksau! Das ist so geil.
Ich: Ja, ist es. Ich komme gleich.
Armin: Echt? Ich auch, ich auch.

Nach wenigen Minuten Pause beiderseits und nachdem wir beide gekommen sind fahren wir fort.

Armin: Wow, das hat echt Spaß gemacht.
Ich: Hat es. Auch wenn es irgendwie ziemlich unerwartet kam.

Eine Weile schreiben wir noch miteinander und da wir beide für den Silvesterabend nichts geplant haben, entscheide ich spontan seine Einladung anzunehmen und am nächsten Abend nach Heidelberg zu fahren. Erstaunlicher Weise bin ich kaum nervös. Ich vertraue meinem Bauchgefühl und durch die Erfahrungen mit Thomas fühle ich mich sehr selbstbewusst und erfahren. Mittlerweile habe ich ein Gefühl dafür, was Männer mögen und vor allem ist mir klar geworden, dass ich vergleichsweise viel zu bieten habe. Dennoch habe ich mein Ziel noch nicht erreicht. Ich möchte noch mehr Erfahrung und auch noch mehr Sicherheit. Und das geht letztendlich nur durch das Sammeln weiterer Erfahrungen. Am 31.12. fahre ich abends los, so dass ich gegen 20:00 Uhr bei Armin bin. Ich finde sogar einen Parkplatz direkt vor der Haustür. Man muss auch mal Glück haben. Armin wohnt im dritten Stock und als ich die Treppen so hinauf laufe, denke ich an ein Buch, das ich vor längerer Zeit mal gelesen habe. In diesem Buch steht, dass man, wenn man eine bestimmte Eigenschaft verkörpern möchte, eine Art virtuellen Schalter umlegen soll. Ich stelle mir also vor, dass ich einen großen Schalter mit dem Titel „betörende Lustgöttin", in meinem Körper besitze und diesen Schalter stelle ich auf „an". Armin steht in der Tür als ich mit umgelegtem Schalter bei ihm ankomme. Er ist einen Kopf größer als ich, hat einen kleinen Bierbauch und einen Watschelgang, wirkt aber recht sympathisch. Er ist noch am kochen. Es gibt Nudelauflauf. Ich setze mich in der Küche an den Tisch, so dass wir uns unterhalten können, während er das Essen fertig macht. Wir sprechen über alles Mögliche: Musik, Arbeit, Hobbies und es ist tatsächlich ein sehr netter Abend. Das Essen schmeckt auch lecker. Mir ist nach wie vor klar, dass der entscheidende Funke fehlt und dass es definitiv bei diesem einen Abend bleibt. Zudem ich ihn sexuell auch nicht anziehend finde. Aber ich bin ja jetzt nun mal hier und er hat auch sicherlich seine Erwartungen. Ihm zu sagen, dass ich eigentlich nicht mit ihm schlafen will, kommt bestimmt nicht gut an. Wahrscheinlich rechnet er fest damit. Vielleicht wird er sogar sauer, wenn ich ihm jetzt einen Korb gebe. Und dann? Fahren kann ich im Moment nicht mehr. Ich habe nicht nur Wein getrunken, sondern auch Wodka-Lemon. Dazu kommt, dass Armin ein starker Raucher ist und zum Rauchen nicht aus der Wohnung geht. Meine Augen brennen wie Hölle und alles stinkt bestialisch nach Zigarettenqualm. Leider kann ich ihm ja nicht untersagen in seiner eigenen Wohnung zu rauchen. Aber man hätte doch mal fragen können, ob es stört. Egal, diesen einen Abend wird es schon gehen. Dann ist es 0:00 Uhr. Wir sitzen auf dem Sofa im Wohnzimmer und natürlich ist der Kuss zum neuen Jahr, der Anfang der nächsten Erfahrung. Armins Küsse sind sehr nass. Er hat eine ziemlich große und dicke Zunge, die mit schnellen Bewegungen nicht nur in meinem Mund sondern auch um ihn herum tänzelt, was mal so gar nicht mein Fall ist.

Sehr schnell sind wir nackt, er hat meine Brüste in der Hand und ich seinen Schwanz. Wieder einer der nicht richtig hart wird. Schau an. Dann gibt's das scheinbar öfter. Ist schon witzig, wenn man bedenkt welche Gedanken sich Frauen machen über ihre Brüste, Füße, Hüften, Bäuche und Vaginas, damit sie den Männern gefallen. Auch ich schäme mich wegen meiner großen Schamlippen, doch jetzt ist mir das total egal. Die Männer sind doch auch alle unterschiedlich. Sie sind unterschiedlich groß und dick und sogar hart. Manche sind beschnitten, andere nicht und alle wollen einfach nur guten Sex. Die Schamlippen, Brüste oder Bäuche interessieren sie dabei nicht. Zumindest habe ich nicht den Eindruck. Ich habe jetzt zwar keinen Bauch und meine gemachten Brüste sind top, aber auch Lucys Erfahrungsschatz bestätigt meine Theorie. Dazu muss man sagen, dass Lucy ein paar Pfunde zu viel hat. Was sie aber nicht davon abgehalten hat, ein sehr erfülltes Sexleben zu führen. Sicherlich gibt es auch oberflächliche Männer da draußen, aber die meisten sind es nicht wirklich. Mein wundersamer Gedankengang wird durch Armins ständiges Gerede unterbrochen. Er gibt mir in einer Tour Anweisungen. „Massier mir die Eier. Feste. Lutsch dran. Fester. Noch Fester. Nimm ihn in den Mund. Na? Na? Findstes geil? Ja? Findstes geil?" Nicht wirklich, nein. Ich finde es lästig. Seine Unruhe und Hektik nervt, auf nichts kann man sich richtig einlassen, dann wechselt er wieder die Stellung und die Anweisungen. Und ständig versucht er ohne Gummi in mich einzudringen, was ich aber nicht zulasse. Jetzt muss ich also auch noch aufpassen wie ein Wachhund. Und ständig weitere Anweisungen. „Blas mir einen und knete meine Eier. Aaah ja, ist das geil. Findstes auch geil? Ja? Jetzt steck dir den Finger in den Arsch!" Bitte was? Ich soll jetzt was machen? Ich denke nicht. Warum in aller Welt soll ich mir meinen eigenen Finger in meinen Arsch stecken. Also irgendwo habe ja sogar ich meine Grenzen und in dem Moment beschließe ich, sie genau da zu setzen. „Komm, steck dir den Finger in den Arsch." „Nein!", antworte ich. Gut, er findet sich damit ab und macht sich stattdessen selbst an meinem Anus zu schaffen. Natürlich, ein weicher Schwanz bevorzugt einfach das engere Loch. Aber diesmal will ich nicht. Ich habe keine Lust mehr und möchte einfach nur, dass er kommt und wir diesen Abend beenden können. Das ständige Herumgefummel an meinen diversen Körperteilen nervt endlos und seine blöden Kommentare dazu lassen mich fühlen als wäre ich eine Darstellerin in einem billigen Porno. Außerdem ist er ziemlich groß. Er drückt mich teilweise feste nach unten, zieht an meinen Haaren und quetscht auf meinen Brüsten herum als wollte er eine Zitrone ausquetschen. Plötzlich wird er etwas ruhiger, kriecht neben mich und beginnt mich mit seiner schlabbrigen Zunge zu küssen. Ah, gut. Hauptsache weg von meinem Po. Aber Moment, wenn seine Hände hier oben sind, was ist das dann in meinem Hintern? Ich fühle es ganz genau. Da ist etwas. Vorsichtig taste ich meinen Hintern ab. Tatsächlich, da befindet sich eine Schnur, die aus meinem Po guckt. Ich ziehe daran und Schwups, kommt eine Art Liebeskugel hinaus die er ohne mein Wissen eingeführt hat. Na prima. Und egal wie ich ihn bearbeite, der Junge will einfach nicht kommen. Scheiß Alkohol. Da hilft nur noch eines. Schlafen. „Ich kann nicht mehr.", sage ich. „Ich muss jetzt schlafen." „Oh, OK." Mittlerweile ist es mir auch egal was er denkt, denn ich bin nur noch angewidert.

Ich weiß nicht wie lange ich geschlafen habe. Vielleicht 3 oder 4 Stunden. Jedenfalls ist es kaum 6:00 Uhr morgens als ich beschließe nüchtern genug für die Heimfahrt zu sein. Schnell ziehe ich mich an, sage ihm nur kurz, dass ich jetzt fahren muss und verschwinde innerhalb von 15 Minuten. Die Straßen sind leergefegt und ich bin relativ schnell wieder zuhause. Ich reiße mir die Klamotten vom Leib und gehe in die Badewanne um mir den ganzen Rauch und die ganze widerliche Sabber abzuwaschen. Ich habe sicherlich kein Problem mit Sex. Ich habe auch kein Problem damit unterschiedliche Partner zu haben. Ich finde es überhaupt nicht schlimm eine „Schlampe" zu sein. Aber der letzte Abend lässt mich mit einem schäbigen Gefühl zurück, das ich nicht ganz zuordnen kann. Ich schreibe Lucy eine SMS um ihr mitzuteilen, dass ich gut und sicher wieder zuhause angekommen bin und lege mich ins Bett. Erst mal schlafen, denke ich, und es dauert auch keine 2 Minuten bis ich in meinem sicheren, rauchfreien und kuscheligen Bett in den Tiefschlaf falle.

Lucy lacht Tränen als ich ihr von diesem bizarren Abend erzähle. Zu dem Zeitpunkt unseres Telefonats kann ich auch wieder lachen. „So was komisches. Hatte ich da plötzlich diese Kugel im Arsch und dann ständig der weiche Schwanz im Mund und immer wieder die Fragerei ob ich es alles geil finde. Hammer." „Mia, das ist ja wirklich ekelhaft. Wie konntest du das durchstehen, oder – warum? Ich meine wirklich – warum?", fragt Lucy. „Ach keine Ahnung. Ich war neugierig und irgendwie konnte ich auch nicht nein sagen. Und obwohl es irgendwo widerlich war, dachte ich, ach komm, den einen Abend schaffst du. Ist ja alles nur Kopfsache. Es war einfach nur total unwirklich. Der hat geredet und geredet und ich dachte ich bin im falschen Film, aber irgendwie fand ich es auch interessant. Nur am Ende eben nicht. Da war es dann zu viel des Guten. Ich wollte es einfach nur hinter mich bringen." „Also ich hätte mir das nicht angetan. Ich wäre gefahren oder hätte einfach gesagt, dass ich keinen Bock habe." „Jepp, das wäre sicherlich die richtige Entscheidung gewesen. Auf der anderen Seite aber....

na, na findstes geil? Findstes geil?"

Die Feiertage sind vorüber, meine Kinder sind endlich wieder bei mir und der Alltag ist in vollem Gange. Zum Glück. So kann ich ein wenig zur Ruhe kommen. Der Silvesterabend mochte zwar ein Reinfall gewesen sein, aber eine Nacht mit einem anderen Mann, so seltsam sie auch war, tat mir letztendlich gut. Sie entfernte mich weiter von Thomas und das brauche ich. Sie eröffnete mir Möglichkeiten, andere Perspektiven, den Funken Hoffnung, dass es gegebenenfalls noch einen anderen Mann da draußen gibt, der mein Seelenpartner ist. Armin meldet sich noch ein paar Mal und entschuldigt sich, nachdem ich ihm sagte, dass mir der Sex zu grob war. Er meint er wäre normalerweise nicht so, aber unser Chat hat ihn einfach total wirr gemacht. Das glaube ich ihm sogar. Nach so einem Schriftverkehr will kein Mann mehr Blümchensex. So oder so ist es aber nicht wichtig, denn die Chemie stimmt von meiner Seite aus einfach nicht und das ist das Hauptproblem. Also verbringe ich meine Abende zuhause, im Internet bis ich nach einigen Wochen eine Nachricht von einem sehr jungen Mann erhalte. Er ist erst 25 und von Beruf, man möge es kaum glauben, Polizist. Sein Name ist Samuel, er arbeitet noch als Streifenpolizist in Bingen, will sich aber demnächst beim SEK bewerben und – Überraschung, Überraschung – er steht auf ältere Frauen. Nun, Silvester habe ich ja nun verdaut und mich innerhalb der letzten Wochen gut regeneriert. An Thomas denke ich gerade nicht viel, ich habe auch nicht viel auf der Agenda und so rieche ich das nächste Abenteuer. Ich lade Samuel auf einen Kaffee ein, an einem Abend um 18:00 Uhr. Nervös bin ich gar nicht. Aufgeregt bin ich auch nicht. Nur neugierig. Er sieht sehr gut aus. Blaue Augen, blondes Haar, schlank, etwa 1,78 m groß und sehr sympathisch. Er wirkt sehr reif für sein Alter, ist zurückhaltend und höflich. Ich bin sehr gespannt was passiert und mache selbst keinerlei Annäherungsversuche sondern überlasse das ihm. Aber es kommt nichts. Um etwa 20:30 Uhr dann meint er, dass er nun langsam wieder nach Hause muss. Ich bringe ihn zur Tür, wünsche ihm noch einen schönen Abend und erhalte sehr plötzlich einen sehr leidenschaftlichen Abschiedskuss, der direkt im Schlafzimmer endet. Samuel kann recht gut küssen, das muss man ihm lassen. Im Schlafzimmer ziehen wir uns aus, er legt sich auf den Rücken und ich mache mich an meine Lieblingsbeschäftigung, das Blasen. Sein Penis hat eine normale Größe und ist richtig schön hart. Herrlich. Generell ist Samuel ein sehr gepflegter Mann und somit auch komplett rasiert. Das Blasen dauert nicht lange und eigentlich gehe ich davon aus, dass es das gewesen ist, doch anschließend steht er auf, geht ins Bad, kommt nach kurzer Zeit mit einem Kondom über seinem erigierten Schwanz wieder ins Schlafzimmer, steht breitbeinig und mit den Händen in der Hüfte da und sagt laut: „Jetzt geht's loooos!" Im ernst? Ich kann mir ein Schmunzeln nicht verkneifen. Da kommt er schon auf das Bett gehüpft und dringt in mich ein. Die klassische Missionarsstellung. Seine Bewegungen sind schnell und im perfekten Rhythmus. Tack, tack, tack, tack, tack..... Nach kurzer Zeit fragt er: „Kann ich kommen?" Amüsiert antworte ich mit: „Ja, klar", und schon ist alles wieder vorbei. Samuel zieht sich an, bedankt sich für den netten Abend, sagt dass er sich melden wird und verabschiedet sich. Es ist gerade mal 21:30 Uhr. Perfekt, jetzt habe ich noch Zeit zum Telefonieren, denn das kann ich einfach nicht für mich behalten. Und wieder lachen wir Tränen. „Lucy, er ist total süß und nett, aber er rammelt wie ein Hase. Ob das am Alter liegt? Hatten wir damals alle so einen Sex?" „Keine Ahnung. Aber ich glaube fast schon." „Jedenfalls bin ich sicher, dass aus ihm mal ein richtig guter Liebhaber wird. In 10 Jahren ist der Gold wert."

„Ach ja?", meinte sie. „Kein Tack, tack, tack, tack, tack."
Wir lachen lange und laut. „Ach", sage ich. „Was ein Glück hatten wir Sex, wir haben so schön gelacht."

Samuel kommt einige Wochen später nochmal vorbei. Da ich meine Kinder von all diesen Dingen fernhalte, dauert es eben manchmal etwas bis man sich wieder sieht. Bei seinem nächsten Besuch koche ich für ihn. Er kommt direkt nach seinem Dienst zu mir und trägt noch die komplette Polizeiuniform. Dunkelblaue Hosen, Hemd, voll bestückter Gürtel und eine echt coole Lederjacke, die er als erstes auszieht. Dann legt er seine Waffe auf meinen Wohnzimmertisch. Schluck. Das ist seltsam und ich bewundere sein Vertrauen in meine Gutmütigkeit. Ich glaube ich würde meine geladene und ungesicherte Waffe nicht einfach so auf den Wohnzimmertisch einer Person legen, die ich erst ein Mal getroffen habe. Aber das ist ja nun nicht mein Problem, denn ich habe ja keinerlei Waffen. Außerdem habe ich auch nicht vor ihn, oder irgendjemand Anderen zu erschießen. Ich probiere seine Jacke an und sie gefällt mir richtig gut. Er spielt seine Polizeikarte aus und zeigt mir, wie man mich verhaften würde indem er mich sanft auf den Boden auf den Bauch legt und so tut als würde er mir Handschellen anlegen. Man, das macht mich ganz schön an. Anschließend essen wir zu Abend, trinken ein Glas Wein und landen im Bett. Der Ablauf ist dem Vorherigen absolut identisch. Blowjob (angeblich der beste, den er je bekommen hat), dann kurzer Zwischenstopp im Bad mit anschließendem „Jetzt geht's looooos.", gefolgt von rammlerartigen Bewegungen (tack, tack, tack, tack, tack), allerdings diesmal von hinten. Dies ist unser letztes Treffen. Mir ist er einfach zu jung und einige Monate später verliebt er sich in ein gleichaltriges Mädchen und verschwindet komplett von der Bildfläche. Ich gönne es ihm.

Insgesamt dauert es drei Monate bis Thomas sich mal wieder meldet und wir uns wieder sehen. Ich habe tatsächlich überlegt ob ich mich überhaupt mit ihm verabreden soll, aber ich habe Lust darauf und ganz loslassen kann ich ihn nach wie vor anscheinend nicht. Es ist nicht mehr viel, aber irgendetwas bindet mich noch an ihn. Per Mail sendet er mir ein paar schlichte Grüße und ja, ich habe mich gefreut und umgehend darauf reagiert. Aber, ich habe ein paar minimale Anforderungen gestellt. Ich will Zeit und ein Abendessen in einem Restaurant. Thomas zögert nicht und sagt, dass er mich nett ausführen wird und ich solle mir schon mal überlegen wohin es gehen soll. Er kommt abends vorbei und kann bis zum Morgen bleiben. Verabredet sind wir um 19:00 Uhr. Sein Auto fährt um 19:15 Uhr vor. Wow, fast pünktlich. Das hatten wir noch nie. Thomas trägt Cargohosen und ein schlichtes Hemd. Neben ihm wirke ich in meinem Rock und Top und Heels ziemlich overdressed, weswegen ich schnell in ein paar Jeans und niedrigere Pumps schlüpfe. Das gemeinsame Essen ist sehr nett. Das Restaurant ist etwas gehobener und das Rumpsteak sowie der Wein ausgezeichnet. Es ist warm draußen, wir sitzen auf der Terrasse, essen und reden in aller Ruhe und für einen Moment denke ich, vielleicht ändert er sich doch noch. Vielleicht will er jetzt mehr. Doch Mini-Mia meldet sich unmittelbar zu Wort und erinnert mich daran, dass ich mal wieder meine Wahrnehmung mit meinem Wunschdenken verwechsele und dass ich einfach den Abend als das nehmen soll was er ist. Ein Abenteuer ohne weitere Bedeutung.

Zuhause ziehe ich meine Jeans aus, lege sie natürlich ordentlich zusammen, ziehe meine Halterlosen an und denke, dass es bald mal an der Zeit ist sich ein paar neue zu kaufen. Thomas liegt bereits im Bett und wartet auf seine Massage. Schon seltsam, dass man es schafft bei solchen außergewöhnlichen Dingen, eine Routine zu entwickeln. Aber auch wenn der Ablauf immer derselbe ist, mag ich die Massagen. Es ist die einzige Möglichkeit mit ihm zu reden beziehungsweise die einzige Zeit in der er mir auch mal zuhört. Ansonsten spricht Thomas einfach gerne über sich selbst, seine Erfolge, seine Kontakte und von seinem Geld. Was juckt es mich wie viel Kohle er hat, ich kann mir davon schließlich nichts kaufen. Aber er will wohl Eindruck schinden. Allerdings nicht nur bei mir, das hat er schon immer getan, auch als ich noch bei ihm im Training war. Damals habe ich es aber noch angehimmelt und bewundert. So ändern sich die Zeiten. „Was hältst du von Sex?", fragt Thomas plötzlich. „Viel.", sage ich. „Ich liebe Sex." „Ist mir wurscht." Warum fragst du dann? „Und du willst auch kommen." „Natürlich will ich das. Ist bei mir nicht immer so einfach, aber ich will schon auch auf meine Kosten kommen." „Ist mir auch wurscht.", sagt er abermals. Mein Gott, was stimmt nicht mit dir? Langsam macht er mich ein wenig aggressiv. „Mit wie vielen Männern hast du schon geschlafen?", fragt er auf dem Bauch liegend als ich auf seinem Rücken sitze und diesen massiere. „Momentchen mal.", antworte ich, lehne mich zurück, greife zu meinem Nachtisch und hole eine Art Tagebuch hervor. Irgendwann überlegte ich mal mit welchen Männern ich zusammen gewesen bin und listete sie in eben diesem Büchlein auf. Ich zähle sie und antworte auf Thomas' Frage. „Sieben." „Stehen die alle da drin?" „Jepp." „Stehe ich auch da drin?" „Nein, du schläfst ja nicht mit mir". Schmunzelnd lege ich das Buch wieder zurück.

Es kommt immer mal vor, dass Thomas die Massage unterbricht und kurz gehalten werden will. Oft habe ich das Gefühl, dass er mich besucht um abzuschalten, sich fallen und verwöhnen zu lassen und dass es ihm gar nicht mehr um Dominanz und Unterwerfung geht. Zumindest nicht in dem Maße, wie es am Anfang war. Es ist relativ spät und er hält mich gerade fest. „Was möchtest du jetzt?", flüstert er in mein Ohr. „Das ist dir doch egal.", antworte ich leidenschaftslos. „Gut gekontert. Aber wenn es nicht so wäre, was würdest du wollen?" „Ich möchte, dass du mit mir schläfst." „In welcher Position?" „Die ganz normale klassische. Ich liege auf dem Rücken und du über mir." „Hast du Kondome da?" „Ja." „Dann gib mir eines." Ich fasse es nicht. Wir werden Sex haben. Endlich, nach der ganzen Zeit, ist es tatsächlich soweit und er wird mit mir schlafen. Vermutlich habe ich sein Ego angekratzt weil er kein Anrecht auf einen Eintrag in meinem Büchlein hat, aber das ist mir jetzt egal. Schnell hole ich das Kondom aus der kleinen Kiste neben meinem Bett und gebe es ihm. „Leg dich auf den Rücken. Während ich mit der schlafe, möchte ich, dass du still hältst. Du hast dich nicht zu bewegen. Keinen Zentimeter. Klar?" „Okay, aber warum?" „Weil es unschuldig wirkt." Begeistert bin ich davon nicht. Ich mag hemmungslosen Sex indem ich mich bewegen und fühlen und schmecken kann. Aber ich werde einen Teufel tun und mich jetzt beschweren. Erst mal abwarten. Thomas beginnt damit sich einen runter zu holen. Warum tut er das? „Das wird gleich sehr schnell gehen.", sagt er. Ach!!! Was du nicht sagst. Dann hör auf dir einen zu wixen! Nun beginnt er damit mich auszuziehen. Ich will ihm helfen und werde sofort zurechtgewiesen. Irgendwie werde ich das Gefühl nicht los, dass ihm diese Situation gar nicht gefällt. Er macht das entweder tatsächlich wegen des Buches oder aber weil er meint mir etwas geben zu müssen um mich möglichst lange nutzen zu können. Er selbst braucht das jetzt überhaupt nicht und er will es auch überhaupt nicht. Das ist mir jetzt aber wurscht. Nachdem ich nackt vor ihm liege, zieht er sich das Kondom über seinen Schwanz und legt sich auf mich. Mit langsamen Bewegungen dringt er in mich ein und bewegt sich vor und zurück. Ich genieße den Moment und lege meinen Kopf ein wenig in den Nacken: „Nicht bewegen!", faucht er mich an. Keine Minute später ergießt er sich und alles ist vorbei. Schnell zieht er seinen Penis wieder hinaus und entsorgt das Kondom im Bad. Dort zieht er auch gleich seinen Schlafanzug an. Ich habe ja schon viel Komisches erlebt, aber das toppt einfach alles. „Zieh dein Kätzchen an.", sagt er. „Du willst jetzt schon schlafen?" „Es ist spät. Außerdem bin ich müde, du hast keine Ahnung wie anstrengend so etwas ist." „Wie Bitte? Du bist Sportler!" „Glaub mir, das ist furchtbar anstrengend. Ich möchte jetzt schlafen." „Aber ich nicht. Ich bin noch hellwach." „Dann massiere meine Beine noch ein wenig." Ich bin fassungslos. Und auch wenn ich ein etwas schlechtes Gewissen habe, so weiß ich, dass Lucy und ich uns morgen köstlich amüsieren werden, wenn ich ihr das alles erzähle. Nach ungefähr 10 weiteren Minuten kann ich Thomas nicht weiter davon überzeugen noch wach zu bleiben und so legen wir uns hin. Er auf die eine Seite des Bettes, ich auf die andere und binnen wenigen Minuten ist Thomas im Tiefschlaf. Sei ehrlich, Mia. Denke ich. Das war nicht gut. Das war eine Katastrophe. Was willst du mit so einem Mann? Es wird ihn niemals interessieren ob du befriedigt bist oder nicht. Wenn er überhaupt mal mit dir schläft, dann dauert es keine Minute und du darfst dich dabei nicht bewegen. Noch dazu scheint es ihm keinen Spaß zu machen. Willst du das? Willst du das wirklich? Glaubst du im Ernst, dass dich das glücklich machen wird? Dass er dich glücklich machen will? Thomas will eine unschuldige, junge Frau deren einziges Bedürfnis es ist ihn anzuhimmeln und zu befriedigen. Und die will er nur ab und an, wenn es in seinen Kalender passt oder seine Eier kurz davor sind zu platzen. Und umso abweisender er sie behandelt, umso geiler findet er es. Das bist nicht du. Du wolltest dich nie wieder erniedrigen lassen, aber genau das tust du seit Monaten mit diesem Mann. Du brauchst einen Mann der eine richtige, erfahrene Frau im Bett will und keine die so tut als wäre sie eine 16jährige Jungfrau. Du brauchst einen Mann der bei dir und deinen Kindern sein möchte. Der dich liebt so wie du bist und dich mit Achtung und Respekt behandelt. Ein Kind im Bett? Ernsthaft? Das ist doch krank. Ich bin leidenschaftlich und das lasse ich mir auch nicht mehr nehmen. Ich bin wild und verrucht. Ich bin eine Hure. Im übertragenen Sinn. Und das ist mit diesem Mann und seinen Neigungen nicht kompatibel. Ich komme hier nicht weiter, ich lerne nichts dazu und ich werde nicht befriedigt. Ich werde nicht mehr gefesselt, es gibt keine Forderungen mehr und der Sex verdient es noch nicht mal so genannt zu werden. Thomas ist ein Narzisst der schlimmsten Art und es ist ihm egal wen er wie benutzt und verletzt um das zu bekommen was er will. Wenn man bedenkt, dass er seine Macht als Polizist und sein ganzes Wissen aus den ganzen Schulungen die er zur menschlichen Psyche erhalten hat benutzt um gebrochene, unsichere Frauen für sich zu manipulieren, ohne einen Gedanken daran zu verschwenden, was er diesen Frauen antut, dann ist das mehr als verwerflich. Plötzlich ist alles so klar. Ich schaue ihn an, wie er neben mir liegt und schläft und ich sehe ihn so, wie er wirklich ist. Und all die Macht die er über mich hatte ist verschwunden, der Podest auf den ich ihn stellte ist zerstört, sämtliche Ketten die mich an ihn banden sind gesprengt und ich fühle mich frei. Endlich. Endlich bin ich frei. Ich sehe einen einsamen, gestörten, erbärmlichen Mann neben mir im Bett, der mich niemals verdient hat. Ich lege mich hin, schließe meine Augen und kurz bevor ich einschlafe denke ich: Thomas – Ich bin fertig mit dir!

9

Natürlich bleiben mit dem plötzlich doch abrupten Ende dieser Geschichte viele Fragen offen. Ich habe zuvor noch nie so auf einen Mann reagiert und jetzt, da ich es genauer beobachte, merke ich, dass es auch keinen weiteren Mann gibt oder je gegeben hat, der so einen Einfluss auf mich hat. Ich mache nicht einfach was man mir sagt, wozu auch? Und ich habe auch kein Problem damit einen Mann anzuschauen und mich normal mit ihm zu unterhalten. Zudem halten sich meine BDSM-Erfahrungen ja nun in Grenzen, auch wenn mir das, was ich erleben durfte durchaus gefallen hat. Abgesehen von der Gürtelgeschichte. Bin ich nun eine devote Frau? Habe ich nun diese Neigung? Lag es vielleicht an meiner Zuneigung zu Thomas? Oder möchte ich einfach etwas außergewöhnlichen, verspielten Sex mit Männern die eine gewisse Ruhe und Stärke ausstrahlen, so dass ich mich fallen lassen kann. Besteht da überhaupt ein Unterschied? Eines steht fest. Ich will mehr darüber erfahren. Ich will wissen ob es meine Welt ist, ob ich Blut geleckt habe, ob ich wirklich diese Neigung habe und vor allem will ich wissen, was man noch so alles machen kann. Ich will irgendwo angebunden werden und mehr mit der Augenbinde machen, denn das hat mir sehr gut gefallen. Ich liebe das Halsband und ich möchte zu gerne wissen, wie es ist richtige Manschetten an den Handgelenken zu tragen, vielleicht sogar verbunden mit einer Kette. Es gibt unzählige schöne Bilder zu diesem Thema im Internet. Es gibt auch unzählige sehr abschreckende Bilder und Videos auf einschlägigen entsprechenden Seiten, doch da halte ich mich fern von, denn das ist mir oft zu extrem. Ich mag keine Bilder oder Filme von weinenden, blutenden Frauen und Männern in schwarzen Masken. Das spiegelt in keinster Weise das wieder, was ich bisher erlebt habe. Aber wenn diese Welt so ist, wie in diesen Videos, dann weiß ich, dass sich Thomas mit seiner Vermutung doch geirrt hat und dass es eben nicht meine Welt ist.

Weil es mich nicht in Ruhe lässt bleibt mir nur eine Möglichkeit. Ich brauche einen neuen Dom. Und da ich nicht in BDSM-Foren nach ihm suchen möchte, beschließe ich dies über werkenntwen zu tun. Warum soll ich diese Plattform nicht mal für mich nutzen? Es gibt dort so viele verschiedene Gruppen zum Thema Sex und BDSM. Ich habe zwar nicht vor einer dieser Gruppen beizutreten, aber ich kann ja mal schauen wer dort noch Mitglied ist und gegebenenfalls jemanden finden der mir weiter helfen kann. Mein Profil bei WKW ist zwar kein Zweitprofil, aber sehr aussagekräftig ist es auch nicht. Es enthält neben diversen Zitaten lediglich meinen Geburtstag und die Stadt in der ich wohne. An einem ruhigen Samstagnachmittag mache ich mich also mal entspannt auf die Suche nach Dom Nr. 2.

Ich klicke verschiedene Gruppen an und blättere die Mitgliederseiten durch. Eigentlich überfliege ich diese mehr oder weniger und schaue nur grob auf die Bilder. Ich verlasse mich hier einfach mal auf mein Bauchgefühl. Ab und an finde ich ein Foto interessant, klicke auf das entsprechende Profil und stelle dann fest, dass mich irgendetwas stört. Oft erkennt man eine eher sadistische Neigung und das schreckt mich sofort ab. Wenn das Geschriebene schon voller Rechtschreibfehler steckt, verliere ich auch umgehend das Interesse. Dann fällt mein Auge auf ein Foto eines sportlichen Männerbauches auf dunklem Hintergrund. Sehr nett. Ich klicke auf das Profil und es wirkt sehr freundlich, aber auch erfahren. Axel P. ist sein Name und er kommt aus Saarbrücken. Was mich im Endeffekt davon überzeugt hier mein Glück zu versuchen ist ein Eintrag auf seinem Blog:

„Dominanz ist nicht spielbar oder einfach so erlernbar. Braucht keine „starken Worte", keine Peitschenschläge, keine Leiden zuführen. Wirkliche Dominanz nimmt ein, spricht aus den Augen, fesselt dich, sie hüllt dich ein, fasziniert dich in dem Moment wo du ihr begegnest, ganz ohne Worte. Sie nimmt einfach den Raum ein durch ihr Erscheinen. Dieser Mensch mit seiner ausgestrahlten und gelebten Dominanz wird von seinem Partner immer das bekommen was er gerne möchte. Aber er wird dabei NIE den Bogen überspannen, wohl aber die Grenzen ausloten und sachte erweitern, ohne jemals dabei zu überfordern."

Ich ändere meine Profil-Einstellung, so dass meine Seitenbesuche auf anderen Profilen sichtbar sind, klicke kurz auf sein Profil und ändere meine Einstellung sofort wieder zurück um versehentliche zukünftige sichtbare Seitenbesuche zu vermeiden. Jetzt heißt es warten. Ich werde ihm ein paar Tage geben, es sind ja nicht alle Männer ständig online. Habe ich in drei Tagen nichts gehört, hat er wohl kein Interesse. Ja, ja, die magische Zahl Drei. Noch am selben Abend, einige Stunden später, erhalte ich eine Nachricht.

„Hallo Mia,

vielen Dank für Deinen Besuch auf meiner Seite.

LG Axel"

Oh wie aufregend. Grinsend sitze ich vor meinem Laptop. Was antworte ich jetzt am besten? Falle ich direkt mit der Tür ins Haus? Nein, ich fange erst mal ganz neutral an.

„Hallo Axel,

gern geschehen. Dann kann ich Dir ja auch gleich noch nachträglich zum Geburtstag gratulieren, wie ich gerade gesehen habe.

LG Mia"

„Hallo Mia,

jetzt darf ich mich auch noch für Deine Glückwünsche bedanken. :-)"

„Dürfen heißt ja nicht müssen. :-D"

„Richtig, schön, dass Du mein Wortspiel erkannt hast."

So schreiben wir eine Weile hin und her. Es entsteht sogar ein kleines, richtiges Gespräch daraus und da er BDSM oder ähnliches mit keiner Silbe erwähnt, werde ich wohl das Thema ansprechen müssen, was mir im Grunde aber gefällt, denn so kann ich steuern wie und wann ich das angehen werde. Letztendlich aber wissen wir beide, dass ich ihn nicht angeschrieben habe um zu erfahren wie das Wetter in Saarbrücken ist oder um einem wildfremden Dom zum Geburtstag zu gratulieren. Deswegen frage ich ihn einfach mal ganz vorsichtig ob ich ihn etwas fragen darf, worauf er mir antwortet, dass ich ihn alles fragen darf was ich möchte. Und so frage ich ihn woran man denn erkennt ob man diese Neigung nun wirklich hat bzw. ob es auch sein kann, dass man Spaß an der Sache hat, selbst wenn man nicht wirklich devot ist. Und schon sind wir mitten im Thema. Er antwortet mir, dass es ja immer unterschiedliche Ausprägungen gibt und fragt mich ob ich denn Spaß an Fesselspielen habe und mir solche Dinge überhaupt vorstellen kann. Da ich ein sehr offener Mensch geworden bin und tatsächlich auch unbedingt Klarheit bezüglich dieser Sache in mein Leben bringen möchte, schreibe ich ihm eine recht lange Nachricht in der ich ihm ganz grob aber doch recht deutlich meine bisherigen Erfahrungen in der Sache schildere. Das überrascht ihn, da er anscheinend noch nie so eine lange, ehrliche und offene Nachricht erhalten hat. Nun ja, was soll ich auch lange um den heißen Brei herumreden, ich habe hier ja schließlich ein Ziel zu verfolgen und bin noch dazu sehr neugierig. Außerdem ist er sehr nett und mein Bauchgefühl sagt immer noch, dass das alles gut ist. Sonst hätte Mini-Mia sich ja längst wieder bemerkbar gemacht. Er fragt mich nach Fantasien. Ob ich welche habe und wenn ja worum es da geht. Viel kann ich dazu nicht sagen, denn ich habe immer noch das Gefühl, dass mir hier zwar eine Tür geöffnet wurde, ich aber in einen dunklen Raum schaue. Ich verstehe noch nicht ganz worum es geht. Ich weiß, dass ich Halsbänder mag, dass ich Fesseln mag, dass ich Dominanz mag und ich weiß, dass ich Schmerzen gar nicht mag. Das kann ich auch nicht oft genug betonen, für den Fall eines Treffens. „Okay.", sagt er. „Es kann gut sein, dass sich das im Laufe der Zeit noch ändert. Das ist oft so. Zumindest ein wenig." Ich werde mich bestimmt noch ändern, aber mit einem Gürtel braucht mir keiner mehr kommen. In der Hinsicht bin ich ein gebranntes Kind. Er fragt mich ob ich schon mal den BDSM-Test gemacht habe und schickt mir den entsprechenden Link. Also beschäftige ich mich die nächsten 20 Minuten mit dem Beantworten von diversen Fragen über welche Fantasien mich erregen und welche nicht. An Grenzen zu stoßen, ausgeliefert zu sein, Schmerzen zuzufügen, Befehle zu erteilen oder zu befolgen, gedemütigt zu werden, Spuren zuzuführen etc. Es stellt sich heraus, dass ich zu 0% dominant bin, zu 0% sadistisch, zu 11%

masochistisch und zu 89% devot. 11% masochistisch? Das kann aber nicht sein. Viele dieser Fantasien hatte ich sowieso noch nie. Aber es ist spät und für einen Abend haben wir mal genug geschrieben. So verabschiedet er sich, aber nicht ohne noch zu erwähnen, dass er gerne wieder mit mir schreiben würde. Yay!!!!

Wir schreiben täglich und die Inhalte werden immer informativer und auch intimer. Axel hat zwei fast erwachsene Kinder und eine Stino-Freundin. „Eine was?", frage ich. Sti = stink und No = normal, Stino ist also neigungslos und eben normal. Mit seiner Stino-Freundin läuft es allerdings nicht sehr gut. Sie streiten viel und er weiß nicht wie lange es noch gut geht. Zudem ist er 48, natürlich jung geblieben und ein hoffnungsloser Romantiker der sich schnell verliebt. Na ob das jetzt so gut ist? Ich bin oft verwundert wie ausführlich manche Menschen sich beschreiben können. Zu meinen Talenten zählt das definitiv nicht. Ich möchte ihm gerne noch weitere Fragen stellen, zum Beispiel was mit der Mutter seiner Kinder ist und was er eigentlich will, aber ich belasse es bei dem was er mir erzählt. Ich werde schon noch dahinter kommen und wir kennen uns ja auch noch nicht lange. Am dritten Abend chatten wir. Er erzählt mir wie intensiv er im Bett ist und wie gut er mit Frauen umgehen kann. Das auch der Stino-Sex mit ihm sehr gut ist und viel Spaß macht. Er mag es heftig und ist dabei sehr laut, weiß aber auch die Frauen zu befriedigen. Dann nimmt das Gespräch eine andere Wendung:

Axel: Wo bist du jetzt?
Ich: Ich sitze mit Kuscheldecke und Laptop auf dem Sofa.
Axel: Ich hole mir jetzt etwas zu trinken. Ich möchte dass du dich in dieser Zeit ausziehst.
Ich: Komplett? Aber es ist kalt......

Axel: Komplett!!!! Bleib unter der Kuscheldecke.
Ich: Na gut.
Axel: Wie heißt das?
Ich: Ja
Axel: Da fehlt noch was.
Ich: Ja, Axel. :-)
Axel: Das meinte ich nicht. Komm, trau dich. Es ist nur ein Wort.
Ich: Na wenn es nur ein Wort ist, kann ich auch Axel sagen.
Axel: lach... na gut. Für jetzt belassen wir es dabei. Bis gleich.

Ich ziehe mich aus und frage mich was jetzt passieren wird während ich darauf warte, dass er zurück an den PC kommt. Nach ein paar Minuten ist er wieder da.

Axel: Ich bin wieder da. Habe mir ein Bier geholt.
Ich: Prost.
Axel: Hast du gemacht was ich dir gesagt habe?
Ich: Ja, ich sitze nackt auf dem Sofa, allerdings unter der Decke.
Axel: Braves Mädchen.

Oh, er hat „braves Mädchen" zu mir gesagt und irgendwie finde ich das gerade sehr schön. „Braves Mädchen." Warum gefällt mir das so? Warum freue ich mich jetzt darüber? Mal sehen ob ich es noch öfter aus ihm herausbekomme.

Axel: Geht es dir gut?
Ich: Ja, alles ist prima.
Axel: Sehr schön. Ich möchte jetzt, dass du mit deinem Zeigefinger und deinem Mittelfinger deine äußeren Schamlippen streichelst. NICHT die inneren. Verstanden?

Ich: Ja, Axel. Ich streichle meine äußeren Schamlippen.

Und tatsächlich beginne ich damit. Meine Möse ist eh schon feucht und das kommt mir gerade recht und außerdem macht es mir großen Spaß, das jetzt nach seinen Anweisungen zu machen.

Axel: Fühlt sich das gut an?
Ich: Ja, sehr gut.
Axel: Schön, dann möchte ich jetzt, dass du deine inneren Schamlippen streichelst. Machst du das?
Ich: Ja, Axel.

Oh Gott ist das geil. Ich reibe langsam an meinen inneren Schamlippen, fühle die Nässe und die Erregung und freue mich auf weitere Anweisungen. Ich will mehr davon.

Axel: Jetzt darfst du vor zur Klitoris und so weiter machen wie es dir gefällt. OK?
Ich: Ja

Endlich. Ich arbeite mich hoch zur Klitoris. Ich komme immer über die Klitoris. Man darf sie nur nicht zu feste und hektisch reiben. Langsam und mit Bedacht. Hin und wieder führe ich mir einen Finger ein damit er schön feucht ist und dann gehe ich damit wieder vor zur Klitoris. Mit einem feuchten Finger massiert es sich so viel besser. Ich schwitze, meine Atmung wird heftiger, meine Erregung sowieso und meine Schenkel beginnen nach und nach zu zucken.

Axel: Bist du noch da?
Ich: Ja

Axel: Kommst du gleich?
Ich: ja, bald
Axel: Genieße es und melde dich wenn du fertig bist.

Sehr schön, kein Schreibstress jetzt. Es dauert nur noch wenige Minuten. Meine kreisenden Bewegungen werden schneller aber keineswegs fester. Nackt sitze ich im Schneidersitz auf dem Sofa, mit zurück gelehntem Kopf und geschlossenen Augen während ich stöhnend endlich zum Höhepunkt komme. Ich atme kurz durch, schnappe mir den Laptop und melde mich, mit bestandener Mission, zurück.

Ich: Da bin ich wieder.
Axel: Hast du es dir jetzt wirklich gemacht und bist gekommen?
Ich: Ja, habe ich.
Axel: Braves Mädchen.

Da ist es wieder. Wie schön. Ich freue mich über das Lob und noch mehr freue ich mich, dass es bei der ganzen Sache um mich ging. Ich bin hier gekommen, nicht er. Seine ganze Aufmerksamkeit galt mir und meiner Möse und meinem Orgasmus und nicht seinem Schwanz.

Axel: Es ist spät. Wir sollten jetzt gute Nacht sagen.
Ich: OK. Ich bin auch ziemlich müde.
Axel: Dann schlaf gut und träum schön. Kuss auf die Stirn.
Ich: Dankeschön, du auch.

Jetzt bekomme ich sogar einen Kuss auf die Stirn. Wie schade, dass er nur virtuell ist. Ich hoffe, dass wir uns bald mal treffen können. Wir schreiben zwar erst seit wenigen Tagen, aber mal ehrlich, ich will ja Erfahrungen sammeln, merken ob es mein Ding ist oder nicht und das kann ich nicht, wenn ich immer nur vor dem PC sitze. Mein Bauchgefühl passt und er kümmert sich schon jetzt mehr um mich als Thomas es je getan hat. Aber ich warte noch ein wenig und lasse ihn das Thema anschneiden. Ich weiß nicht wie es wirkt, wenn die Idee von mir kommt. Und wenigstens ein paar Tage sollten vielleicht schon noch ins Land ziehen.

Tagsüber bin ich extrem aufgeregt und kann es kaum erwarten, bis wir am späten Abend wieder schreiben. Leider ist er immer erst ab circa 22:00 Uhr online und damit wir noch halbwegs genug Schlaf bekommen, verabschieden wir uns um 0:00 Uhr. Er fragt ob ich noch andere Fotos von mir habe, abgesehen von denen, die ich bei werkenntwen eingestellt habe. Freizügigere Fotos. Ich habe tatsächlich ein paar, allerdings nicht sehr viele und auch nicht sehr gute. So sende ich ihm ein Foto von meinem nackten Oberkörper, zurecht geschnitten, so dass man mein Gesicht nicht erkennt. „Wow, das ist wundervoll." Schreibt er mir. Aber es reicht ihm nicht. Also sende ich ihm ein weiteres, auf dem ich ebenfalls oben ohne bin, allerdings trage ich ein Höschen und habe meine Hand im Schritt. Auch das Foto gefällt ihm gut. Aber er will mehr.

Axel: Ich hätte gerne ein Foto ohne Höschen!
Ich: Du meinst von meiner Nüni?
Axel: Lach.... ja von deiner Nüni. Auch wenn ich den Begriff heute das erste Mal höre.
Ich: Ich mag keine Fotos von meiner Nüni.
Axel: Wieso nicht?
Ich: Weil ich sie nicht hübsch finde.
Axel: Blödsinn. Wegen deiner Schamlippen?
Ich: Ja genau.
Axel: Du findest sie zu groß?

Ich: Ja genau..
Axel: Wieder Blödsinn. Große Schamlippen sind toll.
Ich: Mir gefallen sie nicht und deshalb habe ich auch keine Fotos davon.
Axel: Dann mach eines nur für mich.
Ich: Hmmmmm, ich weiß nicht.
Axel: Ich möchte, dass du das für mich machst! JETZT!
Ich: Ja, in Ordnung.
Axel: Ja, was?
Ich: Ja, Axel.
Axel: Falsch! Du hast dir gerade deine ersten 3 Strafpunkte verdient.
Ich: WAS?
Axel: Genau, ja was?
Ich: Ja, mein Herr!
Axel: Sehr gut. Das wollte ich hören.

Ich hole meine Digitalkamera, versichere mich, dass alle Rollläden unten sind und ziehe mich aus. Man oh man, was tut man nicht alles. Wie mache ich das jetzt am besten? Ich versuche einige Dinge aus. Nein, boah das geht ja gar nicht. Ich sehe aus als hätte ich eine alte schrumpelige Möse. Auf dem gefallen mir die Oberschenkel nicht, auf dem nächsten sieht man nichts und es dauert eine ganze Weile, doch dann habe ich endlich ein Foto, das ich als brauchbar anerkenne. Natürlich aber nicht, ohne es vorher einer gründlichen Bearbeitung zu unterziehen. Mit ein wenig Weichzeichner und Aufhellung sieht es gleich viel angenehmer aus. Gut, so kann ich es verschicken. Axel findet es sehr schön. Er würde am liebsten direkt damit anfangen sie bis zum Orgasmus zu lecken. Puuuuh, das erleichtert mich jetzt. Vielleicht ist sie wirklich gar nicht so schlimm wie ich denke und ich tue ihr seid Jahren Unrecht. Jetzt tut sie mir fast schon ein bisschen leid. Man nennt sie ja sicherlich nicht umsonst auch „Schnecken". Das kommt ja bestimmt nicht von Mösen mit winzigen Schamlippen. Und letztendlich ist es mir auch nicht so wichtig wie ein Penis aussieht, solange er sauber ist. Axel will noch ein Foto. Diesmal aber mit eingeführtem Dildo. Nur doof, dass ich keinen Dildo habe. Ich habe einen Vibrator, aber der ist hellblau und irgendwie kitschig und den will ich nicht in meiner Nüni fotografieren. „Nimm eine Salatgurke oder so was. Du wirst schon was finden." Eine Salatgurke habe ich auch nicht da, dafür eine Zucchini. Und plötzlich kommt mir eine Idee. Mit einem Küchenmesser ritze ich die Wörter „Little Axel" in die Schale der Zucchini, führe mir das Teil so ein, dass man die Schrift noch gut lesen kann und dann klingelt das Telefon. Zum Glück liegt es neben mir, so dass ich nicht aufstehen muss. Mit eingeführter Zucchini unterhalte ich mich nun eine Weile mit einem guten Freund meines Exmannes, der sich alle paar Monate mal bei mir meldet. Ein sehr netter Kerl. Er merkt zum Glück nicht, wie ich meine Fotosession fortsetze während wir über unsere Leben und Kinder reden. Irgendwie gefällt mir der Gedanke, mich mit einem Mann zu unterhalten, der nicht die leiseste Ahnung hat was ich da gerade nebenbei mache. Wobei ich mir auch sicher bin, dass gerade dieser Bekannte das äußerst witzig finden würde. Dennoch bin ich froh, als das Gespräch beendet ist, da ich immer noch kein passendes Foto habe. Nach einer Unmenge an Versuchen habe ich endlich ein Bild auf dem meine Nüni halbwegs attraktiv und das Gemüse leserlich ist. Ich schneide es zurecht, setze einen netten Rahmen drum herum, bearbeite es mit Weichzeichner, Kontrast und so weiter und sende es Axel. Er ist begeistert von meiner kleinen Hommage an ihn. „Du bist unglaublich." Schreibt er und ich freue mich über den gelungenen und irgendwie verdorben verruchten Gag.

Nun schreiben wir bestimmt seit 5 Tagen und ich will es endlich wissen. Also lasse ich einfließen, dass ich kein Problem damit hätte ihn auch persönlich zu treffen. Soviel zu meinem Vorsatz ihn damit anfangen zu lassen. Er betont immer wieder, dass es einen Unterschied gibt zwischen den virtuellen Geschichten die man hin- und herschreibt und zwischen der realen BDSM-Welt und dass er das Echte natürlich viel lieber mag. Er hat unzählige „Freundinnen" auf seinem Profil, meint aber, dass die meisten mehr Schein als Sein sind, was man schnell merkt wenn man sich näher mit ihnen befasst. Aber da er immer sehr freundlich ist und den Andrang sicher auch genießt, ist ja auch eine wahre Wohltat für sein Ego, werden es nicht weniger Axel-Fans auf seiner Seite. Nichtsdestotrotz beginnen wir unser erstes Treffen zu planen. Wir wohnen ungefähr 200 km auseinander und beim ersten Treffen möchte er nicht so weit fahren, da man ja auch nicht weiß ob die Chemie dann tatsächlich stimmt. Also beschließen wir uns in der Mitte zu treffen. Wenn es nach ihm geht, verbringen wir einfach einen Abend in seinem Auto. Mini-Mia zieht eine Augenbraue nach oben und schaut mich streng an. Äääääm, lass mal überlegen. Ich denke nicht! Ich mache ja viel mit und gehe viele Kompromisse ein, aber im Auto? Ich weiß ja worauf es mit sehr großer Wahrscheinlichkeit hinauslaufen wird und ich gehe davon aus, dass es mehr sein wird als ich bisher je erfahren habe, denn im Gegensatz zu Thomas liebt Axel intensiven und lauten Sex. Und das mache ich in keinem Auto. Zumal ich vorher etwas mit Wein zugeführten Mut brauche und auf alle Fälle ein Badezimmer. Wir einigen uns auf ein Hotel, welches er aber nicht ganz alleine bezahlen wird. Ein wenig stört mich der Gedanke. Laut seinen Erzählungen und Fotos geht es ihm finanziell alles andere als schlecht und in der Hinsicht bin ich vielleicht auch einfach alte Schule. Aber gut, ich will ihn eben sehen und vor allem will ich die Erfahrungen. Wir finden einen Termin an dem wir beide Zeit haben, etwa zwei Wochen später. Er wird sich nach einem Zimmer umschauen. Die Tage vergehen, aber er kümmert sich nicht darum, was mich wiederum nervös macht. Ich weiß ja, dass er das Auto bevorzugt. Also mache ich den Vorschlag, dass ich mich darum kümmere. Er stimmt zu und überzeugt mich dann auch noch irgendwie davon, ein Hotel in einem Vorort von Saarbrücken zu suchen. So hat er nur noch eine gute halbe Stunde zu fahren und ich eineinhalb Stunden. Auch den Unmut über diese Aktion schiebe ich samt Mini-Mia erst mal in den Hintergrund, buche ein Zimmer und freue mich darauf ihn endlich in wenigen Tagen zu sehen. Natürlich bin ich auch sehr nervös. Ich weiß, dass er viel mit mir vor hat. Er liebt Analverkehr, dann sind da noch die Strafpunkte (zwischenzeitlich sind es sogar 6 Stück weil ich ihm in einer Nachricht einen Smiley schickte mit herausgestreckter Zunge), aber er hat mir versprochen, dass es ausschließlich bei den 6 Schlägen bleibt. Natürlich liebt er Deepthroat, wobei ich ihm erkläre, dass ich das noch nicht sehr gut kann. Er meint noch, dass die Frauen oft überrascht sind, was er alles an einem Abend mit ihnen macht, aber dass sie es sehr genießen.

Es ist Vormittag. Heute treffen wir uns und die Zeit vergeht mal gar nicht. Natürlich bin ich früh aufgewacht obwohl ich noch Stunden Zeit habe bevor ich mich auf den Weg machen muss. Also verbringe ich erst mal eine ganze Weile im Bett und vertreibe mir die Zeit mit Chatten und Telefonieren bevor ich mein ausgedehntes, rituelles Bad nehme. Zur Entspannung und Vorbereitung. Wie immer eben. Dazu duftet es herrlich nach was immer ich hinein kippe und schon aufgrund der ganzen Rasur die immer ansteht, dauert es eine ganze Weile bis ich die Badewanne wieder verlasse. Mittlerweile habe ich mich ja auch an die Komplettrasur gewöhnt und möchte es nicht anders haben. Auch ohne Thomas. Ich packe meine Tasche und kontrolliere mehrfach ob ich alles habe. Kulturbeutel, Make-up, Rasierer, Duschzeug, Wechselwäsche – jawohl, alles da. Auf geht's. Wie gewünscht trage ich mein schwarzes Top, halterlose Strümpfe und den kurzen Schlampenrock, den ich auch schon beim ersten Treffen mit Thomas trug. Ein Höschen ist nicht erwünscht. Aber soll ich das jetzt schon weglassen? Was, wenn auf der Fahrt etwas passiert? Erst mal lasse ich es noch an.

Auf den Straßen ist nicht viel los und da ich einen Puffer von einer guten halben Stunde eingeplant habe, komme ich auch eine gute halbe Stunde zu früh am Hotel an. Noch sitze ich im Auto auf dem Parkplatz neben dem Hotel und ziehe schmunzelnd mein Höschen aus. Witzig, wie so etwas einen gleich in eine andere Stimmung versetzt. Ich merke wie unmittelbar nach dem Ausziehen, meine Nüni feucht wird. Nachdem ich das Höschen im Handschuhfach verstaut habe, verlasse ich das Auto. Mein Mantel verdeckt den zu kurzen Rock, so dass ich mich doch recht wohl fühle. Am Empfang checke ich ein und bezahle auch gleich das Zimmer, was sich irgendwie komisch anfühlt. Verkehrte Welt. Schöner wäre es gewesen, ich hätte mich darum gar nicht kümmern müssen. Ich treffe ja einen Dom und es fällt mir leichter mich unterzuordnen, wenn ich mich vorher nicht um alles selbst kümmern muss. Aber gut, ich bestand ja schließlich auch auf das Hotel. Das Zimmer ist sehr hübsch und sauber, das Bett bequem und ich fühle mich, abgesehen von meiner Nervosität, sehr wohl. Dann erhalte ich eine SMS in der Axel mir sagt, dass er sich um eine halbe Stunde verspätet. Na toll. Da hat er schon den wesentlich kürzeren Weg und kommt jetzt auch noch zu spät. Ich vertreibe mir die Zeit damit etwas fernzusehen bevor ich mich dann auf den Weg nach unten mache um, wie mit ihm abgesprochen, vor dem Hotel auf ihn zu warten.

Um mich abzulenken lese ich die Speisekarte, die vor dem Hotel ausgehängt ist. Ein paar Autos biegen in die Straße ein, aber keines davon ist der kleine, grüne Sportwagen in dem er anreisen will. Nach gut 5 Minuten dann kommt er langsam um die Ecke gefahren. Mein Herz beginnt sofort zu rasen. Jetzt gibt es kein Zurück mehr. Was wenn ich ihn eklig finde? Aber es ist ja nur für eine Nacht und nichts Ernstes. Und so widerlich wie Armin wird es schon nicht werden. Von daher bin ich ja ein bisschen was gewöhnt. Reiß dich zusammen, Mia, und warte ab. Axel parkt das Auto, steigt aus und kommt lächelnd auf mich zu. Er sieht jünger aus als erwartet und ist auch durchaus attraktiv, knapp 1,80 m groß, sportlich und schlank. Als wir uns begegnen und ich ihm erst mal mit einer herzlichen Umarmung begrüßen möchte, nimmt er mein Gesicht in seine Hände und beginnt direkt damit mich zu küssen. „Bist du schön.", murmelt er zwischendurch. „Lass uns erst mal hoch gehen und einen Sekt trinken, mein Spielzeug hole ich später." Ein wenig verdattert nicke ich und gehe voran. Axel folgt mir. Er stellt eine Flasche Sekt und zwei Gläser, die er in einem Beutel hat, auf den Tisch, dreht sich zu mir und zieht mir den Mantel aus. „Ich will dich sehen.", sagt er. „Gott, bist du schön." Er legt mich auf das Bett und zieht mir das Top aus. „Wow." Dann öffnet er meinen Rock und zieht auch ihn aus. Alles geht wahnsinnig schnell, ich bin überfordert und merke gar nicht wirklich was geschieht. Innerhalb weniger Minuten bin ich nackt, bis auf die halterlosen Strümpfe, und liege auf dem Rücken während er über mir ist, ein Kondom überzieht und in mich eindringt. Und das alles ohne noch nicht mal einem kleinen Schlückchen Sekt. Wie gemein. Zumal ich ihn gerne erst etwas „beschnuppert" hätte, aber dafür ist scheinbar keine Zeit. Jetzt ist es sowieso zu spät. Ganz langsam schiebt er ihn rein und wieder raus, schaut mich dabei an und sagt: „Wir haben noch keinen Sex!" Ach so, na dann ist ja alles in Ordnung. Jetzt dreht er mich auf den Bauch. „Du bist so schön schmal. Ich liebe deine Hüften.", sagt er. Mit seinem Finger dringt er in meinen Po, spuckt sich auf seinen Penis, nimmt den Finger wieder raus und dringt mit seinem Schwanz langsam in meinen Hintern ein. Sehr angenehm ist das jetzt aber nicht. Es tut weh und die Menge an Spucke ist kaum ausreichend. Es flutscht nicht so und brennt. Das kann ja noch heiter werden. Nach wenigen Momenten zieht er ihn aber schon wieder raus, steht auf und füllt die Gläser endlich mit Sekt. Dann reicht er mir eines davon und stößt mit mir an. Sein Gesichtsausdruck verrät, dass er sehr zufrieden ist und sich auf den Abend freut. „Ich gehe gleich ans Auto und hole mein Köfferchen.", sagt er. „Möchtest du vielleicht noch einen Spaziergang machen? Ich wollte dir doch die Ortschaft zeigen." „Ähm, nein, schon OK.", antworte ich. Jetzt brauchen wir auch keine extra Zeit mehr zum beschnuppern.

Er zieht sich seine Hose, sein Hemd und seinen Mantel über und verlässt das Zimmer, während ich die Gelegenheit nutze um kurz auf die Toilette zu verschwinden. Mein Arschloch brennt immer noch, vor allem als etwas Urin an meinem Damm hinunterläuft. Auf dem Toilettenpapier befinden sich, nach dem Abwischen, ein paar Tropfen Blut. Verdammt. Normalerweise ist das ja nicht so schlimm, aber das war ja bestimmt nicht das letzte Mal heute, dass er mich anal genommen hat. Zumal wir ja angeblich noch nicht mal Sex hatten. Ich hoffe das wird nachher nicht zu schmerzhaft. Wie sagt man so schön? Augen zu und durch! Ich lege mich wieder auf das Bett, nippe an meinem Sekt und warte. Es dauert natürlich nicht lange, bis er mit seinem kleinen schwarzen Koffer zurückkehrt. In der Hand hat er eine Reitergerte, die er bis eben noch unter seinem Mantel versteckt hielt. Er stellt den Koffer vor dem Bett ab und öffnet ihn. Als erstes bekomme ich ein Halsband umgelegt. Ein sehr großes und breites Halsband. Jetzt komme ich mir irgendwie vor wie ein Pferd. „Das ist wohl etwas groß, ich glaube das ist so ein Unisex-Teil.", sagt er. „A-ha." Keine Ahnung was es ist, aber es gefällt mir nicht sonderlich. Eine seiner Handgelenk-Manschetten ist kaputt, aber da auch diese „Unisex-Teile" sind, fesselt er einfach beide meine Hände, hinter meinem Rücken, mit nur einer Manschette zusammen. Ich wehre mich nicht dagegen, merke aber, dass ich da sehr schnell wieder raus kommen werde, wenn ich das denn möchte, denn meine Handgelenke sind winzig. Nun hilft Axel mir aufzustehen und geht mit mir in die Mitte des Zimmers. Wir stehen uns gegenüber. „Geh auf die Knie!", sagt er. Er versucht dabei sehr bestimmend und dominant rüber zu kommen, was aber nicht so wirklich funktioniert. Ich weigere mich. Deshalb schlägt er mir leicht mit der einen Hand in die Kniekehle während er mich mit der anderen Hand auf der Schulter hinunter drückt. Somit knie ich nun doch vor ihm, aber da es erzwungen wurde hat es keinerlei Bedeutung für mich und interessiert mich deshalb auch nicht weiter. „Jetzt ficke ich dich in den Mund!", sagt er und steckt seinen Schwanz tief in meinen Mund. Durch die Wucht und Geschwindigkeit muss ich fast unmittelbar würgen. Bei Thomas hatte das doch besser geklappt und ich bin etwas enttäuscht über meine mangelhafte Leistung. „Ich glaube wir haben noch ein paar Strafpunkte offen, kann das sein?" Ohne auf eine Antwort zu warten, führt er mich zum Bett und positioniert mich so, dass ich mit den Knien auf dem Boden bin und mit dem Oberkörper auf dem Bett liege. Zuerst nimmt er die Gerte. Ich bin sehr angespannt und freue mich überhaupt nicht darauf. Ich werde nie vergessen wie sehr der Ledergürtel schmerzte, wie wird es erst mit einer Gerte sein? Er schlägt drei Mal zu. Sehr leicht und ich spüre es kaum, aber durch meine Anspannung und Angst, kann ich es gar nicht einschätzen oder genießen. Dann legt er die Gerte beiseite und greift zum Rohrstock. Schon alleine der Gedanke daran versetzt mich in Panik. „Keine Angst.", sagt er. „Ich bin ganz vorsichtig." Er beginnt zu schlagen, genauso leicht wie mit der Gerte, aber aus Angst, dass er fester zuschlagen wird beginne ich mich zu wehren, reiße meine Hände aus der Manschette und flüchte auf das Bett. Dabei muss ich allerdings lachen. Axel lacht auch. „Das war überhaupt nicht feste, meine Süße. Schau mal, du bist noch nicht mal rot." Mir egal. Meine Strafpunkte sind abgearbeitet und somit ist die Sache für mich erst mal erledigt. Zur Entspannung beginnt er nun damit mich zu lecken. Da ich ja aber nun eine Weile brauche und Axel immer noch so viel vor hat, lässt er erst mal wieder davon ab, geht an sein Köfferchen und holt ein paar Kerzen, Handschellen und eine Führungskette hervor. Er befestigt meine linke Hand mit den Handschellen an einem der drei Metallringe des Halsbands. Die Führungskette, die aussieht wie eine Leine für einen kleinen Hund, befestigt er ebenfalls daran. Dann soll ich mich auf den Rücken legen. Er entzündet eine der Kerzen und beginnt damit den Wachs auf meinen Oberkörper tropfen zu lassen. Man, der Kerl lässt echt nichts anbrennen. Alles geht rasend schnell und ich kann mich auf nichts wirklich einlassen und vorbereiten. Müssen wir den ganzen BDSM-Katalog im Schnelldurchgang abarbeiten? Die Tropfen schmerzen ein wenig, aber wieder ist es in erster Linie die Anspannung, die mich nicht in Stimmung kommen lässt. Ich sehe wie die Tropfen sich an der Kerze sammeln bevor sie hinunterfallen und wieder beginne ich zu zappeln. So sehr, dass ich Axels Arm einen Schubs verpasse, so dass etwas Wachs direkt in Axels Gesicht spritzt. Oops. Er nimmt es mit Humor. Jetzt bekomme ich eine Augenbinde verpasst, Brustwarzenklemmen an meine Nippel geklemmt und die Führungskette zwischen meine Beine gelegt. Dann macht er ein Foto mit seinem Smartphone. „So meine Liebe.", sagt er, während er die Klammern und die Augenbinde wieder entfernt. In seinem Kopf hat er bestimmt eine Checkliste an die er alle 5 Minuten, nachdem wir wieder etwas Neues gemacht haben, ein virtuelles Häkchen setzt. „Jetzt fülle ich dich mal komplett aus." Da ich mittlerweile mit der Gesamtsituation überfordert bin, sage ich nichts dazu. Im Gepäck hat er eine weitere Peitsche. Eine deren Griff aus einem großen, schwarzen Dildo besteht und welche vorne viele Lederstriemen hat. Den Dildogriff führt er mir ein. „Ich möchte, dass du den in dir behältst während ich dein hinteres Loch bearbeite. Fällt er raus, bekommst du eine weitere Strafe." Ich fühle mich nicht mehr wohl und das Spiel macht mir keinen Spaß. Aber ich sage immer noch nichts. Während er mit seinen Fingern an meinem Hinterteil herum fummelt, lasse ich jedoch den Dildo bewusst hinaus gleiten. „Oh oh!", sagt er lächelnd und greift nach der Gerte. „Aber du hast es versprochen...", sage ich endlich. Tränen steigen mir in die Augen. Ich kann und will jetzt nicht mehr. Dieses Abarbeiten in Rekordgeschwindigkeit, ohne jegliche Art von schöner Atmosphäre, macht mich fertig. „Stimmt, du hast Recht.", sagt er. „Ich glaube du brauchst eine Pause." Sofort nimmt er die Handschellen und die Führungskette ab, schnappt die Bettdecke und deckt mich liebevoll damit zu. Ich liege am Rand des Bettes. Er kniet vor dem Bett auf dem Boden und ist nah bei meinem Gesicht. „Alles ist gut.", sagt er immer wieder. „Gib mir einen Kuss.", mit dem Finger zeigt er auf seine Wange. Ich küsse sie. „Gib mir noch einen." Diesmal zeigt er auf seinen Mund und ich küsse diesen ebenfalls. Er schmunzelt. „Solange du mich noch küsst, weiß ich, dass alles gut ist und du nur eine Pause brauchst."

Axel setzt sich in den Sessel neben dem Fenster und raucht eine Zigarette. Ich liege eingekuschelt im Bett und erhole mich. „Möchtest du wissen wie es mit meinen Familienverhältnissen aussieht? Ich hätte dir das alles längst erzählt, aber du hast nie gefragt." „Sicher.", antworte ich. „Ich bin noch verheiratet. Meine Frau und ich leben noch zusammen, sind aber inoffiziell getrennt. Wegen der Kinder weiß es nur niemand." „Ach so. OK. Aber die Kinder sind doch schon fast erwachsen?" „Ja, aber wir dachten es wäre besser so." Im Umkehrschluss heißt das jetzt, dass ich mich gerade auf einen verheirateten Mann mit Freundin einlasse. Was macht das dann aus mir? Bin ich jetzt die geheime Dritte im Bunde oder die Vierte? Aber darum geht es mir ja an sich gar nicht. „Denkst du nun, dass ich devot bin? Oder eher nicht.", frage ich ihn. Er lächelt. Nein, eher nicht. Du bist neugierig und liebevoll, aber nicht devot. Wobei es mir bei dir auch sehr schwer fällt wirklich dominant zu sein. Du weckst in mir eher das Bedürfnis auf dich aufzupassen weil du so zierlich und niedlich bist." Nachdem er aufgeraucht hat und ich mich etwas erholt habe, kommt er zurück ins Bett. „Jetzt wollen wir doch mal sehen, dass unsere kleine Sklavin zu ihrem Orgasmus kommt.", sagt er, dreht mich auf den Rücken und beginnt wieder damit mich zu lecken. Es dauert nicht lange bis er genau den Punkt gefunden hat der mich zum Höhepunkt bringt. Langsam und genüsslich massiert er ihn mit seiner Zunge. In kreisenden Bewegungen um den Kitzler herum, immer und immer wieder. Meine Oberschenkel zittern und mein Herz rast. Nach wenigen Minuten komme ich stöhnend zum Orgasmus. Axel grinst, greift nach dem Gleitgel und dreht mich auf den Bauch. Bevor ich weiß was passiert, dringt er mit seinem erigierten

Schwanz in meinen Hintern ein. Im ersten Moment erschrecke ich mich aus Angst vor Schmerzen. Es brennt tatsächlich ein wenig, aber es hält sich noch in Grenzen. Axel hat scheinbar viel Gleitgel verwendet und nach wenigen Momenten merke ich keinerlei Brennen und Schmerz mehr. „Jetzt nehme ich dich richtig. Du bist mein Fickfleisch!", sagt er. Seine Stöße werden schneller und heftiger. Nach einigen Sekunden nimmt er mich mit so einer Wucht, dass er meinen gesamten Oberkörper mit seiner Hand auf das Bett drücken muss, damit ich an Ort und Stelle bleibe. Ich spüre ihn tief in mir und seine Kraft und Männlichkeit mit jedem harten Stoß. Mein ganzer Körper bebt und ich bin ihm und seiner Kraft völlig ausgeliefert. Aber ich liebe es. Ich liege da und werde dermaßen durchgefickt, dass mir von den heftigen Bewegungen ein wenig übel wird, und dennoch genieße ich jede Sekunde davon. Und gerade als ich denke, dass ich es nicht mehr lange aushalte, kommt er. Dabei ist Axel sehr laut und sein Orgasmus scheinbar sehr intensiv. Er stöhnt und zittert und nach einigen Momenten beginnt er damit mir zärtlich meinen Rücken zu küssen. Dann zieht er seinen Penis vorsichtig aus mir heraus und legt sich neben mich, so dass ich mich an ihn kuscheln kann. Mein Kopf liegt auf seiner Brust und ich schaffe es kaum meine Augen aufzuhalten. Devot oder nicht, ich liebe diese Art von Sex. Ich liebe es so genommen zu werden, dass ich anschließend absolut ausgepowert bin. Dass keine Gedanken mehr durch meinen Kopf rasen, dass mein Körper erschöpft ist und mein Geist zufrieden.

Mein Abenteuer endet in den frühen Morgenstunden, denn Axel will bei seiner Familie sein bevor die Kinder aufwachen. Ich hätte gerne noch gemeinsam gefrühstückt, aber ich freue mich jetzt auch auf zuhause und auf mein Telefonat mit Lucy. Wir verabschieden uns auf der Straße vor seinem Auto. Er drückt mir noch ein paar Scheine Bargeld in die Hand um für seinen Teil des Hotels zu bezahlen. Dabei muss er lachen, da es mich doch sehr wie eine Nutte aussehen lässt. Ich finde es nicht ganz so amüsant, zumal ich als Prostituierte für diese Nacht ganz bestimmt wesentlich mehr Kohle verlangt hätte. Auf der Heimfahrt bemerke ich, dass mein Hintern immer noch etwas weh tut.

10

Zugegeben, diese Nacht war wirklich sehr interessant und irgendwie würde ich gerne mehr erfahren und weiter gehen. Aber ich bin anscheinend nicht devot und deshalb bin ich mir nicht sicher, ob Axel überhaupt Interesse daran hat. Meine Zweifel in der Hinsicht werden allerdings sehr schnell in Luft aufgelöst, denn Axel findet mich „wundervoll" wie er mir sagt beziehungsweise schreibt. Wir schreiben täglich und er ist hingerissen von meinem zierlichen Körper und meinem lieben Wesen. Wie er mich Anfangs schon vorwarnte, ist er tatsächlich ein hoffnungsloser Romantiker. Ob vielleicht doch mehr daraus wird? Aber er wohnt immerhin 200 km weit entfernt, ist verheiratet und hat eine Freundin. Dennoch, man muss ja nichts überstürzen und irgendwann würden die Kinder alt genug sein um sie zu informieren. Und angeblich läuft es mit der Stino-Freundin eh nicht mehr wirklich gut und da ich ja nun seine Bedürfnisse befriedigen kann, stehen meine Chancen vielleicht gar nicht schlecht. Denn eines merke ich langsam. Für Affären bin ich nicht wirklich gemacht. Ich hasse es im Alltag immer alleine zu sein und nur ab und an mal jemanden da zu haben. Diese Nächte sind fern des Alltags, gut vorbereitet und haben lediglich den Sex im Fokus. Axel ist liebenswert, erfolgreich und steht mitten im Leben. Zumindest scheint es so zu sein. Wenn es so sein soll, dann wird es so kommen, denke ich und freue mich auf unser nächstes Treffen, welches nach nur wenigen Tagen vorbereitet und geplant wird.

Wieder wollen wir uns in einem Hotel treffen und wieder bin ich diejenige die alles organisiert und plant. Das stört mich aber nicht zu sehr, denn Axel kümmert sich ganz reizend um mich. Er schreibt mir liebevolle Dinge und lässt mich wissen, dass auch er sich ein wenig verliebt hat. Er sagt ich passe perfekt zu ihm, schon alleine wegen meiner Größe. Er ist nicht sehr kräftig und meine schmalen Hüften passen optimal. Seltsame Betrachtungsweise, aber ein Pluspunkt ist ein Pluspunkt und von daher lege ich es in meinen Gedanken als etwas Positives ab. Da unser erstes Hotel diesmal ausgebucht ist, muss ich ausweichen, finde aber schnell einen, etwas außerhalb gelegenen, Ersatz. Verabredet sind wir für 17:00 Uhr bis open End. So seine Worte. Während meines üblichen Rituals zur Vorbereitung überlege ich mir was ich alles mitnehmen möchte und plane eine nette Überraschung. Ich fahre frühzeitig los, so dass ich noch meinen üblichen Zeitpuffer habe, verfahre mich ausnahmsweise mal nicht und als ich einchecke habe ich noch gute 45 Minuten Zeit. Ich beziehe das Zimmer und beginne mit den Vorbereitungen. Zuallererst öffne ich meinen mitgebrachten Wein und schenke mir ein Glas ein um mich etwas aufzulockern, wohl wissend, dass es sicherer ist vorab ein Glas zu trinken, denn wer weiß ob Axel nicht wieder so schnell über mich herfallen wird. Die Flasche und das zweite Glas stelle ich auf den Tisch gegenüber dem Bett. Auf den Nachttisch stelle ich einen kleinen portablen CD-Spieler und lege eine selbst gebrannte CD mit romantischer Musik ein. Ich stelle sie auf „repeat" und drehe die Lautstärke so weit hinunter, dass man die Musik ganz angenehm im Hintergrund wahrnehmen kann. Ich ziehe sämtliche Vorhänge zu und versuche mehrere Möglichkeiten aus um eine optimale Beleuchtung hinzubekommen. Es soll schön dunkel sein, aber natürlich muss man mich auch sehen können und die Romantik darf auch nicht zu kurz kommen. Diesmal möchte ich eine mir angenehme Atmosphäre. Nachdem alles zu meiner Zufriedenheit hergerichtet ist, ziehe ich mich komplett aus, hole meine schwarzen Lackpumps aus der Tasche und schlüpfe hinein. Dann lege ich eines der Kissen direkt vor das Bett und knie mich so darauf, dass ich das Bett hinter mir habe und zur Tür schaue. Perfekt. Jetzt kann er kommen. Da er aber sicher wieder nicht pünktlich sein wird, kuschele ich mich erst noch einmal in die Bettdecke und schaue fern. Nach gut 20 Minuten klingelt mein Telefon. „Hallo, meine Süße. Ich bin es. Ich bin jetzt unten am Parkplatz, holst du mich ab? Ich weiß ja nicht wo das Zimmer ist." Verdammt! Und nun? „Ach das ist ganz einfach zu finden. Wenn du hinein kommst, gehst du am Empfang vorbei, dann links zum Aufzug, in den ersten Stock, Zimmer Nr. 112." „In Ordnung, bis gleich." Oh, ich bin so aufgeregt. Schnell aus der Decke raus, Fernsehen aus, noch einen großen Schluck Wein und in Position bringen. Fertig.

Nach wenigen Minuten klopft es. „Herein.", sage ich etwas schüchtern und hoffe darauf, dass nicht zufällig jemand hinter Axel am Zimmer vorbei läuft, während er die Türe öffnet. Als er das Zimmer betritt und mich auf dem Boden knien sieht, lächelt er. „Wow!", sagt er. „Bist du schön. Ist das schön." Er stellt seine Tasche ab, zieht seine Jacke aus, legt sie auf einen Stuhl und kommt zu mir herüber. Er kniet sich vor mich und beginnt mich zu küssen. „Bist du schön.", sagt er immer wieder, streichelt mein Gesicht und meine Brüste. „So toll wurde ich noch nie begrüßt." „Möchtest du ein Glas Wein?", frage ich ihn. „Sehr gerne, ja." Er geht zum Tisch und gießt sich ein Glas ein, während ich nach wie vor am knien bin. Wieder kommt er zu mir und wir stoßen an. Dann nimmt er mir mein Glas weg und stellt es mit seinem auf den

Nachttisch. „Aufs Bett mit dir.", sagt er. Ich folge seiner Anweisung und setze mich aufs Bett. Er öffnet seinen Gürtel, zieht ihn aus seiner Hose heraus und legte ihn mir um den Hals, als wäre es ein Halsband mit Führungskette. Puh, dachte schon er hätte etwas anderes damit im Sinn. Dann zieht er mich zu ihm und küsst mich kurz, bevor er sich weiter auszieht. Meine Begrüßung scheint gut angekommen zu sein, denn Axels Penis ist bereits stark erigiert. Das Treffen beginnt etwas langsamer als unser erstes, was ich aber als sehr angenehm empfinde. Er hat zwar sein Köfferchen dabei, holt aber nur das Gleitgel hervor. Ich werde begutachtet, gestreichelt und erst einmal langsam penetriert. Keine Manschetten, keine Peitsche, kein Wachs. Alles ist wunderbar, doch dann will der Wein wieder raus. „Ähm, ich müsste mal Pipi." „Ist das so? Na gut. Du darfst gehen wenn du auf den Knien läufst." Axel steht auf und greift nach dem Ende des Gürtels, der ja immer noch um meinen Hals geschnallt ist. Ich knie auf dem Boden, er läuft rückwärts und führt mich quasi, an der Leine, hinter sich her. Etwas ungeschickt versuche ich auf den Knien das Bad zu erreichen. Zum Glück sagt er nach nur ca. einem Meter lachend: „OK, das reicht. Du darfst normal laufen und auf Toilette gehen, aber ich schaue zu." Soso, du willst mich also verunsichern oder schockieren. Aber wenn ich wirklich dringend muss, dann muss ich, und dann pinkel ich notfalls auch ohne Hemmungen vor dem Papst persönlich. Von daher ist es mir total egal ob Axel mir dabei nun zuschaut oder nicht. Ich sitze also auf der Toilette und erledige mein kleines Geschäft während Axel direkt vor mir steht und mich anschaut. Plötzlich hält er blitzschnell seine Hand direkt in den Strahl. Erstaunt und etwas angewidert schaue ich ihn an. Was zum Teufel sollte das denn jetzt bitte? „Was denn? Ist doch nur Pipi. Ich wollte nur dein Gesicht dabei sehen, das ist alles.", lacht er und wäscht sich die Hände. Vor dem

Waschbecken dann, als ich mir die Hände wasche, drückt Axel meinen Oberkörper nach unten und dringt von hinten vaginal in mich ein. „Schau nur wie schön wir sind.", sagt er während er uns beide beim Vögeln im Spiegel zuschaut. Etwas verlegen schaue ich mir dabei lieber das Waschbecken an, aber dennoch genieße ich es einfach so beim Händewaschen genommen zu werden. Nur wenige Momente später aber zieht er ihn wieder hinaus, drückt mich auf den Boden und schiebt seinen Schwanz feste bis zum Anschlag in meinen Mund. Dann zieht er ihn ein Stück zurück um ihn wieder nach hinten zu schieben. Ich halte circa drei Stöße lang durch bis ich beginne zu würgen. Wieder nichts. Verdammt. Wie soll ich jemals eine perfekte Sklavin sein, wenn ich Deepthroat einfach nicht hinbekomme? Scheiß Würgereflex! Axel merkt, dass es nicht funktioniert. „Oh je, du bist aber wirklich empfindlich!" Irgendwie macht mich das etwas wütend. Empfindlich! Ich würde gerne mal wissen wie gut er das ab könnte. Wenn man ihn auf dem Boden knien lässt und eine große Salatgurke fast bis zum Erbrechen seinen Rachen hinunter schiebt. Ich würde gerne mal wissen wie alle Doms das so finden würden und ob sie dann immer noch ihre überempfindlichen Sklavinnen selbstgefällig belächeln würden. „Steh auf und leg dich auf das Bett!", sagt Axel dann und nimmt mir den Gürtel vom Hals. Ich gehorche. Er folgt mir. „Leg dich auf den Rücken, ich will dich lecken." Oh, ich bin dran. Yay. Axel ist wieder sehr geschickt und hat sich auch offensichtlich gut gemerkt, wie man mich zum Höhepunkt bringt. Seine feste Zunge umkreist meinen Kitzler wieder gekonnt, nicht zu fest, aber auch nicht zu sanft. Nach wenigen Momenten beginnen meine Schenkel zu zucken. Mir wird heiß, ich beginne zu schwitzen und merke wie die Lust in mir steigt und steigt. Seine Bewegungen werden ein klein wenig schneller, aber nicht stärker und er befindet sich genau an dem

Punkt, der mich fast in den Wahnsinn treibt. Ich spreize meine Beine weiter, um ihm zu zeigen, dass er genau richtig liegt. Ich atme heftig, stöhne und meine Hüfte beginnt sich rhythmisch auf und ab zu bewegen. Nur noch wenige Sekunden bis ich endlich die langersehnte Erleichterung erreiche und mit einem befreienden Stöhnen ist es dann auch so weit. Herrlich. Wer kann, der kann! Jedoch bleibt mir nicht viel Zeit zum genießen, denn Axel dreht mich umgehend auf den Bauch, greift nach dem Gleitgel, verteilt eine ordentliche Portion davon auf seinem erigierten Schwanz und dringt wenig zaghaft in meinen Po ein. Ich stöhne erneut. Er beginnt mit relativ langsamen Stößen. „Hmmmmm ist das gut.", haucht er. Dann wird er schneller und schneller. Er drückt mich mit viel Kraft auf das Bett und bearbeitete mich mit schnellen, festen und tiefen Stößen. Immer und immer wieder. Immer und immer härter. Geschickt hält er gleichzeitig eine seiner Hände zwischen meinen Beinen, den Finger auf meiner Klitoris, so dass sie mit jedem seiner Stöße stimuliert wird. Mein ganzer Körper ist in Bewegung und ich habe das Gefühl, meine Innereien werden durchgeschüttelt, so dass mir dadurch wieder ein klein wenig übel wird. Gleichzeitig aber bin ich unglaublich erregt. Ich genieße es. Ich genieße die Stärke, die Macht, die Kraft und die Möglichkeit ein Spielzeug zu sein und zu seiner vollsten Befriedigung beiragen zu können. Es bestätigt mich auf eine seltsame, aber sehr befriedigende Art und Weise. Und gleichzeitig merke ich wie meine Erregung steigt und sich mein zweiter Orgasmus nähert. Er ist sehr intensiv, geht aber dennoch irgendwie unter. Axel ist sehr, sehr laut. Mit jedem Stoß schreit er ein kräftiges „JA!". Im Nachbarzimmer haust eine Familie und die recht lauten Kinder sind noch weit entfernt von der Lautstärke, die Axel gerade an den Tag legt. Nach einigen Minuten ergießt er sich schreiend und stöhnend und zitternd. Sein Körper liegt auf meinem und er atmet heftig. Durch die Menge an Gleitgel tat es noch nicht mal weh und während ich so unter ihm liege und irgendwie hoffe, dass er sich bald ein wenig beruhigt und sein Gewicht von mir nimmt, wird mir bewusst, dass ich ein richtiger Analverkehr-Fan geworden bin. Wer hätte das gedacht. Als er sich dann von mir herunter dreht, kuschele ich mich an ihn und binnen weniger Minuten, schlafe ich vor Erschöpfung ein.

Scheinbar ist die Nacht beim Morgengrauen schon wieder vorbei. „Ich muss mich fertig machen und nach Hause fahren bevor die Kinder aufwachen.", flüstert Axel. „Was? Ich dachte wir frühstücken zusammen?", sage ich und kann meine Enttäuschung nicht verbergen. „Du weißt doch, dass ich immer früh weg muss. Das habe ich dir gesagt." „Nein! Du sagtest open end!" Axels Gesichtsausdruck verrät, dass er merkt, dass ich ganz offensichtlich eine seiner Aussagen falsch verstanden habe. Das hätte ja aber wohl jeder falsch verstehen können. Zu meiner Überraschung schreibt er seiner Frau eine SMS und teilt ihr mit, dass wir gerne noch frühstücken würden. Sie hat anscheinend nichts dagegen und so machen wir uns fertig. Ich freue mich riesig. Endlich mal ein Sexdate mit Bonus. Jemand der tatsächlich auch gerne „normale" Zeit mit mir verbringt. Aber klar, er hat mich ja auch sehr gerne. Wir frühstücken gemütlich, unterhalten uns über unsere Kinder und gehen anschließend gemeinsam zu den Autos. Aufgeregt fahre ich nach Hause, frage mich, wie es wohl weitergehen wird und hoffe darauf, dass wir uns bald wieder sehen.

Die nächsten Tage befinde ich mich in Extase ähnlichem Zustand. Endlich habe ich einen vernünftigen, liebenswerten Mann kennengelernt, der mir und den Jungs gegenüber offen und interessiert ist. Auch wenn es eine

Weile dauern wird bis ich ihm die Kinder vorstelle. Sämtliche Verhältnisse müssen ja erst einmal geklärt werden. In andern Worten, eine offizielle Trennung von seiner Ehefrau. Von seiner Stino-Freundin hat er sich anscheinend schon getrennt. Es kriselte ja eh zwischen ihnen. Natürlich möchte ich auch ein Bekenntnis zu mir. Ich will kein Geheimnis bleiben. An sich wollte ich ja auch nie ein Geheimnis sein. Aber mit diesen Dingen konfrontiere ich ihn erst einmal nicht. Männer werden schließlich nicht gerne bedrängt. Somit bleibe ich erst einmal die dunkle Mätresse, die man alle paar Wochen sieht und ansonsten lediglich anschreibt. Wir telefonieren nicht, da Axel zum einen nicht gerne telefoniert und zum anderen zu Hause auch nicht frei sprechen kann. Aber per SMS kann ich ihn jederzeit kontaktieren. Ich gestehe ihm, dass ich mich etwas verliebt habe und er teilt mir mit, dass er meine Gefühle erwidert. Dass er gerne bei mir wäre und immer wieder an unsere tollen Nächte denkt. Ich weigere mich darüber nachzudenken wie wir die Distanz überbrücken werden und da ich tief im inneren auch eine Romantikerin bin, bin ich davon überzeugt, dass sich alles fügen wird. Denn was sein soll, wird geschehen, ganz ohne Kampf. Immer und ohne Ausnahme. Ich gehe zwar in keine Kirche, aber ich glaube fest an das Schicksal, an Karma, an eine Göttlichkeit und vor allem an die Liebe. Nach circa zwei Wochen dann, als ich meinen Kalender nach einem neuen Termin durchforste, schreibt er mir, dass er einen nervigen Streit mit seiner Freundin hatte. Freundin?

Ich:	Wieso Freundin? Du hast dich nicht von ihr getrennt?
Axel:	Nein natürlich nicht, wie kommst du denn da drauf?
Ich:	Na von dir! Du sagtest ihr habt euch getrennt.
Axel:	Das habe ich nie gesagt, ich weiß nicht wovon du

Ich: | sprichst.
Doch hast du. Vor einigen Wochen. Ich weiß es ganz genau.

Wie wahnsinnig lese ich sämtliche alte Nachrichten die wir uns bisher geschrieben haben, und das sind nicht wenige, um ihm zu beweisen, dass ich Recht habe, und dass er mich belogen und ausgenutzt hat. Nach gut 20 Minuten finde ich die entsprechende Konversation, lese sie nochmal sorgsam durch und stelle fest, dass er Recht hat. Er hat zwar von einer Trennung gesprochen, aber in Zusammenhang mit einer alten Geschichte. Eine Exfreundin noch vor der jetzigen Stino-Freundin. Mein Wunschdenken hat mich scheinbar alles falsch verstehen lassen. Mir fällt alles aus dem Gesicht. Ich habe mich mal wieder selbst belogen. Ich habe mir alles so schön ausgemalt ohne sehen zu wollen, dass er niemals sein jetziges Leben aufgeben wird. Er hat doch alles was er will. Eine Familie, eine Freundin, Geld und eine Affäre für seine Neigungen. Nämlich mich. Ich bin unglaublich wütend. Mehr auf mich als auf alles Andere, aber ich lasse alles an ihm aus. Ich schreibe ihm was ich von seinem Leben halte und von seiner Feigheit, seinen Kindern nichts zu sagen und dass es sich irgendwann rächen wird. Ich schreibe ihm wie scheiße ich es finde, dass er so geizig ist und mich, als alleinerziehende Mutter, diese lange Strecke hat fahren lassen, von den Hotelkosten ganz zu schweigen, und dass es eher erbärmlich als dominant ist so geizig zu sein. Ich weiß nicht wo das jetzt alles herkommt, so habe ich mich einem anderen Menschen gegenüber noch nie verhalten. Und wenn es um einen Mann geht, schon 10 Mal nicht. Axel versteht die Welt nicht mehr, für ihn waren die Verhältnisse ja absolut geklärt, aber er lässt mich erst mal gewähren. Was bleibt ihm auch anderes übrig? Ich melde mich nicht mehr bei ihm. Ich brauche ein wenig Zeit, mal wieder, um über diese Geschichte mit samt abruptem Ende hinweg zu kommen. Ich muss alles einmal reflektieren. Was ging hier wieder schief? Wie habe ich mich schon wieder in so eine Situation hinein manövriert? „Ich möchte dir nicht zu nahe treten.", sagt Lucy. „Aber vielleicht nimmst du das alles zu ernst? Sobald du jemanden kennenlernst, denkst du er sei der Mann deines Lebens. Und die Männer wollen lediglich Spaß. Vielleicht wirst du weniger oft verletzt, wenn du auch einfach mal nur Spaß hast und sonst nichts." „Aber warum machen sie dann immer solche Andeutungen? Wenn es für sie nur Spaß ist, warum reden sie dann von Hochzeiten und vom verliebt sein usw. Das ist einfach zweideutig und nicht fair." „Ja, da hast du Recht. Thomas und auch Axel sind einfach Arschlöcher. Es tut mir sehr leid, Mia. Ich weiß auch nicht warum dir das immer passieren muss." Es hilft ja aber nichts. Deswegen treffe ich einen Entschluss. Keine Affären mehr. Ich packe das nicht. Ich bin einfach nicht dafür geschaffen und von nun an werde ich diese Dinge klarstellen, bevor ich mich auf jemanden einlasse.

11

Der Alltag tut mir gut. Die Arbeit, der Haushalt, meine geliebten Kinder, die Normalität. Abgesehen von Lucy hat niemand auch nur die leiseste Ahnung von meinem Doppelleben und meinen dunklen Abenteuern in der Welt des BDSM. Eigentlich ist es ja ein ehemaliges Doppelleben, denn von nun an wird alles anders werden. Ich werde einen Mann finden, der diese Neigung hat, aber sie mit einer festen Freundin ausleben möchte. Das ist mein neues Ziel. Ich mag Dominanz und Unterwerfung. Ich genieße es so genommen zu werden und die innerliche Ruhe, die ich dabei finde. Nichts anderes verhilft mir in meinem Alltag dazu, so friedlich und erholsam und ruhig zu schlafen. Darauf möchte ich nie wieder verzichten und irgendwo da draußen muss es doch jemanden geben, der sich über eine Familie sehr freuen würde und weiß, welch wundervolles Geschenk das ist. Neben meiner neu entdeckten Klarheit, lese ich auch sehr viel. Bücher über Vergangenheitsbewältigung, Resonanz, Selbstwert, Meditation und Spiritualität. Sie helfen mir zu verstehen, zu verzeihen und meine Lernaufgaben anzunehmen und zu bewältigen. Wie auch immer sie mir in Erscheinung treten. Hinter jeder Krise, hinter jeder schlechten Erfahrung, verbirgt sich ein Geschenk. Man muss es nur finden. Innerlich fühle ich, dass ich noch einige Baustellen vor mir habe.

Ich erinnere mich an ein fast vergessenes Profil auf einer anderen Internet-Plattform. Seit Jahren habe ich da nicht mehr hinein geschaut und spontan entschließe ich mich dazu, meine Seite dort zu aktualisieren. Da mein Verhältnis zu BDSM mittlerweile so normal ist als würde ich über den nächsten Einkauf nachdenken und ich mich in keinster Weise dafür schäme, stelle ich sehr offensichtliche, szenebezogene Bilder von Frauen mit den entsprechenden Halsbändern ein. Kenner identifizieren diese Bilder sofort als das, was sie sind. Hinweise auf meine sexuellen Interessen. Nach nur wenigen Tagen erhalte ich eine Nachricht von Ben, einem Feuerwehrmann aus Augsburg, der meine eingestellten Bilder mag und mich fragt, ob es einen bestimmten Grund hat, warum ich diese Bilder gepostet habe. Ich frage ihn im Gegenzug ob das nicht offensichtlich ist und da die Verhältnisse was das betrifft jetzt geklärt sind, kommen wir ins Gespräch. Ben ist 42 Jahre alt, 1,90 m groß, stattlich und nicht auf der Suche nach Abenteuern. Er sucht eine Beziehung. Er ist sehr dominant, will aber eine richtige Frau im Bett und kein unschuldiges, bewegungsloses Mädchen. Er war noch nie verheiratet, hat keine

Kinder, möchte keine eigenen, hat aber auch kein Problem mit fremden Kindern. Da uns das ganze Geschreibe nervt, telefonieren wir sehr schnell. Seine Stimme ist männlich und dunkel und beruhigend. Trotz des bayerischen Dialekts. Er versteht etwas vom Leben, trägt als Feuerwehrmann viel Verantwortung und ich fühle mich mit ihm sehr wohl. Wir telefonieren sehr oft und sehr lange. Es gibt kein Thema, über das wir nicht sprechen können und es geht bei Weitem nicht immer um Sex und Vorlieben. Ich erzähle ihm von meinen Depressionen und Angstzuständen, die in den letzten Monaten aber überwiegend verflogen sind. Nur noch sehr selten spüre ich etwas davon, wofür ich sehr dankbar bin. Bedingt durch seinen Beruf hat er ähnliche Erfahrungen gemacht, wie viele seiner Kollegen, und somit versteht er auch etwas davon und vor allem hat er kein Problem damit eine Beziehung mit jemandem zu führen, der solche Schwierigkeiten hat. Es ist fast zu gut um wahr zu sein. Endlich bin ich am Ziel. Zumal ich auch nicht das Bedürfnis nach weiteren neuen Männern und Erfahrungen habe. Nichts gegen Erfahrungen, aber ich möchte sie lieber mit einem festen Partner erleben, der mich kennt, auf mich eingeht und weiß wie man mich aufzufangen hat. Gerade bei diesen sehr intensiven BDSM-Geschichten und meiner Labilität.

Die Fotos auf Bens Profil sagen mir sehr zu. Er hat stahlblaue Augen, schwarzes, leicht gelocktes, kurzes Haar und wiegt auf seine 1,90 geschätzte 100 kg. Er hat liebevolle Augen und ein nettes Lächeln, mag gutes Essen und Wein und Urlaube in den Bergen. Ich bin zwar eher ein Strandmensch, aber Berge sind auch OK. Ich würde eh überall hingehen, mit dem Mann meines Herzens an meiner Seite. Auch Lucy gefällt Ben. Sie kennt ja nun nur die Fotos und das was ich ihr erzähle, sagt aber, dass er so aussähe, als könne man mit ihm ganz anständig ein Bier trinken gehen und das ist immer sympathisch. Ich kann Ben jederzeit anrufen. Mobil wie Festnetz. Sogar auf der Arbeit, wenn er im Dienst ist. Es kann zwar sein, dass er dann naturgemäß mal keine Zeit hat, aber er ruft zurück sobald er kann. Ich bin kein Geheimnis. Ich bin ganz offiziell eine Frau, die er kennengelernt hat und für die er sich interessiert. Es ist Montag und mein kinderfreies Wochenende steht bevor, als Ben und ich von einem Termin sprechen. Wir wollen beide nicht länger warten, wollen einfach wissen ob die Chemie stimmt, denn letztendlich kann man nie sicher sein, bis man sich gegenüber steht und beschnuppern kann. Ganz in Ruhe. Ohne Druck und Zwang und eine abzuarbeitende BDSM-Checkliste. Leider aber hat Ben im Moment bis einschließlich Donnerstag frei und muss zu meinem kinderfreien Wochenende wieder arbeiten. Also noch mindestens zwei Wochen warten. „Und was wenn ich morgen komme? An deinem freien Dienstag?", fragt Ben. „Wie bitte? Für einen Abend? Das ist doch viel zu weit von Augsburg." „Das ist mir egal. Ich will dich sehen. Ich komme morgen und fahre Mittwoch nach dem Frühstück wieder. Aber nur wenn es für dich in Ordnung ist. Ich will dich damit jetzt nicht überfordern." „Um Gottes Willen, nein. Ich meine, Ja. Natürlich ist das für mich in Ordnung. Ich freue mich total!" Und so machen wir es fest. Ben wird morgen, ganz spontan, von Augsburg nach Wiesbaden fahren und endlich werden wir uns sehen.

Auf der Arbeit kann ich mich kaum konzentrieren. Ständig denke ich daran was ich wann, wie und wo erledigen muss bis Ben da ist und natürlich auch daran wie der Abend verlaufen wird. Seine Worte gehen mir nicht aus dem Kopf. „Du weißt, ich bin ein erwachsener Mensch und ich möchte, dass du ehrlich mit mir bist. Wenn die Chemie nicht stimmt, dann stimmt sie nicht, das Risiko besteht einfach und wir müssen ehrlich miteinander sein.

Wenn es von meiner Seite aus nicht passen sollte, dann werde ich das auch sagen. In Ordnung?" Ich stimme zu, mit dem Wissen, dass es mir sehr schwer fallen würde ihn abzuweisen falls er mir doch nicht zusagen sollte, was ich mir aber anhand der Gespräche und der Fotos überhaupt nicht vorstellen kann. Im Gegenteil. Ich denke ich habe es endlich geschafft. Ich bin sexuell viel weiter und habe den Mann fürs Leben gefunden. Alles Weitere wird sich dann schon fügen. Pünktlich um 13:00 Uhr fällt bei mir im Büro der Hammer. Ich eile nach Hause und nehme mein rituelles Bad. Auch Ben hat sich den kurzen Rock und ein Top gewünscht und da er Stiefel liebt, steht mein Outfit schon fest. Da es warm ist, verzichte ich allerdings auf die Halterlosen. Aufgeräumt und geputzt ist es bereits und so konzentriere ich mich auf die üblichen Feinheiten wie CD, Wein und Kerzen. Ben liebt einen schweren Rotwein, den er allerdings mitbringen will und da er keine Zeit damit verbringen möchte mir beim Kochen zuzusehen, einigen wir uns darauf abends etwas zu bestellen. Wunderschön stressfrei also. Es ist bereits 17:00 Uhr, alles ist vorbereitet und er wird nun jeden Moment vorfahren. Wie üblich sitze ich auf der Arbeitsfläche in der Küche und schaue aus dem Fenster. Nach circa 10 Minuten fährt ein schwarzer Audi mit Augsburger Kennzeichen vor. Da ist er. Bevor ich viel erkennen kann hüpfte ich von der Arbeitsfläche, eile ins Wohnzimmer um die Musik anzustellen und warte aufgeregt auf die Türklingel. Ich warte bewusst im Wohnzimmer, damit ich ein paar Schritte zu laufen habe um die Tür zu öffnen. Wie verzweifelt würde das sonst wirken, wenn es keine Sekunde dauert vom Klingeln bis zum Öffnen. Dann endlich ist es soweit. Er klingelt, ich öffne und bekomme einen Schreck. Nur für eine Millisekunde, aber es ist ein Schreck. Ben hat mindesten 30 Kg mehr auf den Rippen als auf den Fotos auf denen er zwar nicht dick, aber auch nicht gerade zierlich ist.

Generell ist er ein großer, kräftiger Kerl, aber der Ben, der mir gerade entgegen kommt ist stark übergewichtig und hat eine sehr unangenehme Ausstrahlung. Mini-Mia dreht am Rad. Aber ich ignoriere sie. Mia, reiß dich zusammen, du wirst doch nicht so oberflächlich sein. Was machen schon so ein paar Kilos. Dafür bekommst du in jeder anderen Hinsicht einen Traummann! Mit einer Umarmung begrüße ich ihn."Schön dich zu sehen, bist du gut durchgekommen?", frage ich nervös. „Ja, war kein Problem, Danke. Gut schaust du aus.", antwortet er mit einem Lächeln. Er hat eine kleine schwarze Tasche dabei, die er abstellt, aber nicht ohne vorher den Merlot herauszuholen. „Sehr schön.", sage ich. „Komm mit in die Küche, ich hole die Gläser. Magst du vorher noch etwas anderes trinken?" „Ja, gerne ein Wasser." Wir gehen in die Küche. Unser Gespräch ist noch ein wenig oberflächlich und da ich sehr nervös bin, versuche ich mich innerlich zu beruhigen. Es ist doch immer etwas anderes, wenn man sich sieht. Egal wie viele Stunden man schon miteinander telefoniert hat. Wir stehen da, unterhalten uns, Ben trinkt sein Wasser und sagt dann nach etwa 20 Minuten, dass wir ja nun ein Gläschen Wein trinken könnten. „Gerne.", antworte ich, nehme die Flasche und wende mich von ihm ab um die Gläser zu füllen, die auf der Arbeitsfläche stehen. Er kommt von hinten auf mich zu und als ich mich ganz auf das Eingießen konzentriere, spüre ich plötzlich seine Erektion an meinem Hintern und seine Arme um meine Hüfte. Er küsst meinen Nacken und sagt: „Du bist unglaublich sexy." Dann dreht er mich um und küsst mich auf den Mund. Er ist ein guter Küsser, aber eigentlich geht mir das alles viel zu schnell. Ich habe mir unser erstes Treffen ganz anders vorgestellt. Sag etwas, Mia! Sag, dass du das nicht möchtest! Das du noch Zeit brauchst. Aber ich bringe es nicht über meine Lippen. Immerhin war er stundenlang unterwegs um mich zu besuchen, da kann ich ihn doch nicht so enttäuschen. Also mache ich mit. Wir gehen ins Wohnzimmer und machen es uns auf dem Sofa bequem. Er küsst und streichelt mich, zieht mein Höschen aus, hat seine Finger in meinem Loch, zieht seine Hose hinunter und schiebt mir seinen erigierten Schwanz in den Mund. Natürlich zu schnell und zu tief, so dass ich würgen muss. Keine seiner Aktionen hält sehr lange an, obwohl es deutlich zu erkennen ist, dass er generell ein guter Liebhaber ist. Zwischendurch unterhalten wir uns auch und irgendwann bestelle ich uns zwei Pizzen, auch wenn ich überhaupt keinen Appetit habe. Von Minute zu Minute geht es mir schlechter, was ich nicht verstehe, denn an sich genießen wir doch einen schönen Abend. Ich habe einen richtigen Kloß im Hals und mir ist schrecklich übel. Ben ist gerade dabei mich zu lecken als der Pizzabote klingelt. „Geh du an die Tür.", sagt er und hält mir 50,00 EUR hin. „Ich kann so nicht öffnen.", lacht er und zeigt auf seine Erektion. Ich ziehe meinen Rock hinunter, hole die Pizza und wir gehen in die Küche zum Essen. Als wir uns so gegenüber sitzen und ich mich wieder sicherer fühle, merke ich, wie meine Übelkeit verschwindet. Was ist hier los? Warum fühle ich mich so? Ich kann es mir nicht erklären. Nach einer Weile kommen wir auf Ex-Partner zu sprechen. Ben erzählt mir von Melanie. Seiner letzten, sehr großen Liebe. Sie muss faszinierend gewesen sein und sehr temperamentvoll. Aufgrund dessen, dass beide sehr dominante Persönlichkeiten sind, hat es wohl nicht funktioniert und als er so von ihr erzählt, füllen sich seine Augen mit Tränen und seine Unterlippe beginnt zu zittern. Mir wird bewusst, wie viel Gefühl da noch vorhanden ist und dass Ben noch lange nicht bereit für eine neue Beziehung ist, was mich wahnsinnig erleichtert. Ich werde ihm das einfach schriftlich alles erklären, wenn er wieder zu Hause ist. Das bedeutet ich muss nur diese Nacht durchhalten. Nur diese Nacht. Das schaffst du Mia, das hast du schon mal geschafft. Nach dem Essen gehen wir direkt ins Schlafzimmer und ziehen uns aus. Sofort wird mir wieder übel. Aber warum? Ich verstehe es einfach nicht. Er ist zwar übergewichtig, aber ich ekel mich nicht davor. Auch wenn es mich nicht gerade anmacht und ich nun aus erster Hand weiß, dass ich eigentlich keine dicken Männer mag. Aber Ben ist gepflegt, rasiert, hat einen schönen, normal großen und harten Penis und versucht herauszufinden, was mich anmacht und was nicht. Halte einfach durch bis morgen. Sage ich mir immer wieder. Ben kniet auf dem Bett und ich liege vor ihm, um ihm einen zu blasen. Sein Glied ist tief in meinem Rachen als ich plötzlich merke wie es mir hochkommt. Schnell ziehe ich meinen Kopf zurück, habe den Mund voller Kotze und schlucke diese in meiner Verzweiflung wieder hinunter. „Entschuldigung.", sage ich. „Mir ist nicht so gut, ich glaube ich muss mal an die frische Luft." Ohne auf eine Antwort zu warten, schnappe ich mir die Decke und eile durch die Wohnung bis zur Terrassentür nach draußen. Besorgt folgt er mir. Draußen setzt er sich auf die Liege, ich setze mich mit Decke vor ihn auf den Boden. Zärtlich nimmt er mich in den Arm. „Es tut mir so leid.", wiederhole ich. „Das macht doch nichts. Wenn dir nicht gut ist, ist dir nicht gut." Als es wieder etwas geht, gehen wir zurück ins Bett. Ich bin endfertig. Ich kann seine Nähe nicht ertragen, kann ihn noch nicht mal mehr anschauen, was von seiner Seite aus natürlich nicht unbemerkt bleibt. „Was ist denn los mit dir? Hab ich was falsch gemacht?", fragt er. Jetzt gibt es kein Halten mehr. Tränen laufen meine Wangen hinunter. „Ich wollte einfach erst mal nur reden. Ich hatte mir das alles so anders vorgestellt. Ich wollte reden und essen und reden und dann mal schauen, aber dann hatte ich nach 20 Minuten deine Erektion am Hintern und es ging alles so schnell." „Oh nein, das tut mir unendlich leid. Du hast absolut Recht." Doch es hilft nichts. Mir ist nach wie vor schlecht und ich frage mich ob es nicht das Beste wäre, wenn er in einem anderen Bett schläft. Doch Ben ist meinen Gedanken weit voraus. Er steht auf, zieht sich an und sagt, dass er wieder nach Hause fährt. Ich habe ein schlechtes Gewissen und will eigentlich nicht, dass er nach so einem Abend so weit fährt, zumal er ja auch mindestens zwei Gläser Wein getrunken hat, aber ich habe auch nicht die Energie jetzt zu diskutieren. Ben lässt sich sowieso nicht aufhalten und eigentlich bin ich auch froh über diese Entscheidung. Also bringe ich ihn zur Tür und verabschiede ihn mit einer leichten Umarmung und einem weiteren hervor gestotterten „es tut mir so leid". Als ich anschließend auf die Uhr schaue, ist es gerade mal 22:30 Uhr und mit dem Wegfahren seines Autos ist meine Übelkeit komplett verschwunden. Ich schnappe mir das Telefon, lege mich ins Bett und rufe Lucy an. „Was ist passiert!?", fragt sie ohne dass ich auch nur ein Wort sagen muss. Ich erzähle ihr die ganze Geschichte. „Na herzlichen Glückwunsch. Du hast jetzt einen wunderbar funktionierenden Wachhund, nur solltest du auch auf ihn hören.", sagt sie. „Was meinst du damit?" „Du wolltest das nicht. Du wolltest nicht mit ihm schlafen. Dein Unterbewusstsein hat gemerkt, dass er es nicht ist. Er ist nicht dein Seelenpartner und glücklich machender Glückspilz, aber du wolltest das nicht wahrhaben, weil du einfach jetzt bereit bist für eine Beziehung. Also ging dein Alarmsystem an, nämlich eine sehr stark ausgeprägte Übelkeit, die offensichtlich immer schlimmer wurde weil du sie ignoriert hast. Aber jetzt weißt du es." „Das war eine heftige Lektion." „Das kannst du laut sagen. Und im Ernst jetzt. Du hast es runter geschluckt?" „Jepp, hab ich. Ich habe mich so widerlich gefühlt, dass ich ihm fast auf den Schwanz gekotzt habe. Und weil ich das nicht wollte, habe ich es wieder runter geschluckt. Was eine Glanzleistung." Wir müssen schon wieder lachen. „Und weißte was noch?", fragt Lucy.

„Nein, was?" „Ich habe mich von der Geschichte so geekelt, dass ich glaube, dass ich gerade meinen ersten Herpes an der Lippe bekomme."

Ben entschuldigt sich mehrfach bei mir dafür, dass er wie ein Tier über mich hergefallen ist. Er hat ein fürchterlich schlechtes Gewissen und spricht sogar mit seiner Therapeutin darüber. „Übertreib nicht.", schreibe ich ihm. „Ich hätte sagen sollen was Sache ist. Es war nicht fair von mir. Du konntest nicht wissen, dass ich nicht möchte. Es ist alles gut und außerdem habe ich viel über mich gelernt." So etwas passiert mir nie wieder. Endlich habe ich mein Bauchgefühl wieder entdeckt. Meine Intuition. Mini-Mia, die ich immer wieder zum Schweigen verurteilt habe, hat mir nur sagen wollen, dass hier etwas nicht stimmt. Von jetzt an werde ich auf sie und somit auf mich hören. Und wenn ich etwas nicht will, dann will ich es nicht, egal wie viel Aufwand die andere Person gehabt hat. Ich bin niemand der mit den Gefühlen Anderer spielt und Menschen ausnutzt und es ist nicht nur mein Recht Grenzen zu setzen, sondern auch meine Pflicht. Und selbst wenn ich denke, dass Andere denken ich bin viel zu empfindlich, dann sind es dennoch meine Grenzen und meine empfindlichen Gefühle und ich werde sie aus reiner Selbstliebe beachten und beschützen. Wenn ich nicht auf mich aufpasse, wer dann? Oder besser, warum sollte irgendjemand auf mich achten, wenn ich es noch nicht einmal mache? Wie konnte ich? Wie konnte ich mir all diese Dinge antun und mich so behandeln lassen. All das lerne ich aus dieser zerplatzten Hoffnung. Zugegeben, es war wirklich eine extrem harte Lektion, aber rückwirkend betrachtet habe ich wenigstens endlich damit begonnen zu lernen. Hätte ich das bei Armin schon getan, so wäre mir dieser Abend vielleicht erspart geblieben. Vielleicht hätte ich dann den Mut gehabt gleich Klartext zu sprechen und wir hätten einfach gemeinsam zu Abend gegessen uns unterhalten und gegebenenfalls sogar einen netten Abend zusammen verlebt. Und vielleicht hätte sich dann alles anders entwickelt, mit mehr Ruhe und Zeit und ohne Lernaufgabe, so dass noch etwas daraus hätte werden können. Aber was nutzt es jetzt darüber zu spekulieren? Im Moment bin ich so traumatisiert, dass ich ihn nie wieder sehen möchte. Auch wenn mir klar ist, dass er so schnell sowieso keine Hand mehr an mich legen würde.

12

Diesmal dauert es einige Wochen bis ich diesen Vorfall einigermaßen verarbeitet habe. Der Kontakt zwischen mir und Ben ist kaum noch vorhanden und das ist gut so. Ich brauche Abstand von allem. Wie immer, wenn ich Ruhe und Abstand brauche, verbringe ich meine Abende auf dem Sofa, mit dem Fernseher und dem Laptop. Ich sollte es eigentlich mittlerweile besser wissen, denn genau so bringe ich mich ja immer wieder in teilweise recht unangenehme Situationen. Auf der anderen Seite aber, mache ich auch spannende, witzige und wundervolle Erfahrungen auf diese Art und Weise. Ich muss es nur schaffen meine Gefühle rauszuhalten. An einem schönen Abend im Spätsommer dann, erhalte ich eine Nachricht auf werkenntwen von einem Mann namens Jan.

Jan: „Sie kommt aus Wiesbaden, sie kennt Maria, das ist mir einen Gruß wert."

Maria ist eine Freundin von mir und tatsächlich kennen die Beiden sich auf werkenntwen. Also antworte ich ihm.

Ich: „Na dann bedanke ich mich herzlich und grüße zurück."

Jan:	„Auch ich bedanke mich für diesen Lichtblick an diesem tristen und dunklen Tag."
Ich:	„Lichtblicke sind immer etwas wundervolles, obwohl ich der Dunkelheit niemals ganz entsagen würde."
Jan:	„Wie bezaubernd zu lesen, dass ein Wesen seine dunkle Seite liebt."
Ich:	„Die dunklen Seiten scheinen ja auch düsterer als sie tatsächlich sind, denn letztendlich stecken sie voller Lust und Erfüllung."
Jan:	„Lust und Erfüllung und süßem Schmerz?"
Ich:	„Lust, Erfüllung, süßer Schmerz und eine ganz zauberhafte Magie."
Jan:	„Und sucht deine dunkle Seite gerade jemanden zum Ausleben?"
Ich:	„Meine dunkle Seite würde sich gerne ausleben, allerdings kann sie das nicht in unverbindlichen Abenteuern, sondern nur in festen und bindenden Händen."
Jan:	„Das tut mir Leid. Denn mehr als ein Abenteuer kann ich nicht bieten."
Ich:	„Sehr schade. Aber ich bin kein Mensch für Abenteuer. Sie tun mir nicht gut und ich komme nur schwer damit zurecht."
Jan:	„Das verstehe ich sehr gut. Wärst du dennoch mit einem Austausch bei einer Tasse Kaffee einverstanden? Einfach zum reden und kennenlernen? Ich finde unser Gespräch zu einzigartig um dies jetzt einfach so vorüberziehen zu lassen."
Ich:	„Ich denke das können wir machen."

Eine Weile schreiben wir noch hin und her. Jan ist, kaum zu glauben, Wasserschutzpolizist. Er lebt in Wiesbaden und arbeitet in Frankfurt. Er ist in einer festen Beziehung, kinderlos, 41 Jahre alt, liebt rockige Musik und BDSM. Nächste Woche wird er am frühen Abend auf einen Kaffee vorbei schauen, und zwar nur für einen Kaffee. Für mich ist das vergleichsweise entspannend. Kein Bad, kein Wein, kein Outfit.... Ich schaue lediglich danach, dass die Wohnung sauber ist und ich genug Kaffeepads da habe. Außerdem fordere ich noch ein Foto in Uniform um sicherzugehen, dass er auch Polizist ist und ich gehe noch mal tief in mich hinein und frage mein Bauchgefühl, ob es sicher ist, diesen Mann bei mir zu Hause zu empfangen. Was das betrifft bin ich sehr vorsichtig geworden um nicht zu sagen, ich wollte es eigentlich gar nicht mehr tun. Da ich aber vorab sehr deutlich sagte, dass ich kein Interesse habe und er den Polizeibonus hat (vielleicht ist auch das naiv, aber ich glaube einfach nicht, dass ein Polizist alles einfach so aufs Spiel setzt), bin ich mir sicher, dass es OK ist.

Jan ist 1,86 cm groß, kräftig, hat blaue Augen und kurzes, grau meliertes Haar. Er trägt Jeans und ein T-Shirt, genau wie ich. Ich mache uns einen Kaffee, wir setzen uns auf das Sofa und unterhalten uns. Ich erzähle ihm sehr offen von meinen BDSM-Erfahrungen, meinen Schwächen und dass ich extrem ungeeignet für Affären bin und mich deshalb auf nichts mehr einlassen möchte. Er versteht das. Es macht ihm auch gar nichts aus. Jedoch hat er einen Vorschlag. Jan liebt es zu fotografieren. Er hat sogar eine qualitativ sehr hochwertige Ausrüstung mit digitaler Spiegelreflexkamera, diversen Objektiven und so weiter. Und weil er mich optisch sehr ansprechend findet, können wir doch einfach Foto-Sessions machen. Erotische BDSM-Fotos. Nicht mehr und nicht weniger. Das reizt mich. Ich wollte schon immer hübsche, erotische Fotos von mir haben und stilvolle BDSM-Fotos gefallen mir auch ausgesprochen gut. Ich kann nicht anders als zuzusagen.

Unter der Voraussetzung, dass ich nicht seine Sklavin sein werde. Wir sind gleichberechtigt und ich kann es jederzeit beenden, sobald ich merke, dass es mir nicht gut dabei geht oder natürlich sobald mein Prinz da ist, den ich ja nicht aufhören werde zu suchen. „Das versteht sich von selbst.", meint er und wir vereinbaren einen Termin.

Ich freue mich auf unsere Session. Jan kommt nachmittags vorbei. Es ist ein heller und sonniger Tag. Ich trage ein hübsches, schwarzes Höschen mit passendem BH, eine Jeans und ein Top. Ich bin dezent geschminkt und mein rückenlanges, dunkelbraunes Haar ist frisch gewaschen und offen. „Stell dir vor", sagt er. „Ich habe heute einen schwarzen Schwan gesehen und fotografiert. Schau her." Er zeigt mir das Foto auf seinem Smartphone und es ist wirklich faszinierend. So etwas Schönes. „Das ist unser Schwan. Ein Zeichen für unsere Sessions." Jan möchte einen Kaffee. Als ich diesen gemacht habe, gieße ich mir ein Glas Wein ein. Ich habe ja ansonsten nichts mehr vor heute. Ich habe mein Glas noch in der Hand, als Jan kommt, mich an den Haaren am Hinterkopf packt, so dass mein Kopf in meinen Nacken fällt und beginnt mich heftig zu küssen. Auch wenn es so nicht abgesprochen ist, gefällt es mir. Sein Kuss ist leidenschaftlich und sehr bestimmt. Es macht mich an und so küsse ich ihn zurück. Dann sagt er: „Du kannst gut küssen. Sehr gut. Es hätte nicht funktioniert wenn du nicht gut küssen könntest weil mir das Küssen so wichtig ist." Während er seinen Kaffee trinkt und ich an meinem Wein nippe, besprechen wir wo und wie wir die Fotos machen. Wir entscheiden uns für das Schlafzimmer. Er brachte einige Tücher zum Fesseln und zum Verbinden der Augen mit und das sollte für den Anfang reichen. Es ist mir unangenehm mich komplett auszuziehen, zumal Jan ja komplett bekleidet bleibt, weswegen wir damit anfangen Fotos in meiner hübschen Wäsche zu machen. Ich ziehe also erst einmal lediglich meine Jeans und mein Top aus und klettere auf mein Bett, als Jan mich wieder packt und erneut küsst. Gleichzeitig greift er mit seiner Hand in mein Höschen und fingert mich. Ich bin bereits feucht und geil und freue mich auf mehr. Dann bekomme ich eine Augenbinde und vor dem Körper zusammengebundene Hände und er macht die ersten Fotos von mir während ich sitze und liege. Dann befestigt er mich am Bett und macht weitere Fotos. „Zieh dich jetzt ganz aus.", sagt er und befreit mich von den Binden. Ich bin so in meiner Rolle als BDSM-Modell versunken, dass es mir gar nichts mehr ausmacht mich auszuziehen. „Mach es dir selbst.", fordert er. Ich knie breitbeinig auf dem Bett. Mit der linken Hand halte ich mich am Fußende des Metallbettes fest, die rechte befindet sich zwischen meinen Beinen. Mit dem Mittelfinger massiere ich meine nasse Klitoris, atme heftig und genieße es, trotz klickender Kamera. Ich weiß nicht warum, aber Männer lieben es einfach uns Frauen bei der Selbstbefriedigung zuzuschauen. Vor einem guten Jahr noch, hätte ich mich das niemals getraut. Vor niemandem. Auch nicht vor meinem Mann, als ich noch verheiratet war. Jetzt macht es mir Spaß, weil ich weiß wie verrückt es Männer macht. Ich bringe meine Masturbation heute nicht zu Ende, aber es entstehen einige, sehr gute Fotos dabei. Der Abend ist magisch. Wir sind ungehemmt und kreativ und genießen beide jede Sekunde davon. Er ist ein Künstler und ich seine Muse und ich bin sehr froh mich darauf eingelassen zu haben. Nach einer guten Stunde gehen wir zurück ins Wohnzimmer um die Fotos auf meinen Rechner zu überspielen und anzuschauen. Es sind 180 Stück, jedoch ist nur eine Hand voll Fotos dabei, die mir wirklich gut gefallen und mit denen ich noch so einiges anstellen werde. Ich liebe es Fotos zu bearbeiten, auch wenn ich dies nur laienhaft und mit einem ganz einfachen Programm kann. Nachdem wir die Fotos angeschaut haben, hebt Jan mich auf seinen Schoß. Er ist immer noch komplett bekleidet, ich habe nur meine Wäsche wieder an und wärme mich ansonsten mit einer Decke. Wir küssen uns und ich beginne damit ihn trotz Kleidung für einige Minuten zu reiten, was erstaunlich viel Spaß macht. Anschließend fährt er nach Hause zu seiner Freundin. Mir geht es gut dabei. Ja, sicher, ich bin wieder Mal eine Affäre, aber der Abend hat mir wahnsinnig viel gegeben. Solange das so bleibt, ist alles gut. Ich muss nur bei mir bleiben und darf Mini-Mia nicht aus den Augen verlieren. Hinzu kommt, dass Jan mehrfach betont hat, dass er seine Freundin nicht verlassen wird. Somit sind zum ersten Mal die Verhältnisse eindeutig und ohne Spielerei geklärt, was es mir einfacher macht.

Unsere Treffen beginnen immer mit einem Kaffee und einem Glas Wein. Als Jan das nächste Mal kommt, ist es Nachmittag und die Sonne scheint. Ich trage ein hübsches, rotes, rückenfreies Kleid und meine Lackpumps. „Steht deine Freundin nicht auf BDSM?", frage ich ihn. „Doch. Unser Sex ist toll." „Warum triffst du dich dann mit mir?" Jan schmunzelt. „Letztes Jahr hatte ich einen Autounfall. Ich war einige Wochen im Krankenhaus und wie es so ist in diesen Situationen, dachte ich viel über alles nach. Und ich entschied mich dafür, mir eine Schatzkiste zu bauen. Eine Schatzkiste nur für meine Schätze. Meine Musik ist zum Beispiel dort drin. Ich liebe Musik und ich brauche manchmal einfach etwas Zeit nur für mich alleine, in der ich mich zurückziehe und Musik höre. Und du bist jetzt auch in dieser Schatzkiste. Ich liebe meine Freundin, aber mit ihr habe ich auch den Alltag. Ich helfe ihr auf Toilette wenn sie krank ist, sehe sie in allen möglichen Situationen. Wenn ich zu dir komme, ist alles perfekt. Fern des Alltags. Du bist immer perfekt zu Recht gemacht, wir leben unsere Magie und genießen den Moment. Nur für meine Schatzkiste." Ich verstehe. Ich verstehe in dem Moment so viel. Das ist es warum viele Männer Affären so lieben. Sie sind simpel und unkompliziert. Kein Rumgeheule, keine Probleme, keine Schlabberhosen und Birkenstock, keine Periode. Die perfekte Gespielin für schöne Momente ohne den nervigen Alltag. Aber genau der Alltag ist das, was ich so vermisse. Etwas was tiefer geht, als das schöne Oberflächliche was ich in den letzten 2 Jahren lebte. „Ich habe eine Überraschung für dich.", sagt er dann plötzlich und öffnet eine Tüte von der ich mich bereits fragte was wohl darin ist. Er greift hinein, holt ein schönes, lilafarbenes BDSM-Seil zum Fesseln hervor und gibt es mir. Es fühlt sich weich an, gar nicht schmerzhaft und es ist irgendwie seidig. „Das ist aber hübsch.", sage ich. Wieder greift er in die Tüte und holt einen schwarzen Plastikstab mit Griff hervor, der an dem anderen Ende eine große, weiche, schwarze Feder zum kitzeln und streicheln befestigt hat. Was ein hübsches Spielzeug, denke ich mir und kitzele damit mein Gesicht. Jan lacht. „Du bist so bezaubernd." Dann greift er ein letztes Mal in die Tüte und holt eine Peitsche hervor. Sie ist sehr klein, der elegante Edelstahlgriff nur 15 cm lang. Daran befestigt sind sieben kleine Lederriemen. Ich traue mich kaum sie entgegen zu nehmen, wir wissen ja nun alle wie ich zu Schmerzen stehe und auch Jan habe ich das mehr als deutlich erklärt. Aber sie ist faszinierend, diese kleine Peitsche. Ich liebe sie auf Anhieb, auch wenn ich nicht weiß, wie viel ich letztendlich mit ihr anfangen kann. „Mach dir keine Sorgen, wir fangen ganz langsam an. Du wirst es lieben." Dann beginnt unsere Sitzung. Wir bleiben im Wohnzimmer auf dem Teppich, da er schön weiß, weich und kuschelig ist und die Sonne gerade perfekt auf ihn scheint. Es sind einige sehr stilvolle Fotos darunter, mit Weinglas und gefesselten Füßen, teilweise auch welche die gar nicht nach BDSM aussehen sondern einfach nur hübsch sind. Aber dabei bleibt es nicht. Ich ziehe mein Kleid aus und wir machen Fotos mit meiner Hand im Höschen, gefesselten Handgelenken und natürlich auch welche in denen ich lediglich die Pumps trage. „Und jetzt testen wir mal deine kleine Freundin.", meint Jan nach einer Weile. In meinem Wohnzimmer hängt ein kleiner Sandsack, den ich mir zum Trainieren der Kampfkunst zugelegt habe. Das Gestell ist aber auch perfekt für andere Hobbys. Jan hängt den Sandsack ab, nimmt mein neues Fesselseil und sagt mir, dass ich rüber zu dem Gestell gehen soll, so dass er mich daran anbinden kann. Da das schon alleine ein hübscher Anblick ist, macht er erst mal ein paar Fotos. Dann legt er die Kamera weg, dreht mich um, so dass ich die Wand anschaue und mein Allerwertester in seine Richtung zeigt. Jetzt holt er die Peitsche. Ich bin sehr nervös, aber auch positiv gespannt. Ich vertraue Jan in der Hinsicht. Der erste Schlag kommt und zischt über meinen Po. Ich zucke zusammen, aber es ist nicht wirklich schmerzhaft. Es ist ein angenehmes Gefühl, ein befreiender, süßer, leichter Schmerz. Das ist also der Lustschmerz, den Thomas mir mit dem Gürtel einprügeln wollte. Der nächste Schlag kommt und dann der nächste. Alle ungefähr gleich stark. „Jetzt kommen noch fünf Stück, wir zählen rückwärts.", sagt Jan dann und macht weiter. Ich bin außer mir vor Aufregung. Ich mag das Gefühl und will unbedingt die fünf Schläge noch schaffen, auch wenn Jan bei den letzten beiden ein wenig stärker peitscht. Es ist irgendwie schon schmerzhaft, aber irgendwie auch nicht und die ganze Aktion scheint Hormone in mir auszulösen, die mir wahnsinnig gut tun. Ich fühle mich ausgeglichen und ruhig und in Frieden. Jan löst die Knoten der Fesseln, drückt und küsst mich und sagt mir, dass ich das sehr gut gemacht habe. Ich bin überglücklich, was ich niemals erwartet habe. Ich, die

Schmerzen verabscheut, mag es ausgepeitscht zu werden. Wenn auch in minimaler Ausführung, ich bin ja noch ein BDSM-Küken und so gar nicht schmerzerprobt. Glücklich und zufrieden liege ich nun auf dem weichen Teppich, strahle und träume vor mich hin und spiele mit meiner neuen Freundin aus Edelstahl. Jan lacht und macht weitere Fotos. Natürlich auch von meinem wunderschönen, roten Po. Dann ist es Zeit die Sitzung mit dem üblichen Überspielen und Anschauen der Bilder und meinem „Trockenreiten" zum Abschluss zu bringen. Was ein wunderschöner, magischer und faszinierender Abend.

Jan und ich bleiben ständig in Kontakt. Mit jedem Treffen steigt unsere Kreativität und wir haben noch sehr viel geplant. Ich bin viel lieber Muse als Sklavin und gemeinsam mit meinem Künstler kreieren wir uns unsere eigene Welt. Eine größere geplante Sache ist ein Outdoor-Shooting in einem Wald, mit zerfetzten Klamotten, Dreck und Ketten. Aber für die Umsetzung sollte es schon etwas wärmer sein, denn obwohl die Sonne noch häufig scheint, sind die Temperaturen zwischenzeitlich nicht mehr ganz die wärmsten. Der Herbst ist nun mal da. Außerdem spricht Jan immer wieder von einer Gespielin. Er will zwei Frauen vor der Kamera. Ich bin diesbezüglich hin- und hergerissen. Auf der einen Seite hat es seinen Reiz, denn allein der Gedanke eine andere Frau zu küssen, zu berühren und zu lecken beziehungsweise von ihr geleckt zu werden, turnt mich ein wenig an. Aber dann ist da noch mein Ego. Was wenn sie hübscher und besser ist als ich. Außerdem bin ich doch seine Muse und wenn ich mich schon wieder auf ein Abenteuer eingelassen habe, dann auch zu meinen Bedingungen. Ich bin die Nummer 1 und ich werde nichts machen, was ich nicht möchte. Denn diese Lektion habe ich ja nun endlich, auf sehr unangenehme Art und Weise gelernt. Dann wiederum kann es aber auch erheblichen Spaß machen, gerade zum Beispiel bei unserem Outdoor-Shooting, welches ja im Frühling irgendwann stattfinden soll. Zu zweit durch den Wald zu rennen und vor dem Feuer zu knien, aneinander gekettet mit dem üblichen Schwips, ist sicherlich lustig. Aber nein, ich komme immer wieder zu dem Entschluss, dass ich das nicht will. Aber Jan bringt es dennoch immer wieder auf den Tisch, denn wie ich schnell merke ist er ein absoluter Voyeur. Er braucht keinen Sex mit mir. Er will auch keinen Sex mit mir. Er will nur zuschauen und da ist es klar, dass eine zweite Frau für ihn wesentlich interessanter ist, als nur ich alleine. Teilweise bin ich sehr genervt davon, dass er immer wieder damit anfängt. Es ruiniert alles. Es tötet die Magie. Nichts desto trotz treffen wir uns regelmäßig für die Foto-Shootings und obwohl sie alle bei mir zuhause stattfinden, sind sie doch alle einzigartig.

Da ist das Hochzeitskleid-Fotoshooting, eines seiner Lieblinge. Gefesselt in Brautkleid, teilweise nur mit Schleier bekleidet machen wir viele Fotos. Unschuldig und verrucht zugleich, ein Wechselspiel der Eindrücke. Wer hätte gedacht, dass mein Brautkleid mir doch noch einmal so viel Freude bereiten wird. In einer anderen Session trage ich diverse Kleidungsstücke, Korsagen, Dessous und ähnliches. Eines der Fotos lässt mich aussehen wie eine Domina, was schon wieder witzig ist. Am Ende der Session wird es ein wenig heftiger und Jan schlägt mir leicht ins Gesicht. Ich erschrecke, denke mir aber nichts dabei. Dann schlägt er mir wieder auf die Wange. Meine Augen füllen sich mit Tränen und ich sage: „Ich mag das nicht." „In Ordnung.", antwortet er. „Dann machen wir das auch nicht." Er drückt mich, legt mich auf das Bett, steckt seinen Finger in mein Loch, massiert mich sanft zwischen den Beinen und sagt: „Ich liebe es wie du dich hingibst. Ich liebe es wenn du erregt stöhnst, weil ich meine Finger in dir habe. Ich liebe es wie du lachst und dich gibst und mit der Kamera spielst, und dass ich mit dir machen kann was ich will." Ich höre seine Worte und fühle seinen Finger in mir und liebe es so bespielt zu werden. Hier geht es um Spaß, um Genuss, um unverbindliche Zweisamkeit und um den Moment. Es ist wundervoll. Anschließend erhalte ich noch ein Spanking mit meiner kleinen Freundin. „Wir haben heute wieder eine Grenze entdeckt. Weißt du welche?", fragt er am Ende des Abends. „Ja, ich mag keine Schläge ins Gesicht." „Richtig." Manchmal sprechen wir darüber wie es wäre, seine Sklavin zu sein. Wie es wäre, das Ganze einen Schritt weiter gehen zu lassen, nur bei Bedarf und Lust und Laune und nur ab und an mal. Es reizt mich und Jan merkt das. „Wir können es gerne mal versuchen.", sagt er. „Dann würde ich Selina heißen.", antworte ich. „Wie bitte was?" „Mein Sklavinnen-Ich soll einen eigenen Namen haben und Selina hat mir schon immer gefallen." „Ach so, natürlich. Nun, unser nächstes Treffen steht und die Planung dafür auch. Du kannst dir ja jetzt überlegen ob du es als Mia oder als Selina durchführen möchtest und ich passe mich dir an. In Ordnung? Ein paar Tage hast du ja noch Zeit." Mir gefällt die Idee und die Freiheit die ich dabei habe. Ich mag es, jederzeit wieder zurückzukönnen. Unser nächstes Shooting soll zudem etwas BDSM-spezifischer sein. Das haben wir in letzter Zeit vernachlässigt und mir fehlt es. Gerne hätte ich auch endlich mal ein schönes Halsband und richtige Fesseln für die Fotos, aber wir haben keines dieser Dinge und seine privaten möchte ich nicht nutzen. Ich habe kein Problem damit eine Affäre zu sein, aber die Sexmanschetten seiner Freundin zu tragen geht sogar mir zu weit. Wir stellen den Küchentisch ins Wohnzimmer, ich trage nichts außer Heels und werde gefesselt um dann mit verbundenen Augen über dem Tisch zu liegen. Außerdem haben wir besprochen, dass wir diesmal miteinander schlafen werden. Das erste Mal, aus reiner Neugier und Geilheit. Ich hatte ja nun auch schon lange keinen Sex mehr. Wir starten mit ein paar klassischen Fotos der knienden Sub auf dem Boden in der nun leeren Küche. Alles ist wie immer. Ich trinke meinen Wein, wir reden, machen die Bilder und ich erzähle ihm, dass unser Meerschweinchen Junge bekommen hat. Die muss er sich gleich anschauen während ich gefesselt in der Küche auf ihn warte. Als er zurück kommt und wir für weitere Fotos ins Wohnzimmer gehen fragt er: „Bist du Mia oder bist du Selina?" Ich überlege kurz, schaue ihn an und antworte ganz spontan: „Selina." Jan lächelt. Dann packt er mich am Schopf, küsst mich heftig und legt mich über den Tisch, so dass ich mit dem Bauch auf dem Tisch liege und mit den Beinen noch am Boden stehe. „Liegen bleiben!", sagt er streng. Wow, ich hätte nicht gedacht, dass er so dominant sein kann. Jan macht Fotos, dann stellt er die Kamera so auf, dass sie mein Gesicht und Oberkörper filmt und beginnt damit mich von hinten zu fingern. Es gefällt mir und ich schwitze und stöhne. Zwischendurch erhalte ich immer wieder einen Klaps oder einen leichten Schlag mit der Peitsche. Anschließend soll ich mich auf dem Tisch auf den Rücken legen und es mir selbst machen. Ich folge seiner Anweisung, jedoch nicht bis zum Schluss, denn die Situation will das diesmal einfach nicht hergeben. Irgendwie habe ich auch gar keine Lust darauf zu kommen. Wieder packt mich Jan an den Haaren, küsst mich und setzt mich auf den Boden. Ich streichele ihn am Bauch. Sofort schlägt er mir auf die Finger, packt mich wieder am Schopf und sagt streng: „Habe ich dir erlaubt mich anzufassen?" Ich bin erschrocken, denn bisher war das nie ein Problem gewesen. Aber ich habe vergessen, dass ich ja nun Selina bin und so spiele ich mit. „Nein." „Wenn ich möchte, dass du mich anfasst, dann sage ich es dir. OK?" „OK". „Gut, dafür wirst du jetzt aber bestraft." Jan geht in die Küche, füllt eine Müslischale mit Wasser, kommt wieder zurück, stellt die Schale vor mich auf den Boden und sagt: „Leck das Wasser auf wie ein Hund!" „Was?", antworte ich völlig überrascht und muss plötzlich lachen. Selbst Jan grinst breit. „Komm, leck es auf. Du hast mich schon verstanden." Ich beuge mich nach unten um das Wasser aufzuschlecken, bringe es aber nicht fertig. Immer wieder muss ich lachen. Wie albern ist das denn? Letztendlich sitzen wir beide lachend auf dem Teppich. „Ich wusste nicht ob mir das gefallen würde", sagt Jan. „Ich habe Pet-Play noch nie ausprobiert. Aber es ist definitiv nicht meine Welt." „Nein, meine auch nicht", antworte ich. „Leg dich jetzt über das Sofa." Ich folge erneut seinen Anweisungen. Jan dringt von hinten in mich ein und kommt dann auch nach einigen Minuten. Es war OK, aber witziger Weise entscheiden wir beide, es bei diesem einen Mal zu belassen. Unsere Magie besteht aus der Kreativität der Foto-Shootings. Es ist schon eine ganz andere Nummer die Sklavin zu sein und nicht die Muse. Gelegentlich ist es eine nette Abwechslung, aber ich will es nicht immer haben.

Natürlich gibt es Momente, Abende in denen ich alleine zuhause und ziemlich einsam bin. Jan kommt halbwegs regelmäßig vorbei, aber er kann natürlich eine richtige Partnerschaft nicht ersetzen. Zumal dafür auch die Gefühle fehlen. Abgesehen davon, dass ich zum einen nicht immer alleine bin und zum anderen ist da noch seine Freundin. An einem Tag kann er nicht kommen, weil er und sie ein Pflegetier abholen müssen. Es ist eine sehr banale Sache, aber es tut mir weh. Nicht weil ich eifersüchtig bin, denn ich will ja gar nicht mit ihm zusammen sein, zumal er auch mich letztendlich nur betrügen würde. Ich will einfach auch jemanden an meiner Seite haben der mit mir Pflegetiere abholt. Jemanden für den Alltag. Jetzt ist es aber nun mal so wie es ist. Von daher nützt alles Jammern nichts. Stattdessen planen wir ein weiteres besonderes Treffen in dem ich Erfahrungen mit Wachs machen will. Jan möchte das Ganze dann filmen und einen Clip in Zeitlupe und mit Musikuntermalung erstellen. Das macht er sehr gerne und das kann er auch sehr gut. Für die Wachs-Session einigen wir uns auf Bauch und Po. Sensiblere Bereiche meines Körpers will ich nicht mit heißem Wachs beträufeln, zumal wir keine BDSM-Kerzen besorgt haben, die nicht so heiß brennen, sondern ganz normale Haushaltskerzen benutzen. Ich liege auf dem Rücken, die Kamera ist auf meinen Bauch gerichtet und Jan zündet die Kerze an, so dass sich schon ein wenig Wachs ansammeln kann. Ich bin sehr aufgeregt und nervös. „Bist du soweit?", fragt Jan. Ich nicke und halte den Atem an während er die Kerze in die Hand nimmt und auf Play drückt. Er lässt das Wachs relativ schnell direkt unter dem Solar-Plexus auf meine Haut laufen und wandert hinunter bis zum Bauchnabel. Es dauert nur wenige Sekunden, aber länger hätte ich es auch nicht ausgehalten. Heißes Wachs auf den Bauch getropft zu bekommen ist doch etwas anderes als die Spitze des Zeigefingers mal kurz in Kerzenwachs zu tunken. Stillhalten liegt mir fern, aber ich habe wenigstens genug Selbstkontrolle um liegen zu bleiben und lediglich meinen Bauch etwas einzuziehen während ich leise „aua, aua, aua!", klage. Mit einem Tuch entferne ich das Wachs, drehe mich um, so dass ich auf dem Bauch liege und weiter geht es. Nur, dass diesmal meine Pobacke beträufelt wird. Auch das ist schmerzhaft, wenn auch nicht ganz so schlimm wie der Bauch. Mit Lustschmerz hat das, zumindest bei mir, nicht viel zu tun, aber ich will diese Aufnahmen! Die Session dauert nur circa 30 Minuten, denn den Rest der Arbeit muss Jan zuhause von seinem Rechner aus machen. Ich kann es kaum erwarten das Ergebnis zu bekommen. Am nächsten Tag ist es schon soweit. Das Video ist schwarz/weiß und, wie geplant, in Zeitlupe. Untermalt ist es in etwas düsterer Musik, die mir sehr gut gefällt. Zu sehen ist lediglich der Bereich zwischen Brust und Schambein, beziehungsweise mein unterer Rücken und mein Po. Ich bin absolut begeistert von seinem Werk und sehr stolz darauf. Eigentlich könnte es ewig so weiter gehen. Unkompliziert und auf eine ganz bestimmte Art und Weise befriedigend, weil ich mich einfach begehrt und schön und sexy fühle. Aber das ist nicht das was ich will und das Thema mit der anderen Frau ist auch noch lange nicht vom Tisch. Die Sache mit dem Wachs war unser letzter guter Einfall für Sessions, die in der Wohnung stattfinden. Für alles andere ist es noch zu kalt. Zumal wir uns auch noch erkundigen müssen wo wir ungestört solche Bilder machen können, denn ich bin niemand der bei diesen Dingen gerne ein Risiko eingeht erwischt zu werden. Es gibt ja Menschen die das unwahrscheinlich anmacht, aber ich gehöre nicht dazu. Wenn ich weiß, dass jemand vorbei kommen könnte, dann geht bei mir nichts mehr. Vor diesem Hintergrund bleibt uns nichts anderes übrig als eine Zwangspause einzulegen.

13

Der Gedanke daran endlich wieder den Alltag mit jemandem zu erleben lässt mich gar nicht mehr los. Ich will nicht mehr alleine sein. Ich habe genug Erfahrungen gesammelt und kein Bedürfnis mehr danach meine dunkle Seite zu erforschen. Aber einen guten Mann findet man eben nicht an jeder Straßenecke, schon gar nicht als alleinerziehende Mutter, weswegen ich mich kurzfristig dafür entscheide mich bei einer Partnerbörse anzumelden. Partnerbörsen haben schon so viele Menschen zusammengeführt, warum sollte nicht jemand für mich dabei sein? Zumal es ja auch die kostenlose Version gibt, bei der man lediglich angeschrieben werden kann. Das genügt mir für den Anfang, denn wenn mein Traumprinz zu mir finden soll, dann wird er das schon. Auch ohne Premium-Mitgliedschaft.

Es ist eine Menge los auf diesem Portal und ich bekomme viele Nachrichten. Einige der Neugierigen sind sehr angenehme und nette Männer, jedoch fehlt einfach immer der entsprechende Funke. Das spüre ich mittlerweile relativ schnell, spätestens nach dem ersten Date zum Kaffee, und da ich mittlerweile ja lernfähig bin, lade ich keinen dieser Herren zu mir nach Hause ein. Eines Nachmittags dann erhalte ich eine nette Nachricht von Martin. Wir schreiben gar nicht lange hin und her sondern telefonieren relativ schnell. Sofort sind wir auf einer Wellenlänge, sprechen über Gott und die Welt und das ganze drei Stunden lang. Er ist nicht gerne alleine, ich bin nicht gerne alleine, wir haben einen ähnlichen Musikgeschmack, ähnliche Werte und der Funke springt sofort über. Also verabreden wir uns bei ihm zu Hause. Mein Bauchgefühl schlägt keinen Alarm und darauf verlasse ich mich.

Ich mache mir keine großen Gedanken über mein Outfit, trage Jeans und ein Shirt, leichtes Make-up und Boots. Mein Navi führt mich mittwochs gegen 15:00 Uhr zu seinem kleinen, sehr hübschen Reihenhäuschen in einer Spielstraße in der Ortschaft in der auch Lucy wohnt, außerhalb von Wiesbaden. Schicksal? Alles ist sehr hübsch und familienfreundlich. Etwas nervös klingel ich an seiner Haustür. Martin ist nur ein wenig größer als ich, hat eine Halbglatze und sieht seinem Profilbild eigentlich nicht sonderlich ähnlich. Mein erstes Gefühl ist ein kleines, enttäuschtes: "Oh!", Mini-Mia, sei nicht immer so vorurteilbehaftet! Du weißt nicht ob er mein Prinz ist oder nicht! Also ignoriere ich meinen Bauch. Auf ein Neues, mögen die Engel jetzt sagen und damit beginnen von 10 herunter zu zählen, in trauriger Erwartung der nächsten Katastrophe. (10,...) Martin ist sehr nett und zuvorkommend. Sein Haus ist stilvoll eingerichtet und sehr sauber. Na gut, er lebt dort ja auch alleine. Aber dennoch geht nichts über einen Mann, der weiß wie man Dinge sauber und in Ordnung hält. Es macht einfach immer einen guten Eindruck. Mit einem Kaffee und etwas Schokolade setzen wir uns in sein Wohnzimmer, er auf die eine Couch und ich auf die andere. Dort unterhalten wir uns genauso frei und ungezwungen wie schon am Telefon. Er erzählt mir von vergangenen Beziehungen und, dass er teilweise unbeabsichtigt ein Arschloch war indem er so manche Frau hat sitzen lassen. Wieder meldet sich mein Bauch und wieder sage ich ihm er solle doch bitte die Klappe halten weil das hier nichts anderes sein kann, als mein sich endlich erfüllendes Schicksal. (...9,...) Im Gegenzug erzähle ich ihm recht offen von meinen Abenteuern und darüber, dass ich nun keine Abenteuer mehr haben möchte, weswegen ich schon mehr als einmal auf die Schnauze gefallen bin. (...8,...) Nach circa 2 1/2 Stunden sagt Martin dann: "Das macht mich schon seit Stunden wahnsinnig, wie du mit deinem Haar spielst. Darf ich dich küssen?" Er darf und weil ich nun mal bin wie ich bin, dauert es nicht lange bis wir komplett entkleidet auf dem Sofa liegen, die Kondome griffbereit unter dem Wohnzimmertisch. A-ha, wie praktisch, denke ich nur. Vorbereitete Männer haben ja auch was für sich. Ich bin voll in meinem Element und bevor er weiß was passiert, knie ich vor ihm auf dem Boden und beginne damit ihm einen zu blasen. Sein Penis hat eine angenehme, nicht zu große Größe, so dass ich ihn ohne zu würgen relativ tief in den Mund nehmen kann. "Oh ist das geil!", sagt Martin. "Meine Brustwarzen", stöhnt er, "die sind total empfindlich, das macht mich richtig an." Also schiebe ich meine Hände hinauf zu seinen Brustwarzen während ich mit meinem Mund weiterhin seinen Schwanz bearbeite und massiere mit den Daumen kreisförmig über seine Brustwarzen. "Oooooh ist das geil! Ich weiß nicht wie du das machst, aber das ist der Hammer." Nach nur wenigen Minuten kommt er. Sein Sperma ist relativ dickflüssig, aber vom Geschmack her nicht sehr intensiv, so dass ich es trotzdem gut schlucken kann. Komisch, dass ich Austern eklig finde, aber Sperma mir gar nichts ausmacht. Martin sitzt nicht still und deshalb landet ein wenig seines Spermas auf meiner Wange. Das macht aber nichts, denn Männer lieben es ja bekanntlich Frauen mit ihrem Sperma zu besudeln. Tiere bespritzen ja auch ständig diverse Dinge und Lebewesen um zu markieren was ihnen gehört. Vermutlich ist das einer dieser fest verankerten Urinstinkte im Menschen beziehungsweise, in diesem Fall, in Männern. Eine Weile liegen wir noch gemeinsam auf dem Sofa und kuscheln, bevor ich mich anziehe um nach Hause zu fahren. „Hey!", sagt er bevor ich die Tür hinter mir schließe. „Magst du morgen Nachmittag nochmal vorbeikommen?" „Oh ja, sehr gerne.", freue ich mich. „Gegen 16:00 Uhr?" „Perfekt". Aufgeregt fahre ich nach Hause. Ist es diesmal anders? Ist das mein Seelenpartner? Werde ich bald in dieses süße Haus einziehen? Wobei es für eine Familie schon etwas zu klein ist. Aber es wäre so schön. Ein Reihenhaus in einem Vorort, noch dazu in einer Spielstraße, ganz in der Nähe von Lucy. Das kann einfach kein Zufall sein.

Am Donnerstag dann, mache ich pünktlich Feierabend, so dass ich mich noch frisch machen kann, bevor ich zu Martin fahre. Ich freue mich sehr auf den Nachmittag. Er empfängt mich mit einem Begrüßungskuss. „Schön, dass du da bist. Wie war dein Tag?" „OK.", antworte ich schmunzelnd. „Was möchtest du trinken?" „Erst mal ein Wasser bitte." „Setz dich schon mal aufs Sofa, ich bringe es dir." Heute ist unser Gespräch, was die Thematik betrifft, nicht so breit gefächert wie gestern, beziehungsweise am Telefon. Heute geht es in erster Linie um Sex und Vorlieben. Hm, falle ich jetzt gleich mit der Tür ins Haus? Erst mal nicht. Erst mal warte ich ab. „Stell dir vor.", sagt er nach einer Weile dann. „Ich hatte mal mit einer telefoniert, die ich auch über das Internet kennengelernt habe, und die stand total auf SM und so." „Ach ja?", sage ich hellhörig. „Jepp. Sehr seltsam sowas. Wir hatten dann Telefonsex und ich habe für sie dann den Herrn gespielt. Sie meinte sogar, dass ich ein Talent dafür habe. Ha ha – kannst du das glauben? Das ist ja so gar nicht meins." Mist! „Also, so Aspekte davon finde ich gar nicht verkehrt. Ich habe da auch einmal ein bisschen was ausprobiert und finde das ganz witzig." „Ach so." Stille. „Was genau gefällt dir daran?" „Ich mag Fesselspiele, Forderungen, Augenbinden und sogar ein leichtes Spanking. Das hat einfach alles seinen ganz eigenen, besonderen Reiz." „Hm. Na gut. Hast du Hunger?" „Etwas." „Komm, wir fahren zum Diner und holen uns Abendessen zum Mitnehmen." Martin fährt einen hübschen Kleinwage. Er hat eine sichere Stelle bei der Stadt, ist Beamter und sogar in einer Führungsposition. Das sind mal gesicherte Verhältnisse. Wir düsen durch den Drive-Through und fahren sofort wieder zu ihm. „Ich esse sowas gerne auf dem Sofa, du auch?", fragt er. Ich nicke begeistert. Ich liebe es sogar hin und wieder Fast Food auf dem Sofa zu essen. Keine Ahnung warum. Es ist lecker und gemütlich und unkonventionell. Allerdings hätte ich nie gedacht, jemals jemanden zu finden, der das genauso zu schätzen weiß, wie ich. Auf dem Sofa sitzend esse ich meine Pommes. „Da ist Ketchup.", sagt Martin und zeigt auf den Tisch. Nehme ich mir den jetzt? Ach nö. Zu weit weg. „Isst du ihn, wenn ich dir etwas davon hier in die Packung mache und ihn dir gebe? Ich habe nämlich das Gefühl, dass du schon welchen willst, aber zu faul bist ihn dir zu nehmen." Ich muss kichern. „Ja, gerne." Das ist ja der Hammer. Jetzt bin ich endgültig davon überzeugt, dass wir füreinander bestimmt sind. Wie wunderbar aufmerksam er ist. Nach dem Essen küsst er mich. Dann legt er sich auf den Rücken. „Bläst du mir einen? Das hast du so toll gemacht." „Ja, klar." Ich helfe ihm aus den Jeans und seinen Boxershorts. Sein Penis ist bereits hart. Da ich ja nun weiß, wie sensibel seine Brustwarzen sind, schiebe ich meine Hände unter sein Shirt und wiederhole das Spiel von gestern. „Boah, ist das geil." Dann unterbricht er mich und hilft mir aus meinen Klamotten. Er zieht sich ein Kondom über, dreht mich in den Vierfüßler, befeuchtet alles mit Gleitgel und nimmt mich anal. Sein Penis ist schmaler als der von Axel. Martin ist auch lange nicht so wild und so laut dabei. Aber es macht auch so großen Spaß. Nach kurzer Zeit kommt er. Anschließend kuscheln wir uns gemeinsam auf das Sofa. „Ich muss sagen, ich bin ja kein Kind von Traurigkeit. Also so 50 Frauen hatte ich bestimmt schon. Aber du, du bist die Pole-Position." Im Ernst jetzt? Die Pole-Position? Wie geil ist das denn? Ich grinse über beide Ohren. „Ich hatte schon mal eine Freundin mit Kind. Das war noch ganz klein. Zwei Jahre. Ich habe mich voll drauf eingelassen, war mit ihm sogar auf dem Spielplatz und alles. Alle meine Freunde wunderten sich darüber, aber ich wollte das. Wenn man sich darauf einlässt, dann gehört das dazu. Eines Morgens kam die Kleine auf mich zu und nannte mich Papa. Wenige Stunden später hat ihre Mutter mich verlassen und ich habe beide nie wieder gesehen." (…7,…) „Das tut mir leid.", sage ich betroffen. „Warst du schon mal verheiratet?" „Nein. Ich habe auch keine Kinder und keine Familie. Meine Eltern sind gestorben, meine

Großeltern auch und Tanten und Onkel gibt es keine." „Du bist ganz alleine?" Wie traurig. Er hat niemanden auf der Welt. „Ja, bin ich. Aber das macht mir nichts aus. An Weihnachten ist es komisch, aber sonst gefällt es mir ganz gut." (…6,…) „Ich muss langsam los. Muss ja morgen früh wieder ins Büro." „Stimmt. Morgen ist Freitag. Möchtest du nach der Arbeit vorbei kommen und übernachten?" Natürlich will ich das. Was für eine Frage. „Oh.", fügt er hinzu. „Bring doch mal dein Spielzeug mit. Ich würde das gerne mal sehen." „Klar, mache ich gerne."

Außerdem plane ich eine kleine Überraschung. Ein Titel wie „Pole-Position" muss ja schließlich verteidigt werden. Nach der Arbeit nehme ich seit langem mal wieder mein rituelles Bad, mache wie gewohnt mein Make-up und ziehe lediglich ein schwarzes Höschen an, das Strapse an den Seiten befestigt hat, die nun strumpflos an mir herunterhängen. Sieht sehr sexy aus, wie ich finde. Ich packe mein Fesselseil, die Augenbinde und meine Peitsche ein, schlüpfe in meine Lackpumps und ziehe meinen schwarzen Ledermantel an. Fertig. Noch mit einer Flasche Wein und Wechselwäsche bewaffnet, mache ich mich auf den Weg. Der wird Augen machen. Martin staunt tatsächlich nicht schlecht, als er mir die Türe öffnet. „Wow.", sagt er. „Warte ab, noch habe ich den Mantel ja an.", antworte ich und drücke ihm den Wein in die Hand. Meine Tasche mit Wechselwäsche und Spielzeug stelle ich auf den Boden. Dann drehe ich mich zu ihm, öffne meinen Mantel und lasse ihn zu Boden fallen. „WOW!", wiederholt Martin. „Du bist ja der Hammer." Wir küssen uns. „Ich habe auch das Spielzeug dabei.", flüstere ich. „Sehr schön, dann zeig mal her." Wir gehen wieder auf das Sofa und ich präsentiere ihm stolz meine Minisammlung. Neugierig bindet er mir mit dem Seil die Hände auf den Rücken. „Stell dich mal hin, dann ziehe ich dir dein sexy Höschen aus." Gesagt, getan.

Jetzt klettere ich mit seiner Hilfe auf seinen Schoß. „Jetzt noch die Augenbinde.", sagt er und legt sie mir an. Wieder küssen wir uns und ich beginne damit ihn trocken zu reiten. Sprich, mit seiner Kleidung zwischen uns. Da er aber sehr schnell, sehr erregt ist, öffnet er bald seine Shorts und zieht sie nach unten. Dann führt er seinen Schwanz in mich ein und ich lege los. Irgendwann greift Martin zu der Peitsche und verpasst mir gelegentlich einen leichten Schlag auf den Po, während ich ihn reite. Jedes Mal wenn er das macht, stöhne ich und werde kurz noch schneller. Ich weiß nicht, ob die ganze Sache ihn anmacht oder nicht, im Moment scheint er mehr neugierig zu sein, als alles andere. Nachdem er gekommen ist, bindet er mich los und wir kuscheln. Wie schnell man doch eine Art Ritual ins Leben ruft. Wobei sicherlich die meisten Menschen nach dem Sex kuscheln. Sind ja nicht alle so verkorkst wie Thomas. „Und wie fandest du es?", frage ich neugierig. „OK.", antwortet er. „Wobei was mich daran geil macht ist nicht, dass ich dich peitsche und fessele, sondern zu sehen wie es dich geil macht. Wenn du sagen würdest, dass lila Punkte dich geil machen, dann würde ich dich eben mit lila Punkten bemalen. Verstehst du?" „Ja, sicher." Er muss sich wohl erst noch daran gewöhnen Dom zu sein. Aber das kriege ich schon hin. „Hast du Hunger? Dann mache ich uns schnell etwas zu essen." Wie schön, ich werde bekocht. Martin macht einen leckeren Auflauf. Ist scheinbar ein klassisches Männergericht. Man muss dabei ja auch nicht wirklich viel machen. Aber immerhin, er bekocht mich und es schmeckt wirklich gut, vor allem mit meinem selbst mitgebrachten Wein. Martin trinkt keinen Wein und er hat auch keinen Wein, aber selbst ist die Frau. Mittlerweile zumindest. Den Rest des Abends verbringen wir auf dem Sofa. Wir schauen die Sendung „Schwiegertochter gesucht", denn Martin findet sie sehr witzig. Zugegeben, ein Unterhaltungswert ist schon gegeben und wir lachen viel. So etwas hatte ich auch schon länger nicht mehr. Ein Kuschelabend vor dem Fernseher. Später im Schlafzimmer dann, haben wir ganz normalen Sex. Ohne Fesseln und Peitsche. Er liegt auf dem Rücken und ich reite ihn. Durch seine nicht ordentlich rasierten Schamhaare merke ich, wie ich untenrum langsam wund werde. Auf der anderen Seite aber, macht es auch gerade so richtig Spaß und die paar Minuten werde ich schon aushalten, denn er wirkt als würde er bald kommen. Dann plötzlich merke ich wie in mir rasend schnell eine starke Erregung aufsteigt. Ich sitze scheinbar gerade genau richtig auf ihm, so dass mein Kitzler perfekt stimuliert wird. Ich halte genau die Position, achte überhaupt nicht mehr auf Martin, werfe meinen Kopf in den Nacken und habe einen wunderbaren und völlig unerwarteten Orgasmus. Dann lege ich mich erschöpft auf seine Brust und stottere ein: „HUCH!" „Musst du immer gleich so übertreiben?" Scherzt Martin. Entschuldige Mal, weißt du eigentlich wie oft das bei mir vorkommt? Glücklich schlafe ich neben ihm ein.

„Hey du!", flüstert Martin am Morgen. Ich öffne meine Augen. „Ich gehe zum Bäcker. Was möchtest du? Ich bringe dir ein Frühstück am Bett." „Was, echt? Wie lieb. Ein Schokocroissant bitte." „Wird gemacht." Martin verschwindet und ich bleibe faul und verwöhnt im Bett liegen. Herrlich. 20 Minuten später kommt er zurück, mit meinem Croissant, seinem Brötchen und mit zwei Tassen Kaffee. Ich kann mein Glück nicht fassen. Nach unserer morgendlichen Stärkung wollen die Kalorien natürlich abgearbeitet werden und so verbringen wir die nächste halbe Stunde mit Morgensex um anschließend noch etwas im Bett zu faulenzen. Dann klingelt sein Handy. Martin scheint genervt zu sein, aber verabredet sich tatsächlich noch heute zum Fußballspielen. (…5,…) Mir gefällt das gar nicht. Aber wir haben ja nicht genau besprochen wie lange unser Treffen andauern soll. Ich bin einfach davon ausgegangen, dass wir den Tag miteinander verbringen. Das hätte ich nicht machen sollen. „Komm, wir baden noch gemeinsam. Ich habe eine riesige Wanne." Stimmt, die ist wirklich riesig und wir passen da beide locker hinein. Es macht mir gar nichts aus mich vor ihm zu rasieren. Er rasiert sich ebenfalls und erzählt mir von einem Ekzem, das er mal am Hintern hatte und dessen Heilung nach der Entfernung 6 Wochen gedauert hat. Lecker. Aber gut, wenn man mir schon solche Geschichten erzählt, dann hat das bestimmt auch etwas Gutes zu bedeuten. Trotzdem behalte ich meine nicht so attraktiven Erlebnisse erst mal für mich. Um circa 11:00 Uhr mache ich mich wieder auf den Heimweg, damit er pünktlich zu seinem Fußballspiel kommt. Ein mulmiges Gefühl habe ich irgendwie schon. Und diesmal versuche ich es nicht zum Schweigen zu bringen. Am Nachmittag schreibe ich Martin eine SMS. „Hast du heute etwas vor?" „Nein, habe nichts geplant." „Hast du Lust auf Besuch?" „Nein, eigentlich nicht. Bin müde und faul und verbringe den Abend vor der Glotze." WAS? (...4, 3, 2, 1, 0!!!) Es ist Samstag, er hat nichts vor, ich habe nichts vor, am Montag sind meine Kinder wieder bei mir, warum will er mich nicht sehen? Ich reagiere pissig. „Ist klar, hab verstanden." „Was soll das denn jetzt?" „Na was glaubst du denn, was das für einen Eindruck hinterlässt? Scheinbar willst du doch nur das Eine." „Wenn du meinst. Du bist aber auch nicht gerade unschuldig daran.", antwortet er. Diese Hin- und Her-Schreiberei ist nichts für mich und so rufe ich ihn an, aber er geht nicht ans Telefon. Ich schreibe ihm eine SMS und bitte ihn darum ans Telefon zu gehen, aber er reagiert nicht. Ich versuche es wieder und wieder weil ich es hasse Situationen nicht zu klären. Ich weiß ja auch, dass ich ein gebranntes Kind bin und mir ist auch durchaus bewusst, dass er nicht ganz Unrecht hat. Ich verkaufe mich gut und schnell und auch wenn ich sage, dass ich kein Abenteuer möchte, so verhalte ich mich nicht entsprechend. Aber das kann man doch alles klären. Darüber kann man reden. Wenn man(n) denn möchte. Und Martin will nicht. Drei Tage lang ignoriert er mich. Wobei ich nach dem zweiten Tag auch aufgegeben habe. Ich weiß nicht was ich falsch gemacht habe, vermutlich hat er sich eingeengt gefühlt. Letztendlich aber ist das keine Entschuldigung für so ein kindisches und vor allem verletzendes Verhalten. Am vierten Tag nach unserer Funkstille erhalte ich plötzlich eine SMS von ihm, als ich gerade nach dem Einkaufen in meinem Auto auf dem Parkplatz sitze und losfahren will. „Wie geht es dir?" „Wie soll es mir schon gehen, nicht wirklich toll." „Ich wollte dir nicht weh tun." „Können wir jetzt mal über alles reden?" „Nein, ich möchte nicht reden." „Was? Warum nicht? Warum hast du mich dann angeschrieben?" „Ich mag nicht wenn du so empfindlich reagierst." „Ich möchte es dir erklären. Deswegen möchte ich ja REDEN!" „Nein. Mir ist das alles zu viel. Das ging mir alles zu schnell. Sorry." „Sag bloß du hast mich jetzt angeschrieben um mich ein zweites Mal abzuservieren! Wie gemein bist du eigentlich?" „Spinnst du? Das war gar nicht meine Absicht." „Ja, was immer. Lass mich in Ruhe ich habe eine Familie um die ich mich kümmern muss." Ich will mit Martin nichts mehr zu tun haben. Vielleicht reagiere ich manchmal über, aber wenigstens reagiere ich. Vor wenigen Monaten noch, hätte ich für ihn Verständnis gehabt, ihm vergeben und ihm als Wiedergutmachung noch einen zum Abschied geblasen. Aber diese Zeiten sind vorbei. Ich habe Axel meine Meinung gegeigt und ich habe mich bei Martin auch nicht zurück gehalten. Und das Gute dabei ist, das kam ganz automatisch. Es war mir egal ob der Kontakt komplett abbricht, denn wenn mich jemand so behandelt, dann möchte ich diesen Menschen nicht in meinem Leben.

Auch diesmal brauche ich ein paar Wochen um alles zu verdauen. Das Ende war einfach so unvorhersehbar. Wahrscheinlich hatten ihm seine Fußballfreunde von mir abgeraten wegen der Kinder. Sein Pech und sein Verlust. Er wird es schon noch bereuen seine Pole-Position gehen gelassen zu haben. Aber das werde ich dann sowieso nicht erfahren. Mein Profil bei der Partnerbörse lösche ich. Ich glaube es wird mal wieder Zeit für etwas Ruhe und ein paar gute Bücher, weswegen ich in Ruhe im Internet nach einem stöbere. Dort stoße ich auf ein Buch mit dem Titel *„Wenn es verletzt, ist es keine Liebe"* von Chuck Spezzano.

Wenn es verletzt, ist es keine Liebe.

Natürlich, jetzt wo ich es so da stehen sehe ergibt es perfekten Sinn. Ich kaufe das Buch zwar nicht, aber ich verinnerliche diesen Satz. Manchmal ist es so simpel. Thomas war eine Abhängigkeit meinerseits. Das hatte mit Liebe gar nichts zu tun. Und selbst wenn er mich nur ein klein wenig gemocht hätte, hätte er mich so nicht behandelt. Auch Axel war nicht verliebt, wie er sagte. Menschen die lieben, behandeln die, die sie lieben mit Achtung. Zumindest wenn es sich um eine ehrliche Liebe handelt. Und genau diese Liebe ist das, was ich suche. Natürlich verletzt man im Streit mal versehentlich oder sogar mal mit Absicht. Aber das ist dann nicht die Regel. Das ist die Ausnahme für die es sich auch entschuldigt gehört. Die positiven, schönen Zeiten müssen überwiegen und zwar bei Weitem. Alles andere ist nicht richtig. Alles andere ist eine Verletzung der eigenen Würde. Und das darf man nicht erlauben. Kein Mensch darf das erlauben. Wie dankbar bin ich diesen Buchtitel gefunden zu haben. Ob der Autor weiß, dass sogar der Titel alleine schon so große Auswirkungen haben kann?

14

Als ich eines Abends gemütlich auf meinem Sofa sitze und bei werkenntwen blättere, fällt mir ein Foto ins Auge. Auf dem Foto befindet sich ein sehr sympathisch aussehender Mann. Er hat ein nettes Lächeln, eine gepflegte Glatze und wirkt modern und jung geblieben, obwohl er Anfang 40 ist. Neugierig klicke ich auf sein Profil und auf seine Fotoalben. Er hat unglaublich viele Familienfotos gepostet und alle wirken so lebensfroh und echt. In seinem Status steht, dass er single ist. Weil mir die Fotos so gut gefallen schreibe ich ihn an um ihm genau das mitzuteilen. Er antwortet und wir kommen ins Gespräch. Sein Name ist Patrick und er wohnt ganz in meiner Nähe. Gerade mal 10 Minuten mit dem Auto entfernt. Unser Gespräch entwickelt sich relativ schnell in die übliche Richtung. Soll ich mich jetzt hierauf einlassen? Es ist tatsächlich schon eine Weile her, seitdem ich das letzte Mal Sex hatte. Martin habe ich längst überwunden und momentan ist weit und breit noch kein Prinz in Sicht. Nun gut, auf in die Arena. Wir tauschen einige Fotos aus. Ich schicke ihm ein paar hübsche, von Jan gemachte, Aufnahmen zu und er geht sogar so weit mir eines von seinem erigierten Penis zu schicken. Wie cool ist das denn? So weiß ich genau was auf mich zukommt. „Kannst du pokern?", fragt er mich nachdem wir ein Treffen festgelegt haben. „Nein, wieso?" „Dann könnten wir Strip-Poker spielen wenn du hier bist." „Das klingt echt verlockend. Kannst du es mir vielleicht erklären? Dann probiere ich es aus." „Ja, ich kann es auf jeden Fall versuchen. Was ziehst du denn an?" „Weiß ich nicht. Hast du einen Wunsch?" „Wie wäre es mit keinem Höschen?" „Haha, kein Problem." Am Tag unseres Treffens ist es herrlich warm und sonnig. Ich ziehe mein rotes, rückenfreies Kleid an und Heels. In meine Tasche packe ich Jeans, Höschen und ein Shirt für den nächsten

Tag. Mein Navi führt mich direkt vor Patricks Haus. Voller Vorfreude aber kaum nervös klingel ich. Er wohnt im 4. Stock und hat keinen Fahrstuhl. So was mag ich ja gar nicht, wenn man schon außer Atem ankommt. Er steht in der Tür und lächelt. „Hallo.", sage ich. „Oh Gott sei Dank.", antwortet er. „Mir fiel eben ein, dass wir ja noch nicht mal telefoniert haben. Und ich dachte so, stell dir mal vor die hat eine ganz schreckliche Piepsstimme." „Oh, ja das wäre schon komisch." Ich habe ja an viel gedacht, aber nicht an seine Stimme. So unterschiedlich sind dann wohl die Gedanken, die Menschen sich vor ihren Abenteuern so machen. Wir kommen direkt ins Gespräch. Er zeigt mir seine Wohnung, die sehr nett und gepflegt ist und vor allem seinen tollen Balkon. Bezaubernd. Anschließend setzen wir uns aufs Sofa, trinken Wein und erzählen. Nach einer Weile sagt er dann: „Ich dachte mir, da du kein Poker spielen kannst, ist es nicht fair Strip-Poker zu spielen. Also spielen wir stattdessen Strip-Mensch-ärgere-dich-nicht.", Patrick grinst mich an. Ich lache und stimme zu. „So richtig fair ist das aber nicht. Ich habe meine Schuhe ausgezogen und habe nur ein Teil an und du mit deiner Jeans, Shirt und Unterhosen, hast drei Teile an." „Erstens:", antwortet er. „Trage ich genauso wenig eine Unterhose wie du, auch wenn ich nicht gedacht hätte, dass du das wirklich durchziehst. Und zweitens: kannst du dir die Schuhe gerne wieder anziehen, dann haben wir beide nur zwei Sachen an und es ist fair." „Prima." Wir beginnen zu spielen. Noch nie war Mensch-ärgere-dich-nicht so spannend wie an diesem Abend. Und so wie es aussieht, verliere ich die erste Runde. Verdammt. Macht nichts, aus mit den Schuhen. Hauptsache das Kleid ist noch an. Aber heute habe ich keinerlei Glück im Spiel. Ich verliere auch die zweite Runde. Mit großen Augen schaue ich ihn an. „OK, dann wollen wir mal." Ich stehe auf, löse die Schleife des Neckholders am Kleid und lasse das gute

Stück auf den Boden fallen. So stehe ich vor ihm, splitternackt, grinsend, während er in Jeans und Shirt auf dem Sofa sitzt und sich seines Sieges freut. „Und nun?", frage ich als ich mich wieder auf das Sofa gesetzt habe. „Nun gehe ich erst mal für kleine Königstiger." Patrick verschwindet im Bad. Zu meiner Erleichterung und Freude ist er ebenfalls splitternackt, als er nach wenigen Minuten wieder zurück kommt. „Ich dachte ich kann dich ja nicht alleine so da sitzen lassen." Natürlich dauert es nicht lange bis wir loslegen und einen netten, wenn auch nicht außergewöhnlichen, Abend miteinander verbringen. „Das war schön. Das sollten wir unbedingt wiederholen.", sagt er. „Klar". Eigentlich würde ich jetzt gerne nach Hause fahren, aber ich habe zu viel getrunken. Ich habe keine Lust auf Zärtlichkeit oder ähnliches. Patrick allerdings auch nicht, so dass wir bald, jeder auf einer Seite des Bettes, einschlafen. Allerdings nicht sehr lange. Ständig werde ich wach, es ist unbequem und unangenehm und als es zu dämmern beginnt, stehe ich auf, ziehe mich an und verschwinde. Patrick wird kurz wach und verabschiedet mich. „Es war schön, ich melde mich.", sagt er. „Ja, mach das.", antworte ich. Aber ich weiß, dass er es nicht tun wird. Er ist ein Spieler auf der Jagd nach One-Night-Stands und meine Lust nach Sex ist fürs Erste auch wieder befriedigt.

15

Einige Wochen passiert nun gar nichts und das tut mir gut. Doch irgendwann erhalte ich wiedermal eine Nachricht bei WKW. Ich weiß nicht wieso er gerade mich anschreibt, denn mein Profil sagt kaum etwas über BDSM aus. Ich denke, manchmal spürt man so etwas einfach in Menschen. Auch über ein einfaches Profilfoto. David ist sehr nett, höflich, kommt wie Axel aus

Saarbrücken und zwischen uns ist sehr schnell geklärt was er gerne hätte und das ich genau das nicht möchte. Nämlich ein Abenteuer. Dennoch schreiben wir uns, da es einfach nett ist sich mit einem weiteren Dom auszutauschen und ich muss zugeben, er reizt mich. Er scheint sehr erfahren zu sein. Erfahrener als alle Anderen, die ich bisher habe kennenlernen dürfen. Und meiner Meinung nach bin ich immer noch ein BDSM-Küken. Außerdem macht es Spaß mit ihm zu schreiben. Nach wenigen Tagen gehen wir sehr ins Detail und die Nachrichten werden fast schon ein wenig erotisch, um nicht zu sagen, dass wir uns stark dem Cybersex nähern. David ist kein Mann der Emotionen und auch nicht unbedingt liebevoll. Dennoch ist er achtsam und nie respektlos. Er benutzt kaum Smileys oder ähnliches, welche eben Emotionen preisgeben und Nachrichten alles in allem etwas persönlicher und liebevoller gestalten. Dennoch ist er nicht unangenehm oder kalt. Nur eben ein wenig ungewohnt, da die anderen Männer mich immer mit Worten verwöhnten. Es ist schnell klar, dass David auf die üblichen Dinge steht. Er ist sehr dominant und liebt Blowjobs und Analsex. Ich erzähle ihm von meinen wenigen Erfahrungen und dass ich gemerkt habe, dass ich für diese Dinge Zeit und Vertrauen brauche. Dass ich nicht jemanden das erste Mal sehen kann nur um 8 Minuten später seinen Schwanz in meinem Arsch zu haben. Das ist für David sowieso unverständlich und er beteuert mir, dass er so etwas nie getan hätte. Auch hätte er mich nicht so weit fahren lassen und schon gar nicht das Hotel bezahlen lassen. „Was sind das denn für Sitten!", sagt er dazu. Und so kommt es, dass wir nach einigen Wochen doch ein Treffen vereinbaren. Ich bin einfach zu neugierig und seit Jan komme ich mit Affären ja auch viel besser zurecht. David ist verheiratet und hat zwei fast erwachsene Töchter. Er wird seine Frau auf keinen Fall verlassen und ich bin auch lange nicht mehr so naiv. Zumal ich mittlerweile wirklich gut alleine zurechtkomme und fern davon bin einen Retter in meinem Leben haben zu wollen. Jetzt wo ich die Sicherheit habe mich um alles alleine zu kümmern ohne dass ich panisch in der Gegend herumlaufe sobald mal etwas schief geht. Es gibt immer eine Lösung. Für alles. Die Verhältnisse sind also absolut geklärt und ich weiß ganz genau worauf ich mich einlasse. Ebenfalls weiß ich, dass ich kein Wort glauben werde, sollte David wider Erwarten gefühlsduselig daherkommen und so tun als hätte er sich in mich verliebt. Dieses Abenteuer hat einen einzigen Zweck. Ich werde eine perfekte Sub. Oder zumindest eine sehr gute. Welch ein Aufstieg: Von der Hure zur Sklavin! Nun ja, zum Glück muss ich ja niemanden davon überzeugen. Also lasse ich mich auf das Abenteuer ein, ohne falsche Hoffnungen und emotionaler Dramen. Ich werde hier zusätzliche BDSM-Erfahrungen machen und mal wieder richtig genommen werden, was ich ja seit Monaten schon nicht mehr gehabt habe und stark vermisse.

David kommt an einem Freitagabend. Es ist ihm egal was ich anziehe, ich soll mich wohlfühlen, kann mir aber überlegen ob ich gegebenenfalls das Höschen weglasse, wenn ich mich gut dabei fühle. Er schafft es nicht zum Abendessen, aber kurz darauf, so dass ich mich nicht darum kümmern brauche. Wir werden den Abend langsam beginnen, viel reden und ein Glas Wein trinken und dann schauen ob wir weitergehen oder nicht. Und ich nehme mir fest vor es zu sagen, falls ich nicht will. Wobei ich mir darum kaum Gedanken mache, da es mich generell nicht so belastet wenn von vornherein klar ist, dass nichts Ernstes daraus entstehen wird. Auch das habe ich zwischenzeitlich über mich gelernt. Es entsteht einfach eine gesunde, emotionale Distanz, wenn ich weiß, dass es hier nur um Erotik geht und dass sich niemals etwas Anderes daraus ergibt.

David ist ein kleiner Mann. Ich trage mein rotes Kleid, kein Höschen und Heels und bin damit circa 2 cm größer als er. Seine Ausstrahlung jedoch macht das wieder wett. Er ist schlank, aber trainiert und sehr gepflegt. Er trägt eine Jeans, Lederschuhe und ein kariertes Hemd. Wir begrüßen uns mit Handschlag und Küsschen rechts und links. Ich fühle mich in seiner Gegenwart nicht unwohl und so machen wir es uns mit Wein und Musik auf dem Sofa gemütlich. Wir unterhalten uns sehr lange über alle möglichen Dinge. Er ist kein Mann den man um den Finger wickeln kann und er mag keine Albernheiten. Genauso wenig mag er es, wenn man ihn versucht an der Nase herumzuführen. Ich spüre aber auch, dass er sehr darauf bedacht ist darauf zu achten, dass es mir gut geht und das alles auf gegenseitigem Respekt beruht. Erstaunlicher Weise fühle ich mich wie eine Dame. Er erzählt mir, dass ich mehr aus den Männern herausholen soll. Ich würde ihnen ja auch schließlich viel geben und im Gegenzug viel zu wenig verlangen. Er kommt aus einer Welt, da reden die Frauen noch nicht mal mit den Männern, wenn die Herren nicht bestimmte Uhren oder Schuhe tragen aus welchen hervorgeht, dass der Kontostand stimmt. Nun, das ist nicht meine Welt. Und das wird sie auch nie sein. Aber ich habe meine Leistung im Bett vielleicht wirklich unterschätzt, so dass ich nie viel verlangt habe beziehungsweise es kam mir auch gar nicht in den Sinn. Ich habe so einfach nie darüber nachgedacht. Verdammt. Nach gut 1 ½ bis 2 Stunden lehnt David sich plötzlich vor und beginnt mich zu küssen. Ah ja, los geht's. Denke ich mir und mache mit. Seine Hand streichelt mein Bein, unter meinem Rock hindurch, hoch zu meiner bereits feuchten Vagina. Er schaut mich kurz an und sagte: „Du trägst ja wirklich kein Höschen." Ich schmunzele. „Komm mit!", befiehlt er.

Seine dominante Seite ist extrem ausgeprägt. Er ist in keinster Art und Weise liebevoll oder zärtlich. Schnell entfernt er den Boxsack von der Halterrung, holt Klettmanschetten aus seiner mitgebrachten Tasche und fesselt mich damit an die Halterung. Er packt mich an den Haaren und küsst mich heftig, während er mich gleichzeitig fingert. Ich glaube er will mich von hinten nehmen, aber weil ich mir nicht sicher bin was er wirklich vor hat, bekomme ich eine leichte Panik, beginne zu zappeln und befreie mich von der scheinbar nicht richtig verschlossenen Manschette. David ist sichtlich überrascht. „Was? Du hast dich befreit? Auf den Teppich, auf die Knie!", befiehlt er. Ich knie mich auf den Teppich. Mittlerweile sind wir beide nackt, so dass er mir seinen Schwanz in den Rachen schieben kann. „Und? Der geht doch von der Größe oder? Du hattest doch Angst, dass er zu groß sei." Tatsächlich hat sein Penis eine für mich sehr angenehme Größe, trotzdem ist da aber immer noch mein sehr empfindlicher Würgereflex, welcher nach etwa drei heftigen Stößen auch zum Tragen kommt. Ich würge und ziehe reflexartig meinen Kopf zurück. „Was? Du wehrst dich? In den Vierfüßler mit dir!", sagt David streng und drückt mich auf den Boden. Ich merke, dass ich mit seiner Art und Weise nicht klar komme. Er ist einfach so grob, obwohl er mir nicht weh tut. Nicht körperlich zumindest. Sein Ton ist hart und kalt und seine Berührungen ebenfalls. Ich bin das überhaupt nicht gewohnt und ich merke, dass ich es nicht kann. Also wende ich mich von ihm ab, Tränen laufen meine Wangen hinunter und ich sage: „Es tut mir so leid, aber ich glaube du bist mir doch zu heftig. Ich kann das so nicht." David hört sofort auf mit allem. „Was meinst du mit zu heftig? Nicht weinen jetzt, komm. Alles ist gut." „Na ja, ich weiß, dass du es nicht so meinst, aber du bist so kalt und grob. Ich dachte ich hätte kein Problem damit, aber anscheinend habe ich mich geirrt. Ich weiß nicht wie ich damit umgehen soll." "Ach so. Ja. So bin ich wohl einfach. Und jetzt?" Ich zucke mit den Schultern. Die Situation ist doof, aber insgeheim bin ich sehr stolz auf mich. Ich habe die Session unterbrochen weil es mir nicht gut tut und es ist mir egal wie lange David vorher im Auto saß, denn er weiß worauf er sich eingelassen hat und, dass das Risiko besteht, dass nichts daraus wird. David hat keinerlei Probleme damit, zumindest lässt er es mich nicht merken. Wir setzen uns wieder auf das Sofa, ich nehme mir meine Decke und er zieht sich seine Unterhose wieder an. "Mein Gott du bist ja eine richtige Fee.", sagt David weil ich so empfindsam bin und ich kichere schon wieder. Wir unterhalten uns noch ein paar Minuten, bis ich mich wieder komplett beruhigt habe. Dann gehen wir ins Bett. David ist scheinbar noch nicht wirklich ausgelastet und immer noch erregt, so dass er relativ schnell damit beginnt mir seine Finger in den Hintern zu schieben um mich zu dehnen. Ich bin müde, aber wieder stabil, so dass ich ihn machen lasse. Er dreht mich auf den Bauch und dringt mit seinem harten Schwanz in meinen Hintern ein. Seine Stöße sind hart und heftig und tief, genauso wie ich es mag. Kurz bevor er kommt, zieht er ihn raus, reißt das Kondom von seinem Schwanz und sagt mir ich soll meinen Mund aufmachen damit er hineinspritzen kann. Allerdings trifft er nicht meinen Mund, sondern meine Wange. Grinsend schaue ich ihn an und sage: "Zielen ist ja nicht so deine Stärke, was?" Er lacht. Anschließend schlafen wir ein. Am frühen Morgen steht David auf, zieht sich an und verabschiedet sich von mir. "Warte, ich mache dir noch einen Kaffee.", sage ich und möchte gerade aufstehen. "Nein, bleib liegen und schlafe aus. Ich finde alleine raus." Tja, das war es dann wohl. Ich erfülle nicht seine Anforderungen, beziehungsweise ich bin zu empfindlich für ihn. Aber egal, wir haben es versucht und es kann ja nicht immer passen. Jedenfalls war es nicht ganz so eine

Katastrophe wie bei Ben und schließlich ist ja auch klar, dass es nur ein Abenteuer sein sollte. So war es eben ein extrem kurzes. Dazu kommt, dass ich eine Lernaufgabe bestanden habe. Ich habe mich getraut abzubrechen. Ich habe gemerkt, dass ich das nicht möchte und habe Bescheid gegeben und abgebrochen. Noch vor ein paar Monaten hätte ich mich das niemals getraut. Stolz schlafe ich wieder ein.

Abends erhalte ich eine Nachricht von David.

„Hallo Mia, wie geht es dir?"

„Hi David, gut Danke. Wie schön, dass du dich nochmal meldest."

„Wieso sollte ich mich denn nicht melden?"

„Na weil die letzte Nacht ja nicht so toll für dich war. Ich bin wohl einfach zu empfindlich für dich."

„Na, das ist doch kein Grund mich nicht mehr zu melden. Außerdem hattest du mir gesagt, dass du etwas Zeit brauchst, das hätte ich berücksichtigen sollen."

„Nun ja. Wenigstens weiß ich jetzt, dass ich wohl doch nicht so geeignet bin für diese Welt."

„Das würde ich so nicht sagen. Ich glaube es steckt noch viel mehr in dir."

„Im Ernst? Wie kommst du denn da rauf? Vor allem nach dem Drama gestern."

„Ich habe es gemerkt, nachdem ich dich anal genommen habe und dir ins Gesicht gespritzt habe. Der Ausdruck in deinem Gesicht, da wusste ich einfach, dass es in dir steckt und da noch mehr geht."

Ich bin sehr überrascht. Damit habe ich nicht gerechnet. David ist so ein anspruchsvoller, ergebnisorientierter Mann, dass ich davon ausgegangen bin, die Sache wird als Fehlurteil abgelegt und das war es. Dass er Potential in mir sieht habe ich nicht für möglich gehalten. Und es war ja nicht anders zu erwarten, aber jetzt will ich es auch wissen. Werde ich es schaffen mit seiner Art und Weise umzugehen? Es nicht persönlich zu nehmen und mich nicht erniedrigt und missbraucht zu fühlen? Eins weiß ich, ich will es schaffen. Ein seltsamer Ehrgeiz erwacht wieder in mir. Na gut Mia, kontrolliere deine Gefühle. Bleib bei dir. Konzentriere dich auf die Sache, sammel deine Erfahrungen und genieße es, so lange es dir dabei gut geht. Der Rest wird sich zeigen. Wir schreiben sehr viel. Teilweise auch sehr erotisch. Ich lasse mich komplett auf ihn und auf seine Art ein. Ich schreibe ihm, dass ich will, dass er mich in den Arsch fickt und dass er mir sagt, was er von mir erwartet. David ist kein Sadist. Er schlägt nicht, was mir sehr zusagt. Auch wenn ich die leichten Spankings ja mittlerweile mag. Um mich auf Dinge einzustellen, muss ich mich erst mental damit auseinandersetzen. Deswegen denke ich sehr viel darüber nach, achte sehr auf die Dinge, die er mir schreibt, über den Analsex, den er liebt, sowie Fisting und einfach sehr harten, intensiven Sex. Er hat Spielzeug zum Einführen, aber er fesselt nur selten. Ich glaube ihm geht es in erster Linie um das harte Ficken. Auf der anderen Seite aber, geht er auch auf mich ein. Und als ich ihm erzähle, dass ich die BDSM-Halsbänder aus Edelstahl so wunderschön finde, bestellt er mir eines. Natürlich bekomme ich es erst zu unserem nächsten

Treffen, aber der Termin steht schon. David wird nach Wiesbaden kommen und wir treffen uns in einem Hotel, das er bucht und natürlich auch bezahlt. Ich muss nur kommen, ficken, schlafen, frühstücken und zur Arbeit fahren. So stelle ich mir eine Affäre vor und ich freue mich auf unser Treffen in zwei Wochen. „Hast du dich schon einmal mit Natursekt auseinandergesetzt?" Fragt David mich, als wir am Abend telefonieren. „Natursekt. Das habe ich doch schon mal irgendwo gehört. Was ist das nochmal?" „Urin." „Oh. Nein, das habe ich nicht. Ich traue es mich ja kaum zu fragen, aber – du etwa?" Er lacht. „Ja und ich finde es sehr erregend. Du würdest vor mir knien und ich uriniere auf dich. Setzt du dich damit auseinander bevor wir uns in zwei Wochen sehen?" „Ich denke auf jeden Fall darüber nach. Ich brauche ein paar Tage um das zu verdauen." „Natürlich. Du schaffst das schon. Wie gesagt, es steckt einiges in dir." Mein Hirn rattert Tag und Nacht. Und umso mehr ich darüber nachdenke, um so weniger ekelt es mich an. Ich meine, es ist ja nur Pipi. Wenn ich mir überlege wie oft ich von meinen Kindern angepinkelt wurde, als sie noch Babys waren. Zugegeben, Baby-Pipi ist kein Vergleich zu dem eines erwachsenen Menschen. Aber letztendlich ist es trotzdem einfach nur Urin und gar nicht schlimm. Es soll ja sogar Menschen geben die Urin trinken. Da werde ich mich doch mal kurz anpinkeln lassen können, wenn es ihm so einen großen Spaß macht. Sehr schön, Entscheidung getroffen. Ich werde es machen. Beziehungsweise machen lassen.

Es ist Mittwoch. Das Hotel, das er gebucht hat ist mitten in Wiesbaden. Nach der Arbeit packe ich meine Tasche, nehme mein Bad, ziehe mich hübsch an und fahre los. Ich trage hübsche Halterlose, die Lackpumps, den schwarzen Rock und das gestreifte Top. Eigentlich wie immer. Als ich im Foyer ankomme, schicke ich David schnell eine SMS. Wenige Minuten später öffnet sich der Fahrstuhl und er kommt mir entgegen. „Hallo Mia.", sagt er freundlich, reicht mir seine Hand und gibt mir links und rechts ein Küsschen. Ich lächle. Kommentarlos nimmt er meine Tasche und wir gehen zum Aufzug. Das Zimmer ist relativ klein, aber sehr hübsch, modern eingerichtet und sauber. Vor dem großen Fenster mit Blick auf Wiesbaden steht ein Sessel. David setzt meine Tasche auf den Boden und nimmt mir den Mantel ab. „Setzt dich auf das Bett und komme erst mal an. Möchtest du ein Glas Wein? „Ja, sehr gerne. Danke." Er schenkt mir ein Glas Wein ein, reicht es mir und setzt sich in den Sessel. Da er mit allem technischen Schnick Schnack ausgerüstet ist, haben wir sogar Musik, die von seinem I-Pad über mitgebrachte Boxen läuft. Er hat an alles gedacht. Wir unterhalten uns ein wenig. David hat sich etwas über einen Geschäftspartner geärgert, der ihm nicht genug Leistung bringt. David ist Geschäftsführer und arbeitet viel und lang. Als Ausgleich liebt er Extremsportarten wie Fallschirmspringen, Bergsteigen, Mountainbike fahren und vermutlich alles andere, aufregende, wenn sich die Gelegenheit bietet. Nicht zu vergessen BDSM-Affären. „Schick siehst du aus. Zieh deinen Rock ein klein wenig hoch, so dass ich die Spitze der Halterlosen sehe." Gesagt, getan. „Ich finde es toll wie du dich immer vorbereitest. Du zelebrierst das richtig. Das sieht man einfach an allem." Ich lächele. „Komm mal her und knie dich vor mich auf den Boden.", fährt er fort, während er einen kleinen Beutel aus Samt von der Fensterbank nimmt. Als ich mich hinknie öffnet er ihn und nimmt das wunderschöne Edelstahlhalsband heraus. „Das Ding ist wirklich klasse.", sagt er. „Halte deine Haare hoch, ich lege es dir um." Kaum hat er es mir angelegt, springe ich auf und gehe vor den Spiegel um es zu bewundern. Das Halsband ist ziemlich groß und liegt auf meinen Schultern auf, aber es sieht einfach toll aus. Und es fühlt sich klasse an. Ich grinse über beide Ohren. David kommt auf mich zu und stellt sich hinter mich. „Sehr schön. Es steht dir gut." „Danke." „Zieh dich aus."

Genug Smalltalk für einen Abend, schätze ich. Jetzt geht es zur Sache. Sobald ich nackt bin beugt mich David nach vorne auf das Bett. „Setzt dich in den Vierfüßler, mit dem Hintern zu mir!", lautet sein Befehl. Ich höre wie er Gleitgel auf seinen Händen verteilt. An sich habe ich nicht die größte Lust auf Analverkehr, weil ich schon den ganzen Tag ein Grummeln im Bauch habe. Aber ich weiß ja worauf ich mich eingelassen habe und so schlimm ist es ja auch nicht. Er führt mir einen Finger ein und dehnt damit mein Loch. Kurz darauf führt er einen zweiten ein, dann einen dritten. „Du hast jetzt drei Finger in deinem Arsch. Hattest du das schon mal?" „Nein." Er bewegt seine Hand in meinem Hintern vor und zurück. Es zieht ein wenig und ist nicht sehr angenehm. Dann zieht er seine Hand hinaus und führt seinen Penis ein, was sich gleich viel angenehmer anfühlt. Er beginnt mit heftigen Stößen, seine Hände halten mich an meinen Hüften an Ort und Stelle. Ich fühle wie sein Unterleib gegen meinen Hintern klatscht, mit jedem Stoß, und ich genieße es. Trotz Grummeln im Bauch. Dann unterbricht er. „Mach deine Augen zu und bewege dich nicht." Er verschwindet kurz im Bad. Das Wasser läuft. Als er zurück kommt, spüre ich ein warmes, nasses Handtuch über meinen Hintern wischen. Reflexartig drehe ich meinen Kopf zu ihm und sehe ein mit Kot beschmutztes Handtuch. Oh nein. Wie peinlich. Und vor allem – wie ekelhaft. Meine Scheiße ist überall an meinem Hintern und seinem Penis und diesem Handtuch. Ich dachte ja, dass die Geburt der Kinder das Einzige im Leben ist was mit sämtlichen Körperflüssigkeiten zu tun hat. Das konnte ich ja aber nicht kontrollieren. Jetzt sitze ich hier freiwillig auf einem Hotelbett während mein Dom mir den Arsch abwischt.

„Das ist normal. Das passiert manchmal. Schau nach vorne und mach die Augen zu." Ich gehorche. Jetzt ist es eh zu spät. David scheint in keinster Weise angeekelt zu sein. Oder aber sein Bedürfnis nach Analverkehr ist einfach größer, als sein Ekel vor meiner flüssigen Kacke, denn er führt seinen Schwanz erneut ein und nimmt mich kräftig von hinten bis er kommt. Ich bin froh als es vorbei ist, einfach weil mir das alles so extrem unangenehm ist. Was sexuelle Praktiken betrifft, bin ich sicherlich recht abgehärtet, aber diese Situation ist mir furchtbar peinlich. „Komm mit unter die Dusche.", befiehlt David. Oh ja, Dusche. Hervorragende Idee. Gleich weg mit der ganzen Scheiße. Im wahrsten Sinne des Wortes. Er stellt das Wasser so ein, dass es mir angenehm ist. Er hätte es sicherlich ein wenig kühler haben wollen. Obwohl David mich schon mit dem Handtuch so sauber gemacht hat, dass man nichts mehr von dem Unglück sehen kann, wasche ich mich sehr gründlich mit Duschgel und ihn gleich mit. Er möchte es so. „Jetzt geh runter auf die Knie und bleib still sitzen." Was kommt denn jetzt? Ich schaue ihn an und sehe wie er sich konzentriert. Sein Penis ist nicht erigiert. „Das ist auch für die Männer nicht so einfach.", sagt er und ich verstehe. Jetzt wird gepinkelt. Dabei habe ich mich doch gerade so schön eingeseift. Nach einer guten Minute dann beginnt er zu urinieren und richtet den Strahl auf mein Dekolleté. „Mach den Mund auf.", ich gehorche und spüre wie der Strahl sich seinen Weg hinauf bahnt, direkt in meinen geöffneten Mund. Der warme Urin sammelt sich dort und als mein Mund ziemlich vollgelaufen ist, schiebe ich alles mit einer kurzen Bewegung meiner Zunge nach draußen, so dass er meinen Körper hinunterläuft. Erstaunlicher Weise ekelt es mich nicht an. Zumal das warme Wasser der Dusche ja auch meinen Körper hinab läuft. Somit ist der Urin verdünnt. Außerdem hinterlässt er in meinem Mund kaum einen Geschmack. Es ist lediglich warm und etwas bitter und eben ein wenig „urinig". David hatte den ganzen Abend über, neben dem Wein, Wasser getrunken und war kein einziges Mal auf Toilette. Entsprechend lang dauert es jetzt, aber auch der längste Strahl geht mal zu Ende. „Das hast du sehr gut gemacht. Das macht mich total an. Blas mir einen." Ich nehme seinen Schwanz, der auch schon wieder erigiert ist, tief in meinen Mund und beginne damit ihm einen zu blasen. Dann sagt er: „Leck mir meine Eier!", erneut folge ich seinem Befehl und lutsche vorsichtig an seinen Eiern. Er holt sich in der Zwischenzeit einen runter bis er kommt und mir ins Gesicht spritzt. Dann hilft er mir hoch, legt seine Hand um meinen Hals und drückt zu. Ich habe keine Angst. Ich gebe mich ihm hin und vertraue und weiß einfach, dass mir nichts passiert. Mir bleibt die Luft weg, mir wird ein klein wenig schwindelig und ich genieße es. In mir ist nicht der kleinste Hauch einer Panik, im Gegenteil, ich fühle mich absolut entspannt und frei von jeglichem Druck, jeglicher Sorge. Bevor ich ohnmächtig werde, lässt er los. „Wie geht es dir?", fragt er. „Sehr gut.", antworte ich. Er stellt das Wasser ab und reicht mir ein Handtuch. Ich steige aus der Dusche und als ich mich abtrockne, drückt er mich auf das Waschbecken, führt seinen Penis von hinten vaginal in mich ein und beginnt mit den üblichen Bewegungen. „Schau dich im Spiegel an!" Ich möchte nicht. Ich schaue mich bei diesen Dingen einfach nicht gerne an. „Ich hab gesagt, schau dich an!" Na gut, dann schaue ich eben. „Siehst du wie geil das Halsband an dir aussieht?" Ich nicke. Er zieht seinen Schwanz wieder raus und trocknet sich nun auch ab. Danach wäscht er das schmutzige Handtuch gründlich aus, was mich tatsächlich sehr beeindruckt. Ich schleppe mich in der Zwischenzeit auf das Bett und bin mal wieder ziemlich endfertig. Nur noch schlafen, denke ich. Hoffentlich will er keinen Sex mehr. Schon gar nicht anal. Genug Kacke für einen Abend. Es dauert keine 5

Minuten und ich schlafe tief und fest.

Um 6:00 Uhr früh klingelt der Wecker. Wir müssen ja zur Arbeit. „Schade, dass wir keine Zeit haben.", sagt er. „Ich hätte jetzt so eine Lust dich in den Arsch zu ficken." „Ja, sehr schade.", antworte ich. In Wirklichkeit aber bin ich gar nicht böse drum, weil mir mein Hintern immer noch vom gestrigen Fick ziemlich weh tut. Auch wenn ich diese „Nachwehen" immer als schöne Erinnerung sehe und sie mich nicht stören. Trotzdem bin ich froh, meinen Po jetzt etwas schonen zu können und hoffe darauf, heute nicht mehr groß auf Toilette zu müssen. Wir frühstücken noch in Ruhe, verabschieden uns und fahren beide in getrennte Richtungen auf die Arbeit. Was ein wahnsinniger Abend. Es hat mir richtig gut gefallen.

Es gibt kaum einen Abend an dem wir nicht schreiben und es kommt nur selten vor, dass unser Schriftwechsel in keine erotischen Bahnen gelenkt wird. David fragt immer was mir gefallen hat und was nicht, wir schreiben also sehr viel und sehr ausführlich über die Dinge die wir gemacht haben und noch machen wollen. Denn David hat schon wieder einen „Anschlag" auf mich vor. Nachdem er erfahren hat, dass mir das Urinieren auf meinen Körper und in meinen Mund nichts ausgemacht hat, soll ich ihn das nächste Mal runterschlucken. Da ich aber noch zwei Wochen Zeit habe bis zu unserem Treffen, bleibt mir viel Gelegenheit für die mentale Vorbereitung auf die Sache, denn ich will auch das unbedingt schaffen. Ich muss dazu sagen, dass mich Natursekt in keinster Art und Weise anmacht. Ich finde es nur geil, wie geil es ihn macht und ich will es schaffen, einfach um mir zu beweisen, dass ich es kann. Um mir zu beweisen, dass alles nur Kopfsache ist. Ich erzähle David wie geil ich die Atemnot finde, auch wenn ich es mir nicht erklären kann warum. „Du musst mit so etwas sehr, sehr vorsichtig sein.", warnt er mich. „Das darfst du nicht mit jedem machen, da muss man sehr aufpassen und darf auf keinen Fall experimentieren." „Ja, ich verstehe." Unsere geschriebenen Fantasien bestehen deshalb in der Regel aus Oralverkehr, Analverkehr und Atemnot und ich freue mich sehr auf unser nächstes Treffen.

Wir verabreden uns abends vor einem Hotel in Saarbrücken. David hat nicht so viel Zeit um so weit zu fahren, keine Auswärtstermine und da er die weite Strecke schon zwei Mal auf sich genommen hat, macht es mir nichts aus dieses Mal zu ihm zu fahren. Zumal, abgesehen von den Spritkosten, keine weiteren Kosten auf mich zukommen. Wir treffen uns auf dem Parkplatz des Hotels und verschwinden sofort im Zimmer. Er hat wohl schon vorher eingecheckt, wie beim letzten Mal auch. Das Zimmer ist durch einen Schreibtisch getrennt in einen Wohnbereich mit Sofa und Tisch und einen Schlafbereich mit Doppelbett. Die Tür ist direkt neben dem Bett am Kopfende und an der Wand links des Bettes befinden sich der Kleiderschrank und eine kleine Küchenzeile. Ist wohl eine Art Apartmenthotel. Das schicke Bad mit Dusche ist neben dem Wohnbereich des Zimmers. David stellt seine schwarze Tasche auf den Schreibtisch und packt aus. Wein, Gläser und ein Haufen Spielzeug. Dildos in allen möglichen Farben und Formen, Manschetten, eine Führungsleine und ein kleines Zahnrädchen das aussieht wie eine Spore zum Reiten mit Griff. „Das ist ein Nervenrädchen.", sagt er, als er bemerkt wie ich das Gerät fragend beäuge. „Das fühlt sich auf der Haut sehr angenehm an. Jetzt habe ich erst ein kleines Geschenk für dich." Er greift in seine Tasche und holt ein kleines Päckchen hervor, das aussieht als wäre es eine Packung Strumpfhosen. So weit gefehlt ist es gar nicht, es ist ein Catsuit in Netzoptik. Also quasi eine Ganzkörper-Strumpfhose. „Geh ins Bad und zieh es an, ich möchte sehen wie es an dir aussieht." Schnell ziehe ich mich um. Das Ding ist so dehnbar, dass es wirklich kein Problem ist da reinzuschlüpfen und es sieht echt witzig aus. Dazu noch meine eingepackten Lackpumps – perfekt. „Schick!", sagt David lächelnd als ich aus dem Bad komme und reicht mir ein Glas Wein. „Hast du das Halsband mit?", fragt er. „Natürlich habe ich das mit. Soll ich es holen?" „Ja bitte, ich lege es dir an." Diesmal muss ich nicht knien, ich glaube er legt nicht allzu großen Wert auf dieses ganze „Herr-Gehabe." Scheinbar hat er es nicht nötig, er hat auch so genug Selbstbewusstsein. Er besteht auch nicht darauf, dass ich ihn „Herr" nenne oder immer „Ja, David" sage. Das finde ich sehr angenehm. Zugegeben, die Dinge die er verlangt sind natürlich auch eine ganz andere Hausnummer, als das was Thomas von mir wollte. Ihm ging es scheinbar nur um das ganze Gehabe und Getue und das Gefühl angehimmelt zu werden. David will einfach nur ficken. Hart, heftig und versaut. Das liebt er. Und das liebe ich. Deswegen passen wir gut zueinander. Ganz ohne tiefgehende Gefühle, lediglich mit einer sehr angenehmen Sympathie. Ich habe mich erstaunlicher Weise mit noch keinem anderen Mann, außer Marcus, so wertgeschätzt und respektiert gefühlt. Obwohl ich seine dreckige Hure bin. Ich sehe den Sex einfach als Spaß den wir beide an der Sache haben. Wir profitieren gleichermaßen davon und wenn ich mich nicht wild von ihm durchficken lasse, behandelt er mich mit sehr viel Respekt und Achtung, eben wie ein perfekter Gentleman. Schon paradox das Ganze, aber egal.

Wir steigen wie immer langsam in den Abend ein, sitzen auf dem Sofa, trinken Wein und er macht ein paar Fotos von mir in meinem neuen Catsuit. Dann legt er die Führungskette an mein Halsband und öffnet seine Hose.

In der einen Hand hält er die Kette, in der anderen den Fotoapparat. „Blas mir einen, ich will das fotografieren." Ich finde diese Fotos von Frauen mit Schwänzen im Mund ja nicht sehr hübsch. Die Wangen sehen immer so eingefallen aus und die Augen sehen so aus, als würden sie bald aus dem Kopf platzen. Aber Männer stehen drauf und da es mittlerweile so viele, unschöne Bilder in seltsamen Positionen von mir gibt, kommt es da nun auch nicht mehr drauf an. Männer achten nicht darauf ob man bei der Sache schön ist oder nicht. Sie finden es einfach geil, wenn man ihren Schwanz im Mund hat und wenn man es genießt von ihnen „geknallt" zu werden, wenn man sich gehen lässt und hingibt und den Moment aufsaugt und genießt, mit allen Sauereien, die man bereit ist zu begehen, weil sie einem selbst großen Spaß machen. Umso verschwitzter und verschmierter man ist, umso besser finden sie es. Verläuft die Wimperntusche weil einem die Tränen vom Blasen die Wangen herunterlaufen oder nur weil man so verschwitzt ist? Perfekt! Hat man verschmierten Lippenstift und Spermareste im Gesicht? Super! Zerzauste Haare sind sowieso immer gut. Herrje, was habe ich mir früher über solche Sachen Gedanken gemacht. Die Angst nicht gut genug zu sein und nicht schön genug zu sein. Und was hat es mir gebracht? Genau das Gegenteil von dem was ich wollte. Weil es genau das Gegenteil davon ist, was Männer wollen. Und mal im Ernst, Spaß hat es auch nicht wirklich gemacht mich nur auf meine Haltung und Optik zu konzentrieren. Jetzt verliere ich mich im Moment und im Gefühl, genieße die Sinnlichkeit und achte darauf was dem Mann gefällt und nicht auf das was ich denke was ihm gefällt. Ich sehe ja seine Reaktion auf die Dinge, höre und spüre seine Atmung und ab und an auch mal seine Kommentare. Und vor allem achte ich darauf was mir gefällt.

Die Fotos haben David ziemlich in Stimmung gebracht. „Setz dich in den Vierfüßler auf das Sofa! Du kannst dich da vorne auf die Lehne stützen." Gesagt, getan. Er reißt mir ein Loch in das Catsuit. Schade eigentlich, aber ich habe damit gerechnet. Dann habe ich seinen Finger in meinem, feuchten Loch. Dann zwei, dann drei. Ähnlich wie beim letzten Treffen, nur eben die andere Öffnung. „Dreh dich auf den Rücken.", befiehlt er. Ich drehe mich um und er führt erneut seine drei Finger in mich ein und dehnt mich. Dann sind es vier Finger und er bewegt seine Hand in mir vor und zurück. Ich stöhne, allerdings nicht weil ich so erregt bin. Ich bin mir nicht sicher ob es mir gefällt, wobei, nein eher nicht. Es spannt und ist unangenehm. Jede Frau die schon mal eine Spontangeburt ohne Betäubung hinter sich gebracht hat, weiß wovon ich rede. Und das war auch alles andere als angenehm. Ich breche ab. „Hat dir das gefallen?" „Ich weiß nicht. Nein, ich glaube nicht, dass das meine Welt ist." „Echt nicht? Dabei hast du so geil gestöhnt." „Das war wohl eher, weil es unangenehm war." „Ach so, OK. Das habe ich nicht richtig gedeutet. Komm mit!" Ich folge ihm. Schnell räumt er den Schreibtisch frei und beugt mich so darauf, dass ich mit dem Oberkörper auf dem Schreibtisch liege und mit den Beinen auf dem Boden stehe. Dann stellt er sich hinter mich und reißt das Loch in meinem Catsuit noch weiter auf. Mit Gleitgel beschmierten Fingern dehnt er meinen After. Zum Glück ist mit meiner Verdauung heute alles in Ordnung und meinen Toilettengang habe ich auch bereits heute Morgen hinter mich gebracht, so dass ich keine Bedenken habe, dass sich die Sauerei von letztem Mal wiederholt. Das Dehnen mit den Fingern ist auch immer ein klein wenig unangenehm, aber ich weiß, dass es den Analsex viel angenehmer macht weil es dann gleich richtig gut flutscht. So ist es auch. David nimmt mich hart von hinten und diesmal stöhne ich aus Wollust. Die

Position auf dem Schreibtisch gefällt mir. Es ist bequem, praktisch und ich kann mich am Rand des Schreibtischs festhalten. Nach kurzer Zeit kommt David das erste Mal. Anschließend führt er mich an der Leine zum Bett. Er setzt sich auf den Rand und zieht die Leine so nach unten, dass ich vor ihm auf dem Boden knie. „Blas mir einen!", befiehlt er streng. Nach einer kurzen Weile lehnt er sich zurück auf das Bett, holt sich einen runter und sagt: „Leck mir mein Arschloch!" Huch, das ist neu. Ich lecke sein Arschloch. „Jetzt meine Eier!" Auch gut. So geht es eine Weile hin und her. David stöhnt vor Erregung. Ich liebe es wenn Männer stöhnen. Ganz viele tun das nicht oder nur selten und ganz leise. Axel war da eine große Ausnahme. „Ich komme.", sagt David plötzlich, springt auf und spritzt mir nicht nur ins Gesicht sondern auch auf den Boden. „Jetzt leck es auf!", schimpft er. Ich muss mich erst mal aufrappeln. „LECK ES AUF!", wiederholt er laut und deutlich. Also beuge ich mich nach unten und lecke das, zwischenzeitlich kalte, Sperma auf. Sind ja nur ein paar Tropfen, da mir das Meiste im Gesicht hängt. Zufrieden legt David sich auf das Bett. Cool, ein Päuschen. Das kann ich jetzt auch gut gebrauchen und lege mich neben ihn. Während wir nebeneinander liegen, gibt es keinerlei Zärtlichkeit. Er liegt auf seiner Seite und ich auf meiner und wir unterhalten uns wie zwei Bekannte. Ich finde das gut, denn so bleiben die Verhältnisse geklärt. Es geht nur um Sex. „Liebst du deine Frau?", frage ich ihn. „Ohne Punkt und Komma.", antwortet er. „Ich würde sie nie verlassen." „Warum gehst du dann fremd?" „Weil ich diese Art von Sex einfach brauche. Ich kann nicht darauf verzichten, aber es ist nicht ihre Welt. Natürlich hoffe ich, dass sie niemals erfährt was ich nebenbei treibe, denn abgesehen davon haben wir eine sehr harmonische Beziehung. Ich küsse sie auch so gerne. Immer noch, nach so vielen Jahren Ehe." Ich höre mir die Geschichten immer gerne an. Es interessiert mich einfach. Ich weiß, dass ich nicht fremdgehen kann. Das ist für mich Verrat und ich bin keine Verräterin. Allerdings habe ich kein Problem damit eine Affäre zu sein. Die Dritte, die Ehen zerstören kann. Wobei ich sowieso der Ansicht bin, dass Menschen die neben raus gehen, nicht befriedigt sind. Entweder weil sie Neigungen haben, die ihre Partner nicht teilen, oder weil etwas in der Beziehung nicht stimmt. Ich bewerte weder das Eine noch das Andere. Jeder hat sein Leben und seine Moralvorstellungen. Ich weiß nur, dass ich es nicht tun werde und ich es nicht dulden werde. Sollte ich denn jemals meinem Prinzen begegnen.

Nach gut 20 Minuten hat David genug pausiert. „Komm mit!", sagt er, greift nach der Kette und führt mich ins Bad. Oh ha, jetzt geht es los. Und ich dachte schon er hätte es vergessen. Im Bad reißt er mir das Catsuit vom Leib. „Runter mit dir und halt still!", sagt er. Vor der Toilette knie ich nieder und warte. Diesmal geht es schneller bis David damit beginnt zu pinkeln. Er beginnt wieder auf meiner Brust. „Mund auf!", sagt er und ich gehorche. Sein Urin läuft in meinen Mund und wieder warte ich bis er so voll ist, dass ich den Urin herauslaufen lassen kann. „Und jetzt schluck es runter!" Ich denke gar nicht weiter darüber nach und tue was er sagt. Der Schluck Urin ist gar nicht so klein, lauwarm und extrem bitter. Wesentlich bitterer und intensiver als der fade Geschmack den er im Mund hinterlässt wenn man nicht schluckt. Zwei Schlucke schaffe ich, dann ekelt es mich an und ich drehe mich weg. Sofort hört David auf und pinkelt die restlichen Tropfen in die Toilette. „Lehn dich über die Toilette.", sagt er anschließend und bevor ich reagieren kann, habe ich Davids Schwanz im Arsch. Stimmt, das Urinieren macht ihn immer sowas von an. David bewegt sich ein paar Mal vor uns zurück, rutscht ab und ich spüre einen ziemlichen Schmerz im Hintern.

Ich beuge mich auf, drehe mich um und habe Davids Schwanz im Mund. Dann eben so. Als er kommt, zieht er seinen Schwanz heraus und spritzt auf den Toilettenrand. „Leck es auf!", befiehlt er erneut. Kein Thema. Schon gar nicht im Vergleich zu der Pisse von vorher. „Sehr gut. Jetzt gehen wir duschen." Sehr schön. Ich fühle mich schon etwas eklig mit dem ganzen Urin und Schweiß und Sperma auf mir. Die Dusche tut gut. Das Wasser ist angenehm warm und ich entspanne. David seift mich ein und wäscht mich. Ich bin ziemlich endfertig. Dann legt er seine Hand um meinen Hals und drückt mir die Luft zu. Endlich. Da habe ich mich schon den ganzen Abend drauf gefreut. Alles fällt von mir ab, ich bin innerlich ganz ruhig und friedlich und genieße den Moment. Sein Druck löst sich, ich atme wieder und David küsst mich. Dann drückt er wieder zu, länger als vorher und, während er mich küsst, verliere ich kurz das Bewusstsein und sinke zu Boden. Er lässt los, fängt mich auf und stellt mich wieder hin. Sofort bin ich wieder da. Dann wiederholt er das Ganze ein letztes Mal. Das war der absolute Höhepunkt des Abends. Nach der Dusche krieche ich ins Bett. David macht noch ein wenig im Bad sauber und, zu meinem Erstaunen, zieht sich an. „Wo gehst du hin?", frage ich erschrocken. „Ich muss doch nach Hause. Ich kann doch nicht hier bleiben. Ich dachte du wüsstest das!" „Nein. Ich dachte du bleibst hier. Ich will nicht alleine hier im Hotel bleiben." „Das tut mir so leid, ich dachte das wäre klar. Sonst wäre ich doch nach Wiesbaden gekommen. Ich muss nach Hause." Mir ist schlecht. Mini-Mia gefällt die Sache überhaupt nicht. Aber jetzt ist es zu spät. „Dann fahre ich auch.", sage ich. „Es ist spät, Mia. Du hast viel getrunken und fährst zwei Stunden. Es wäre mir wirklich lieber du würdest hier bleiben. Ich komme morgen früh sobald es geht wieder. Versuchst du es?" „Ja, ich versuche es." Ich glaube ich muss brechen, so schlecht ist mir. Doch als David das

Zimmer verlässt, geht es mir schlagartig wieder besser. Oh, das muss ich jetzt aber deuten. Das ist seltsam. Aber eigentlich liegt ja alles auf der Hand. Ich weiß doch, dass ich nicht für Affären gemacht bin und obwohl ich David sehr mag, die Verhältnisse geklärt sind und ich die Abende genieße, ist es letztendlich trotzdem nur eine Affäre. Während er also nach Hause zu seiner Familie fährt, bleibe ich alleine in einer fremden Stadt in einem Hotelzimmer zurück. Mia, höre auf dein Bauchgefühl. Beende die Sache. Es tut dir nicht gut. In der Nacht habe ich einen seltsamen Traum, dass die Tür des Kleiderschranks plötzlich aufgeht und ein junger Mann im Schneidersitz darin sitzt und sagt: „Und du bist doch nicht alleine!" Na toll. Aber ich bin Alpträume gewohnt und so stört es mich nicht weiter. Früh am Morgen wache ich auf, dusche, rasiere mich und lege mich wieder ins Bett. Um 08:00 Uhr öffnet David die Tür und betritt mit einem Kaffee das Zimmer. „Oh, du bist aber früh. Dankeschön", sage ich überrascht. „Ja, ich habe kaum geschlafen weil ich mir solche Gedanken gemacht habe. Ich war mir sicher du bist gefahren." „Nein. Ich war tatsächlich vernünftig. Und es war auch halb so schlimm. Tut mir Leid, dass du dir Sorgen gemacht hast." „Ach Quatsch, das muss es nicht. Ich bin froh, dass es dir gut geht. Ich hatte das Gefühl, du hast dich gestern billig und ausgenutzt gefühlt." „Nein, das nicht. Aber es wurde mir nur wieder klar, dass ich kein Mensch für Abenteuer bin." Nachdem ich den Kaffee getrunken habe, zieht David sich aus, legt mich auf den Rücken und schläft mit mir. Zum Glück vaginal, denn mein Arschloch tut sowas von weh. Als er fertig ist, dreht er sich auf den Rücken und zieht sein Kondom ab. Dabei hält er es nicht richtig zu, so dass der Inhalt ihm auf den Bauch läuft. Ohne darüber nachzudenken lehne ich mich vor und lecke die ganze Brühe mit einem Schleck auf. „Du Drecksau!", sagt David positiv erstaunt. Soso, auch den großen Herr D. kann man also noch überraschen. Nun sagt David mir, dass ich mich auf sein Gesicht setzen soll. Quasi in der 69ger-Stellung, mit meiner Nüni über seinem Mund, so dass ich ihn gleichzeitig auch oral befriedigen kann. David drückt immer wieder seine Knie eng gegen meinen Hals, so dass ich mich in einem Zustand der Erregung und gelegentlicher Atemnot befinde. Demnach gestaltet sich das Blasen etwas schwierig. Es dauert eine ganze Weile, aber David weiß wie er mich zu lecken hat und als ich endlich komme, drückt er seine Knie fest zusammen, so dass mein Orgasmus und die Atemnot mich in einen extrem intensiven und einfach nur geilen Zustand versetzen. Hammer. Für einige Minuten liegen wir wieder neben einander. „Du weißt schon, dass du kein Küken mehr bist, oder?" „Was?" „Als wir uns kennenlernten, hattest du ein paar kleine BDSM-Erfahrungen. Mittlerweile hattest du heftigen Analverkehr, Analdehnungen, Fisting, Atemnot und Natursekt erlebt. Dein BDSM-Kükenstatus ist vorbei. Du hast gut was an Erfahrungen gesammelt." „Oh, stimmt." Ich grinse. „Dann habe ich wohl meine Ziele erreicht." „Ja, hast du." Kurz darauf springt David unter die Dusche, ich ziehe mich an und packe meinen ganzen Kram zusammen. Dann gehen wir frühstücken und anschließend zeigt David mir noch die Saarbrücker Innenstadt, worüber ich mich sehr freue. Am späten Vormittag verabschieden wir uns und ich mache mich auf den Heimweg, fest entschlossen, dass meine Zeit der Abenteuer nun endgültig vorüber ist.

FINDEN

16

Ich bin jetzt schon eine ganze Weile wieder ganz alleine und komme erstaunlich gut damit zurecht. David hat Verständnis für meine Entscheidung und tatsächlich haben wir noch rein freundschaftlichen Kontakt. Ich wundere mich darüber. Aber ich freue mich auch. Erstaunlich, dass der Mann, der sexuell mit Abstand am abfälligsten war, mir meine eigene Wertschätzung beigebracht hat. Durch die Art und Weise wie er im Alltag mit mir umgegangen ist und wegen der Dinge, die er mir gesagt hat, hat er mir verdeutlicht, dass ich ein wertvoller Mensch bin, der es verdient hat geachtet und respektiert zu werden. Dass ich Dinge einfordern kann und dass ich eigentlich diejenige bin, welche die Fäden in der Hand hat. Zumindest bei BDSM-Spielereien. Den eigenen Wert sollte man nie verkennen. Niemals. Und deshalb übertrage ich diese Lektion in alle Bereiche meines Lebens. Ein sehr erfolgreicher, gutsituierter Geschäftsmann hält viel von mir und behandelt mich außerhalb des Schlafzimmers wie eine Dame. Ich weiß noch nicht mal warum, aber David hat einen Schalter in mir umgelegt. Den „ich liebe und schätze mich Schalter" und wenn noch mal so ein Idiot kommt und meint mich übers Ohr hauen zu können, dann soll er mal erleben wie schwach und zerbrechlich ich tatsächlich bin. Zugegeben, manchmal juckt es mich noch in den Fingern. An sehr einsamen Abenden, wenn ich kinderlos und periodenfrei hier sitze und denke, dass man jetzt eigentlich auch ein Abenteuer erleben könnte. Einmal spreche ich es sogar bei David an, vielleicht überzeugt er mich ja wieder und wir machen einen Termin aus. „Mia!", antwortet er auf meinen Wink mit dem Zaunpfahl. „Du weißt doch, dass dir das nicht gut tut und du wolltest es in Zukunft lassen. Keine Abenteuer mehr." Och Menno. Aber natürlich hat er Recht und letztendlich bin ich froh darüber, dass er meine Situation nicht ausnutzt. Ich möchte ja schließlich damit aufhören mir selbst zu schaden. Und eigentlich geht es mir sehr gut. Ich bin sehr selbstsicher geworden und bekomme meinen Kram erledigt. Ich verfluche zwar nach wie vor manche Tage an denen ich mir wünsche es wäre ein Mann im Haus der mir mit schwierigen Dingen wie Reparaturen helfen kann, aber erledigt bekomme ich trotzdem alles. Klar, es ist nicht perfekt. Die meisten improvisierten Reparaturen bestehen aus Kabelbindern und Panzerband und so einiges erinnert mich noch an meinen Exmann, obwohl er schon seit einigen Jahren nicht mehr hier wohnt. Aber selbst wenn es nicht perfekt ist, es ist meines, ich bin glücklich und die Kinder sind es auch.

Mein Abenteuerentzug wird dadurch erleichtert, dass ich seit einigen Wochen mit einem netten Mann auf werkenntwen schreibe. Sein Name ist ebenfalls Thomas, er ist 10 Jahre älter als ich, wohnt eine knappe dreiviertel Stunde entfernt von mir und hat einen fast erwachsenen Sohn. Anfangs schrieben wir nur alle paar Tage mal, mittlerweile aber haben wir täglich Kontakt. Sexuelle Themen jeder Art meide ich ganz bewusst. Diesmal möchte ich es anders angehen und ich kann nicht von jemandem erwarten sich auf meine Person zu konzentrieren wenn ich täglich durch meine diversen Äußerungen dafür sorge, dass sämtliche Blutreserven an eine bestimmte Stelle fließen. Thomas macht ebenfalls keinerlei Andeutungen in der Hinsicht. Ein weiterer Vorteil; man erfährt wirklich viel über den Menschen und sein Leben, wenn man nicht ständigen Cybersex praktiziert. Ich bin längst bereit mich auf einen Kaffee zu treffen, um zu sehen ob die Chemie stimmt. Ob vielleicht mehr draus wird, denn egal wie gut man sich per Internet oder sogar Telefon versteht, wissen wir ja jetzt, dass das rein gar nichts bedeutet. Thomas ist etwas zögerlich. Zumal er auch ständig unterwegs und verabredet ist. Er ist unglaublich lebens- und unternehmensfroh. Immer auf Tour mit seinen Freunden, die alles für ihn bedeuten. Außerdem war er früher bei der Marine, was mich natürlich auch anspricht, unverbesserlich wie ich nun mal bin. Nach etwa drei Monaten Hin- und Herschreiberei habe ich ihn dann endlich so weit mich zu treffen. Gut, denn ich war kurz davor ihn auf den Mond zu schießen. Verabredet sind wir auf einen Kaffee in Wiesbaden. Da dies nun eine recht neue Situation für mich ist, bin ich ziemlich nervös. Hier geht es nicht um Sex und Abenteuer. Ich betrete sozusagen wiederzuentdeckendes Neuland. Da ich viel zu früh bin, sehe ich ihn kommen. Er hat viele aktuelle Fotos auf seinem Profil im Internet eingestellt, so dass ich ihn sofort erkenne. Lächelnd gehe ich auf ihn zu und als er mich entdeckt, lächelt er sofort zurück. Fühle ich etwas? Ein abstoßendes Gefühl? Mini-Mia? Hast du was zu sagen? Nein. Bis jetzt ist alles gut. Wir begrüßen uns mit einer leichten Umarmung und Küsschen rechts und links. Thomas ist ein Stück größer als ich, hat eine mittelkräftige Statur und große Handwerkerhände. Sein Haar ist blond, die Augen blau und er sieht auch recht gut aus. Gepflegt und männlich. „Die Sonne scheint so schön heute, wollen wir erst eine runde laufen?", frage ich ihn. Der Frühling hat gerade erst begonnen und ein kleiner Spaziergang hilft uns vielleicht dabei etwas locker zu werden. So mein Plan. Wir suchen nicht lange nach Themen, genießen die Sonne und schlendern ganz brav nebeneinander durch die Stadt. Anschließend gehen wir in das ausgesuchte Kaffee und verbringen da noch zwei Stunden mit netten Gesprächen, bevor wir uns entschließen dem Date ein

Ende zu machen. „Stehst du auch in dem Parkhaus hinter dem Kaffee?", fragt er mich. „Ja, warum?" „Dann können wir gemeinsam zu den Autos gehen, ich habe nämlich noch eine Überraschung für dich dabei, nachträglich zu deinem Geburtstag." „Bitte? Wie lieb von dir, das hätte doch nicht sein müssen." „Ich will es aber. Komm wir gehen." Sein Auto steht nur wenige Meter entfernt von meinem. Aus seinem Kofferraum holt er einen, mit Packpapier, eingepackten Karton, den er zusätzlich mit Glückskäfer-Aufklebern verziert hat. Er reicht mir das Paket und sagt: „Pack es erst zuhause aus. In Ordnung?" „Ja, mache ich. Vielen lieben Dank, Thomas." Er küsst mich auf die Wange und steigt in sein Auto. Überneugierig und aufgeregt mache ich mich auf den Heimweg und freue mich, dass alles so anständig und normal abgelaufen ist.

Mein Geburtstagsgeschenk besteht aus einer kleinen Flasche Wein, einem selbstgemachten, wunderschönen Schmuckkästchen aus Holz und einem Lottoschein, der über die nächsten vier Wochen läuft. Ich bin fassungslos. Wird jetzt alles anders? Ist jetzt alles anders? Schnell bedanke ich mich herzlich per SMS für das tolle Geschenk und Thomas freut sich, dass es mir gefällt. Wie sich das alles eben gehört. Wir sind uns beide einig, dass wir uns wieder sehen möchten und so lädt Thomas mich zu sich ein. Für ein ganzes Wochenende. A-ha, dann wird sich jetzt wohl weisen wie es wirklich mit uns steht. Ein ganzes Wochenende für uns zum Kennenlernen. In jeder Hinsicht. Freitagnachmittag mache ich mich auf den Weg. Nervös bin nur noch ein wenig. Thomas lebt außerhalb von Gießen, in einem kleinen Ort. Es ist wirklich idyllisch hier und sein kleines Haus ist sehr hübsch und gepflegt. Ich weiß nicht genau was ich fühle.

Ich freue mich zwar und bin gespannt, aber irgendetwas in mir ist in Alarmbereitschaft. Dabei ist doch alles perfekt. Hier besuche ich einen liebevollen, gestandenen, lebensbejahenden Mann, der sehr zuvorkommend und wertschätzend ist, kein Problem mit meinen kleinen Kindern hat, obwohl sein Sohn schon aus dem Haus ist und alles daran setzt, diese Sache hier zu versuchen. Mia, denk nicht weiter darüber nach. Klingel einfach und genieße das Wochenende.

Thomas ist sichtlich erfreut mich zu sehen, begrüßt mich herzlich und nimmt mir meine Tasche ab. „Schön, dass du da bist, komm rein.", sagt er. Er stellt die Tasche in den Flur. „Soll ich dir erst mal mein Reich zeigen?" „Ja, gerne." Sein Haus ist gemütlich und sauber, auch wenn die Einrichtung nicht ganz mein Fall ist. Im Schlafzimmer hängt ein Bild mit Herzchen an der Wand, was ungewöhnlich ist, aber es ist bestimmt nie verkehrt Liebessymbole im Schlafzimmer zu haben. Alles in Allem hat er vier große Zimmer mit Küche und Waschkeller, einer Garage und einem schönen Garten. Er pflanzt sogar Blumen, damit es hübsch ist. „Ich habe jetzt keine großen Pläne gemacht und dachte wir lassen das Wochenende einfach mal auf uns zukommen. Ist das für dich in Ordnung?", fragt er nachdem wir den kleinen Rundgang beendet haben. „Ja, natürlich." „Wir haben allerdings auch schon eine Einladung zum Abendessen bei Freunden, dann könnte ich dich gleich mal vorstellen." Thomas grinst. Ich bin hin- und hergerissen. Ich möchte ihn natürlich nicht enttäuschen, aber jetzt gleich schon seine Freunde kennenlernen? Ich kenne ja ihn kaum. Eigentlich möchte ich das nicht. Mache ich es jetzt trotzdem? Nein. Das heißt, ich werde zumindest meine Bedenken äußern und nicht einfach etwas über mich ergehen lassen, was ich nicht möchte. Auch wenn es nur ein Abendessen ist. Schließlich ist es auch mein Wochenende und meine Freizeit. „War das keine gute Idee?", fragt er nun, da ich ihm immer noch keine Antwort gegeben habe. „Ehrlich gesagt, würde ich lieber mit dir alleine sein. Wir kennen uns ja kaum. Aber ich will dich auch nicht enttäuschen und wenn es dir sehr wichtig ist…" „Nein, du hast absolut Recht. Es tut mir leid, das war eine dumme Idee. Da hätte ich dran denken sollen. Wir werden auf keinen Fall dahin gehen." „Na so tragisch ist es nun auch wieder nicht.", sage ich lächelnd. „Aber Dankeschön." „Kein Thema. Lust auf einen Spaziergang?" „Klar, zeig mir mal deine Heimat." Eine gute Stunde lang gehen wir spazieren. Hauptsächlich durch den Wald. Wie schön, denn ich liebe den Wald. Thomas ist in diesem Ort aufgewachsen. Später hat er seinen Sohn hier alleine großgezogen. Demzufolge gibt es zu fast jeder Ecke eine Geschichte. Ich habe in meiner Kindheit immer nur wenige Jahre am Stück in einer Ortschaft oder Stadt gelebt und kenne diese Art der Heimatverbundenheit nicht. Ich vermisse sie allerdings auch nicht. Wie kann man auch etwas vermissen, was man gar nicht kennt? Als wir wieder zu ihm nach Hause kommen, haben wir beide Hunger. „Komm, wir fahren nach Gießen und gehen lecker essen. Hast du vielleicht Lust auf Kino?" „Ich war ewig nicht im Kino. Was läuft denn alles?" „Sehen wir dann." Im Kino gibt es ein mexikanisches Restaurant. Hier essen wir eine Kleinigkeit und gehen anschließend in den aktuellen „Die Hard." Bruce Willis geht schließlich immer. So ein richtig traditionelles Date mit Essengehen und Kino hatte ich, glaube ich, noch nie. Es fühlt sich gut an. Anständig. Seriös. So, wie ich es ja jetzt haben möchte. Solange der Sex dann auch stimmt, denn da mache ich keine Kompromisse. Wobei ich mich frage, ob Thomas in der Hinsicht mit mir auf einer Wellenlänge schwimmen wird.

Im Moment macht er nicht den Eindruck, aber da täuscht man sich ja manchmal. Und was nicht ist, kann noch werden, vorausgesetzt er hat Interesse und kann es rüber bringen. Nach dem Kinobesuch fahren wir wieder zu ihm und machen es uns auf dem Sofa gemütlich. Da Thomas sich nicht mit Wein auskennt, weil er ausschließlich Biertrinker ist, habe ich ein paar Flaschen mitgebracht. Ich mache ja vieles, aber ich fange jetzt nicht an Bier zu trinken. Wir verbringen tatsächlich die halbe Nacht auf dem Sofa und reden. Über unsere gescheiterten Ehen, über die Kinder, über unsere Vorstellungen von einer neuen Beziehung, über unsere Werte und letztendlich dann auch irgendwann, ganz vorsichtig, über Sex. Dabei stellt sich heraus, dass er davon nie wirklich viel bekommen hat. Sicherlich können sich da sehr viele Männer anschließen, was ich immer wieder schade finde. Wenn mehr Frauen offener für dieses Thema wären und mehr Männer auf die Frauen eingehen würden – was wäre dies für eine lustvolle Welt. Irgendwann dann, um circa 04:00 Uhr morgens, küsst er mich und kurz darauf ziehen wir um ins Schlafzimmer. Sein Penis ist durchschnittlich groß und nicht beschnitten. Soweit so gut. Erstaunlich ist seine Menge an Vorsaft die in einer Tour aus ihm herausläuft. Wieder etwas Neues. Der Saft schmeckt ähnlich wie Sperma, ist aber im Gegensatz dazu sehr dünnflüssig. Dennoch fällt es mir teilweise schwer festzustellen, ob Thomas jetzt gekommen ist oder nicht. Der Sex ist unspektakulär. Wir sind ja auch beide sehr erschöpft. Ich reite ihn und relativ schnell kommt er mit dem Satz: „Ooooh Mia!", auf den Lippen. Danach schlafen wir ein.

Relativ früh, wenn man bedenkt wie spät es war, als wir schlafen gingen, steht Thomas wieder auf. „Ich lasse dir jetzt ein Bad ein und gehe zum Becker.", sagt er und verschwindet. Dann höre ich das Badewasser einlaufen und kurz darauf die Wohnungstür schließen. Ich quäle mich aus dem Bett, schnappe mir meine Tasche und bade. Eigentlich schön, dass ich das in Ruhe machen kann. Wäre schon doof wenn er reinplatzt während ich meine Nüni kahl rasiere. Das ist vielleicht angenehm und ästhetisch in der Kiste, aber der Prozess sieht eher verkrampft und wenig attraktiv aus. Als Thomas zurückkommt, bin ich auch schon fertig gebadet, angezogen und geschminkt. Er deckt den Frühstückstisch und kocht Kaffee. Auf dem Tisch liegen Werbeprospekte. Als alles fertig ist, setzen wir uns. Kaffee – endlich! Thomas schmiert sich ein Mettbrötchen und erzählt. „Sonntags sitze ich dann immer hier, frühstücke und schaue mir die Werbeblättchen an um zu sehen, was es in der kommenden Woche alles gibt." Warum erzählt er mir das? Damit ich seinen Tagesablauf kennenlerne? Jeden Sonntag hier sitzen, frühstücken und Werbeblättchen lesen? Ich habe, insbesondere wegen der Kinder, auch einige feste Abläufe. Aber am Wochenende läuft bei uns vieles spontan. Das ist ja das Schöne am Wochenende. Merkt man da vielleicht die zehn Jahre Unterschied, die zwischen uns liegen? Nun ja, nur weil er morgens immer Blättchen liest, heißt das ja nicht, dass ich es auch machen muss. „Was wollen wir heute unternehmen?", frage ich um das Thema zu wechseln. „Weiß nicht. Hast du Lust in die Stadt zu fahren? Ich zeige dir Gießen und wir können lecker essen gehen." „Ja, sicher." Nach dem Frühstück räumen wir kurz auf und fahren wieder in die Stadt. Wir laufen durch die Innenstadt und schauen uns die Geschäfte an. Irgendwann kommen wir an eine ziemlich breite, viel befahrende Straße, die wir überqueren müssen. „Können wir nicht da vorne an der Fußgängerampel rüber?", frage ich. „Hier ist es viel schneller, sonst laufen wir einen Umweg." „Ich hasse es breite Straßen zu überqueren.", sage ich, schnappe mir seinen Arm und eile mit ihm über die Straße. "Warum denn?" "Weiß ich auch nicht. Ich fühle mich dabei einfach nicht wohl." "Dann würde ich irgendwann hingehen, mit dir über so eine Straße gehen, mich in der Mitte losreißen und schnell alleine rüber rennen, damit du alleine weiter musst." Was geht denn mit dir? Glaubst du ich kann nicht alleine über die Straße gehen? Ich mag es nicht, heißt nicht ich kann es nicht. Und außerdem brauche ich niemanden, der mich erzieht beziehungsweise mich mit irgendwelchen nicht vorhandenen Ängsten konfrontiert. "Dann hätten wir aber schnell einen recht heftigen Streit!", sage ich nur und merke wie meine Gefühle für ihn langsam ein wenig ausnüchtern. Geduld, Mia. Wenn er es nicht ist, dann wirst du es merken und akzeptieren. Jetzt warte erst mal ab. Am frühen Abend gehen wir noch in Gießen essen und verbringen den Rest des Abends wieder auf Thomas' Sofa. Wieder kommen wir auf das Thema Sex zu sprechen und ganz vorsichtig beginne ich ihm zu erklären auf was ich so alles stehe. Er sagt nicht viel dazu. Er scheint weder abgeneigt, noch interessiert zu sein. Dabei belassen wir es dann auch. Die Nacht ist diesmal nicht ganz so lang wie die gestrige. Der Sex ist dafür fast identisch. Kurz möchte er mich lecken, lässt aber umgehend wieder davon ab. Ich habe ein wenig das Gefühl, dass er sich unsicher ist. Am nächsten Morgen, nach dem Frühstück, reise ich wieder ab. Eigentlich wollte ich mit der Gewissheit nach Hause fahren, dass er es ist oder eben, dass er es nicht ist. Aber ich bin was das betrifft keinen Schritt weiter. Ich weiß es einfach nicht. Er ist liebevoll, fürsorglich, im Leben stehend und sehr an mir und meinen Kindern interessiert. Was genau ist es, was mich ausbremst? Brauche ich nach allem was war, einfach mehr Zeit und Sicherheit? Thomas hat keine Zweifel. Das nächste kinderfreie Wochenende ist wieder verplant, diesmal aber kommt er zu mir. Allerdings erst am Samstag, da er Freitag schon auf einem Geburtstag eingeladen ist. Ich freue mich auf seinen Besuch und bereite alles vor. Mit Kerzen und Romantik und Wein. Am späten Nachmittag kommt er an. „Meine Wohnung ist etwas heruntergekommen.", entschuldige ich mich. Langsam ist es mir echt peinlich. „Ach was. Das ist nichts, was nicht mit etwas Spachtelmasse und einem neuen Anstrich wieder hinzukriegen ist. Heruntergekommen sieht anders aus. Das können wir alles gerne in Zukunft machen." Wow, endlich jemand an meiner Seite der mir hilft. Warum bin ich mir so unsicher? Ich koche uns ein leckeres Abendessen. Anschließend frage ich ihn: „Machst du den Kamin an? Das ist schön romantisch. Dann können wir auf dem Teppich ein Gläschen Wein trinken. Was meinst du?" „Sehr gute Idee." Während ich den ganzen Kram ein wenig aufräume, macht Thomas sich an das Feuer. Im Vergleich zu mir, schafft er es erstaunlich schnell es zu entfachen. Eigentlich ist der Abend perfekt. Vor dem Kamin auf dem weichen Teppich zu liegen, zu reden und den Wein zu genießen ist einfach wunderbar. Dann beginnen wir uns zu küssen. Eines führt zum Anderen, wir sind beide nackt, küssen uns, berühren uns, ich massiere sein Glied und merke, wie ich immer weniger erregt und mehr und mehr aggressiv werde. Ich weiß nicht warum, aber am liebsten würde ich ihn wegstoßen und zerkratzen. Ich breche ab. „Es geht nicht, Thomas. Es tut mir so leid. Aber es geht nicht. Es passt einfach nicht." „Was meinst du?" „Ich weiß nicht warum, aber es fehlt was. Chemie, der Funke, keine Ahnung. Aber du bist einfach nicht mein Prinz! Und es ärgert mich, weil alles so perfekt ist. Weil es so schön sein könnte, weil es an sich alles passt, aber dann anscheinend doch nicht." Thomas nickt. „Es tut mir leid.", wiederhole ich. „Es muss dir nicht leid tun. Es ist wie es ist." „Ich dachte eben es sei Schicksal." „Ja, das dachte ich auch." Nebeneinanderliegend schweigen wir ein paar Minuten. Ich liege in seinem Arm. „Wir bleiben Freunde.", sagt Thomas dann. „Du bist trotzdem ein sehr wichtiger Mensch für mich und ich bin immer für dich da. Vergiss das nicht." „Nein. Ich vergesse es nicht. Wir bleiben Freunde."

17

Wir bleiben tatsächlich in Kontakt. Thomas schreibt, ruft an und kommt auch mal auf einen Kaffee vorbei. Anfangs war es schön, aber jetzt erdrückt es mich. Ich habe das Gefühl, er will mir beweisen, dass er doch der richtige Mann für mich ist und dass ich mich irre oder einfach noch Zeit brauche. Er erzählt mir, dass er sich per Internet über BDSM informiert hat und dass er sich sicher ist, dass ihm das auch gefällt. Er will mir seine dominante Seite zeigen, die aber nun mal nicht da ist, und das geht mir unglaublich auf die Nerven. Zumal ich nicht möchte, dass er sich mir zuliebe verändert und jemand sein will, der er nicht ist. Das würde niemals funktionieren und vor allem wäre es ihm gegenüber nicht fair. Er ist ja nicht schlimm so wie er ist. Er ist nur nicht für mich bestimmt. Und der Sex ist sicherlich nicht der Hauptgrund dafür. Wenn es nicht passt, dann passt es einfach nicht und ich bin mir sicher, dass da draußen eine Frau ist, die ihn genauso lieben und schätzen wird, wie er ist und dann wird auch er merken, dass ich ihn niemals wirklich glücklich machen könnte. Genauso wenig wie er mich. Aber er meint, so jemanden wie mich wird er nie wieder finden. So jemand wie ich würde ihn aber auch nie glücklich machen können. Denn wenn das so wäre, hätte es funktioniert. Thomas' außergewöhnliche Frau ist irgendwo da draußen und wenn sie sich finden, dann wird ihm alles klar sein. Aber er möchte von meinem Therapiegelaber jetzt nichts hören und irgendwie kann ich das auch verstehen. Irgendwann wird er es erleben. Zumindest wünsche ich ihm das. Parallel zu der ganzen Geschichte hat sich auch Ben wieder gemeldet. Es tut ihm immer noch leid wie alles gelaufen ist und er wünscht sich, er könnte es rückgängig machen. Wieder schreibe ich ihm, dass es OK ist und dass er es endlich mal gut sein lassen soll. Ansonsten aber führen wir tatsächlich wieder sehr nette Gespräche und er gesteht mir, dass er immer noch ein wenig in mich verliebt ist. Irgendwann entscheiden wir uns, dass ich ihn besuchen werde. In erster Linie um die unangenehme Erinnerung des ersten und letzten Treffens zu ersetzen, aber auch, zumindest insgeheim, um zu sehen ob sich nicht doch noch etwas aus uns entwickeln kann. Vielleicht war es damals einfach noch nicht die richtige Zeit. Ich habe mittlerweile so viel gelernt, dass mir so etwas wie damals nicht mehr passieren wird. Ich bin stärker, selbstbewusster und in der Lage mein Bauchgefühl wahrzunehmen. Vor allem, wenn es mit Übelkeit reagiert, weil ich alle Sinne deaktiviert habe. Und Ben hatte nun einige Monate Zeit um über seine damalige Liebe hinwegzukommen. Eine Regel setzen wir uns. Der Besuch wird rein platonisch und wir schlafen in unterschiedlichen Zimmern. Somit ist ein Wiederholen der ersten Tragödie von vornherein ausgeschlossen.

Ich fahre mit dem Zug nach Augsburg. Ben übernimmt die Kosten, was mich sehr freut. Aufgrund der guten Zugverbindungen brauche ich keine 3 Stunden. Nervös bin ich schon ein wenig, vor allem weil ich es hasse, irgendwo zu sein und jemanden zu suchen. Doch Ben steht direkt am Ende des Gleises und ich kann ihn schon von Weitem erkennen. Ben ist immer noch kräftig, aber einige Kilos sind schon runter. Er wirkt, wie auch schon damals, stark, selbstbewusst und bodenständig. Ich bin nur noch wenige Meter entfernt, als er mich erkennt. Lächelnd begrüßt er mich: „Grüß dich, Mia. Wie geht es dir? Wie war die Fahrt?" Wir umarmen uns freundschaftlich. „Danke, alles prima." Ben nimmt mir meine Tasche ab und geht in Richtung Auto. Ich weiß nicht so recht was ich sagen soll, doch Ben findet immer wieder Gesprächsthemen, während er so durch Augsburg rast und zwischendurch andere Verkehrsteilnehmer beschimpft. Dominante Menschen sind sich doch alle recht ähnlich. „Ich habe mir Folgendes für das Wochenende ausgedacht.", sagt Ben. „Erst mal essen wir was Gescheites, ich habe uns einen Tisch bei einem guten Italiener reserviert. Dann fahren wir zu mir, trinken gemütlich einen Wein und lassen es uns gut gehen. Morgen früh gehen wir frühstücken, ich zeige dir Augsburg und abends gehen wir wieder essen. Sonntagfrüh ist Abreise. Ist das so für dich in Ordnung? Oder gibt es etwas, was du gerne sehen oder machen möchtest?" „Nein, das klingt alles sehr gut." Im Grunde ist es mir egal was wir machen. Ich bin ja nicht wegen der Stadt hier, sondern wegen ihm. Auch wenn Augsburg auf den ersten Blick einen sehr hübschen Eindruck macht. Unser Wochenende verläuft tatsächlich genau nach Plan. Abgesehen davon, dass wir den Samstagnachmittag damit verbringen ein Fußballspiel im Fernsehen zu schauen. Das war allerdings meine Idee, nachdem ich merkte, wie sehr ihm daran liegt. Wir reden viel, schäkern ein wenig und ab und an wird mir ein bisschen übel. Seltsam. Ich mache doch nichts, was mir nicht gut tut? Aber es ist zu deutlich um es zu ignorieren. Rede ich mir etwas schön? Vor meiner Abreise am Sonntag gehen wir noch gemeinsam frühstücken. Irgendwann kommen wir auf das Thema Sex zu sprechen. „Am geilsten ist es, wenn man gemeinsam kommt.", sagt er. „Das ist fast wie eine spirituelle Verbindung. Kennst du das?" „Nein.", antworte ich. „Ich komme nicht sehr schnell und gemeinsam schon mal gar nicht." „Das ist sehr schade und sollte unbedingt geändert werden. Was magst du denn am liebsten im Bett?" „Das kann ich dir noch nicht mal so genau sagen. Ich mag es einfach, wenn ich merke, dass es meinen Partner total geil macht wenn ich mache, was ich mache. Sprich wenn er mir sagt was ich machen soll, ich folge und er geht ab wie ein Zäpfchen. Was wir dabei machen ist mir eigentlich schnuppe. So lange es sich in unserer beider Grenzen befindet natürlich." „Ja, ja schon klar. Wow. Eigentlich bist du die perfekte Partnerin.", sagt er mehr zu sich selbst als zu mir. Ja, eigentlich. Denke ich mir. Schade nur, dass es sonst noch keiner gemerkt hat. Wieder am Bahnhof verabschieden wir uns herzlich und nehmen uns fest vor, das alles nochmal zu wiederholen. Zufrieden fahre ich nach Hause. Es war die richtige Entscheidung mich auf dieses Wochenende einzulassen und wer weiß, mit etwas Zeit und Babyschrittchen – vielleicht ist er es ja doch. Und wenn nicht, dann werde ich es schon merken. Oder er.

Erstaunlicher Weise kommt alles anders. Seit meinem Besuch ist Ben nur noch sehr kurz angebunden. Er schreibt kaum, erzählt nichts mehr und reagiert kalt und distanziert auf meine Nachrichten. Nach einigen Tagen konfrontiere ich ihn damit. „Was ist denn los mit dir? Warum bist du so?" „Mia, was erwartest du von mir. Ich habe dir von Anfang an gesagt, das Einzige was geht ist eine Freundschaft Plus. Du kannst mich gerne hin und wieder besuchen kommen und wir können unseren Spaß haben, aber mehr ist auf diese Entfernung nicht drin!" Ich verstehe die Welt nicht mehr. Freundschaft Plus? Das war nie Thema und ich habe ihm mehrfach gesagt, dass ich keine Abenteuer mehr will. „Also, wir können Freunde sein. Das war's." Fügt er hinzu. „Sorry, Ben. Aber solche Freunde möchte ich nicht in meinem Leben haben.", antworte ich, lege auf und lösche sämtliche Kontaktdaten und online-Freundschaften die ich von und mit ihm habe. Hier ist die Grenze. Keine falschen und verlogenen Menschen mehr. Das habe ich nicht nötig. Der krönende Abschluss dieses Abends ist allerdings eine Email von Thomas aus Roßbach, mein ehemaliger Trainer und Dom Nr. 1. Er fragt wie es mir geht, ob es was Neues gibt und ob wir uns nicht mal wieder treffen wollen. Per Mail fauche ich ihn an, dass ich KEINE ABENTEUER MEHR will und er das endlich raffen soll. Es reicht endgültig. Der Mann der alles für mich tun würde, geht mir nur auf die Nerven und alle Anderen werden zu schwanzgesteuerten, gefühlskalten und selbstbezogenen Arschlöchern. Gut, mein Lebensstil der letzten Monate hat sicher etwas damit zu tun. Aber was ich mir eingebrockt habe, kann ich auch wieder richtig stellen. Und zwar indem ich mich ändere. Mein Leben, meine Affären und somit meine Ausstrahlung und meinen Selbstwert. Auch wenn ich sagen muss, dass sich in Sachen Selbstwert doch schon einiges getan hat, ohne mich selbst zu sehr loben zu wollen. Dennoch, ich will jetzt meine Ruhe. Ich brauche überhaupt keinen Mann. Ich komme wunderbar zurecht, meine Kinder sind glücklich und zufrieden und ich bin frei von Ängsten und von negativen Gedanken wie: Buhuuu, ich schaffe das nicht alleine, ich brauche unbedingt jemanden an meiner Seite der groß und stark ist und mir hilft! Nein, brauche ich nicht. Ich kann mir nämlich selbst helfen. Wenn ich eines gelernt habe in den letzten Jahren alleine, dann dass ich nicht alleine bin und mir immer selbst helfen kann. Ich habe Familie, ich habe Freunde, ich habe ein Zuhause, ich habe Arbeit und vor allem, ich habe mich. Was braucht man mehr im Leben? Gar nichts.

18

Der nächste Tag ist ein Samstag. Die Kinder sind bei ihrem Vater und ich genieße die Zeit für mich. Ich brauche Ruhe und muss das alles erst einmal verdauen. Es ist Abend. Der Fernseher läuft, mein Laptop ebenfalls, ich trinke ein Glas Weißwein und bin mit mir und meiner Welt im Reinen als ich eine Nachricht auf werkenntwen erhalte:

„Coole Filme und coole Mucke. Muss am Jahrgang liegen."

Was ist das denn? Erst mal Profil anschauen. Sein Name ist Logan. Er ist Amerikaner – oh nein, sag bloß ein Soldat. Sein Foto ist nichtssagend, er ist im selben Jahr geboren wie ich und sein Profil im Allgemeinen sagt auch nicht so viel aus. Aber die Nachricht ist ganz witzig und so antworte ich.

„Natürlich liegt das am Jahrgang, woran denn sonst?"

Eine Weile geht das so hin und her. Er ist kein Soldat, eher ein in Deutschland gebliebener Sprössling eines Soldaten. Da er nicht gern am PC hängt, gibt er mir seine Handynummer, sagt, dass er sich freuen würde wenn ich mich melde und geht offline. Ich schreibe ihm eine SMS. Auch das geht eine Weile hin und her, bis er mich davon überzeugt ihn anzurufen um herauszufinden ob ich eine typische, amerikanische Quietsch-Stimme habe, da ich als junges Mädchen 1 ½ Jahre als Aupair in den U.S.A. gelebt habe. Ich liebe es dort. Die Menschen, die Mentalität, die Lebensweise.... Es ist als gehöre ich in Wirklichkeit dort hin und nicht nach Deutschland, weil ich durch meine Art viel besser hineinpasse. Alles geht ganz schnell, alles ist völlig harmlos, aber witzig und unterhaltsam und bevor ich, ich überlege es mir sagen kann, sind wir für den nächsten Tag auf einen Kaffee bei mir zuhause verabredet. Ganz unverbindlich natürlich.

Mir kommt diese Sache ganz recht. Es ist eine perfekte Ablenkung von dem ganzen Chaos der letzten Wochen. Ein netter Kerl auf einen Kaffee mit dem man sich ein wenig über Amerika unterhalten kann. Ich mache mir keine Gedanken über mein Aussehen, warum auch. Ich trage Jeans und ein T-Shirt und mein übliches Tages-Makeup. Auf Anfrage hin, schicke ich ihm noch ein aktuelles, sehr anständiges, Foto von mir. Ich freue mich auf den Besuch, bin aber in keinster Weise nervös oder aufgeregt. Ich habe keinerlei Erwartungen, sondern freue mich auf einen netten Nachmittag. Pünktlich um 15:00 Uhr klingelt er. Logan sieht anders aus, als auf seinem Foto. Er ist gute 15 cm größer als ich, hat wunderschöne, aussagekräftige und große, blaue Augen, er hat ein Piercing in seiner Augenbraue, ein breites, schönes Lächeln und eine sehr coole Ausstrahlung, unterstrichen von Jeans, T-Shirt und Dreitagebart. Wir umarmen uns kurz und vorsichtig. Zuerst mache ich ihm einen Kaffee, dann setzen wir uns auf das Sofa und erzählen, vor allem über seine Heimat. Wir haben so viele Gemeinsamkeiten, lachen über dieselben Dinge, hören dieselbe Musik, mögen dieselben Filme und ich fühle mich irgendwie zuhause. Nicht nur, weil ich Zuhause bin, sondern weil mir diese Mentalität, diese amerikanische Art und Weise immer so gefehlt hat und nun ist da jemand, der dieses Loch in mir füllt. Die Zeit fliegt nur so vorbei und um 22:00 Uhr verabschiedet er sich. Ich bringe ihn zur Tür, wir umarmen uns und zu meiner großen Überraschung küsst er mich. Seine Lippen berühren ganz sachte und zärtlich meinen Mund, zwei Mal, dann geht er. Wow. Das war ein richtig schöner Tag mit einem unglaublich schönen Abschluss. Circa 20 Minuten später erhalte ich von ihm eine SMS in der er mich fragt ob es in Ordnung war mich zu küssen. Er dachte er hätte in meinen Augen gesehen, dass ich es auch möchte. „Natürlich ist es in Ordnung." „Hast du damit gerechnet?", fragt er. „Nein, aber ich habe es gehofft.", antworte ich. Wir verabreden uns für den Dienstag, da Mittwoch ein nationaler Feiertag ist.

Am nächsten Abend telefonieren wir wieder und anschließend erhalte ich folgende Nachricht:

„Seit unserer ersten Begegnung gestern lächelt mein Herz. Dein Foto überraschte mich positiv und seit unserem gemeinsamen Nachmittag bin ich überwältigt. Mehr als du es dir vorstellen kannst. Ich habe dich heute Morgen sogar vermisst und dann unser tolles Telefonat von heute Abend... ich könnte immer so weiter schwärmen. Durch dich fühle ich wieder ein Kribbeln im Bauch und ich liebe deine Nähe. Ich habe mich schon ewig nicht mehr so gefühlt und ich hoffe es hält ewig an. Was kann ich noch sagen, außer Danke, dass du mich in dein Herz und in deine Gedanken gelassen hast. Schon jetzt hast du mein Herz und meine Gedanken tief berührt. Gute Nacht, meine Süße.... Ich zähle die Sekunden bis wir uns morgen sehen."

O-ha. Was passiert hier eigentlich gerade? Ich freue mich sehr über diese Nachricht. So etwas Schönes habe ich schon sehr, sehr lange nicht mehr gesagt bzw. geschrieben bekommen. Und eigentlich kann ich es auch nur zurückgeben. Ich bin zwar überwältigt, aber mir geht es gut dabei. Ich lasse die Sache jetzt einfach passieren und schaue was dabei herauskommt. Logan scheint gerade mit Vollgas am Steuer zu sitzen und hat mich durchs Seitenfenster hineingezogen. Hoffentlich wird es eine schöne und lange Fahrt. Einen weiteren Totalschaden ertrage ich momentan nämlich nicht. Aber: „No Risk – No Gain!" Nicht grübeln, Mia. Es kommt alles so wie es kommen soll. Hab Vertrauen. Du bist so weit gekommen, hast Mini-Mia wieder gefunden, setzt anständige Prioritäten und Grenzen und bist unabhängig. Warum soll nicht auch mal was gut gehen?

Am nächsten Tag treffen wir uns wieder. Da wir beide arbeiten müssen allerdings erst zum frühen Abend und bei ihm. Diesmal, im Gegensatz zu Sonntag, bin ich sehr nervös und aufgeregt. Die Fahrt dauert circa 25 Minuten. Von der Distanz her, geht es also schon mal. Logan wohnt in einer sehr süßen und ländlichen Nachbarschaft in einem Mehrfamilienhaus im 1. Stock. Er öffnet seine Tür nur einen Spalt als ich die Treppe hinaufgehe, damit sein Kater nicht hinausläuft. Als ich vor der Tür angekommen bin, öffnet er sie so weit, dass ich gerade so hineinkomme. Was nun? Küssen wir uns jetzt? Ach, ich mach es einfach. Also strecke ich meinen Kopf in seine Richtung und küsse ihn auf den Mund, was er (zum Glück) auch erwidert. „Es gibt Mexikanisch.", sagt er. Logan kocht nämlich sehr gerne. „Prima.", sage ich. „Ich zeige dir erst einmal die Wohnung." Er hat drei Zimmer, eine großzügige Küche, ein Bad und eine Toilette. Außerdem hat die Wohnung einen schönen Balkon, der allerdings überwiegend dem Kater, Katze, gehört. Katze ist riesig. Größer als jede Katze die ich jemals gesehen habe. Wenn ich es nicht besser wüsste, würde ich sogar sagen das ist ein Hund. Und nicht mal ein winziger. „Katze ist ein Main Coon.", erklärt Logan. „Die sind so groß. Aber er ist ein ganz lieber." Ich denke es ist das Beste nicht gleich auf ihn los zu rennen. Ich glaube, dass Tiere schon von alleine kommen, wenn sie das möchten. Vor allem 15 Kilo schwere Katzen. Sie zu bedrängen nützt meist gar nichts. Katze beäugt mich von der Distanz. Er hat fluffiges, orangen farbiges Fell und erinnert mich irgendwie an Garfield. „Darf er nicht raus?", frage ich. „Nein, er ist ein Hauskater. Deswegen das große Katzennetz um den Balkon. Er bedeutet mir alles, ist wohl so eine Art Kindersatz.", antwortet Logan. „Warum heißt er Katze?", frage ich verwundert. Logan lacht. „Ich finde das hört sich einfach nur cool an. Für Deutsche wohl weniger, aber für Amis ist das ein ziemlich lustiges Wort und mir gefällt es einfach. Komm, lass uns in die Küche gehen, ich habe Hunger." Logan bereitet alles vor, wirft die Tortillas in den Ofen, schneidet Zwiebeln und öffnet diverse Konservendosen während ich mir ein wenig Platz auf der Küchenarbeitsplatte schaffe, mich daraufsetze und ihm zuschaue. Zwischendurch dreht er sich zu mir und küsst mich erneut sanft auf den Mund. Katze betritt die Küche und möchte ebenfalls auf die Arbeitsplatte. „Nein!", sagt Logan bestimmt. Ich erbarme mich und setze mich zu Katze auf den Boden, der jetzt offensichtlich so weit ist mich kennenzulernen. Sofort kommt er zu mir auf den Schoß und will gestreichelt werden. „Der ist aber verschmust.", sage ich. „Jepp.", antwortet Logan. „Pass auf, dass dir die Beine nicht einschlafen." Nach einer Weile hat Katze genug und verschwindet wieder ins Wohnzimmer. Das Hackfleisch brutzelt vor sich hin, ich stehe auf und streiche mir eine Unmenge Katzenhaare vom Shirt als Logan sich zu mir dreht, mich in den Arm nimmt und mich küsst. Erst nur mit den Lippen, dann mit Zunge. Zärtlich, aber bestimmt. Wow, er ist ein wirklich guter Küsser. Anschließend liegen wir uns für einige, schöne Momente im Arm. Ich glaube er genießt diese Momente genauso wie ich. Zumindest fühlt es sich so an. Gegessen wird im Wohnzimmer. Geht gar nicht anders weil es nirgends einen Essbereich gibt. Der Fernseher läuft, wir sitzen neben einander auf dem Sofa, essen, quatschen und schauen Fern. Es ist so als würden wir uns schon ewig kennen. Ich bin zwar immer noch nervös und kann deshalb nur einen Tortilla essen, aber alles in allem ist es ein richtig gemütlicher Abend. „Du übernachtest, richtig? Ich habe dir extra eine Zahnbürste gekauft.", fragt Logan so nebenbei. „Ähm, okay. Gerne.", antworte ich etwas überrascht. Eine Zahnbürste? Macht man das normalerweise nicht erst nach einigen Monaten? Gott ist der süß. Dann werden wir bestimmt auch miteinander schlafen. Obwohl er sicherlich auch Verständnis dafür hätte wenn ich nicht möchte. Zumindest schätze ich ihn so ein. Aber die Gefahr besteht sowieso nicht. Dann folgt gleich die nächste Überraschung als er hinzufügt: „Ich meine eigentlich sind wir ja jetzt zusammen. So sehe ich es zumindest. Ich würde es aber noch nicht offiziell machen." „Ähm, okay.", antworte ich wieder wie eine kaputte Schallplatte. Dann habe ich jetzt also einen festen Freund. Ich kenne ihn erst seit zwei Tagen, aber was soll's. Jedenfalls fühlt es sich klasse an, dass diese ganzen Dinge von ihm kommen und ich nicht wie ein Hündchen irgendeinem Mann hinterher hechele, der mich dann eh nur zurückweist. Und nichts in mir, nicht das kleinste Bisschen sträubt sich gegen den Gedanken. Im Gegenteil, Mini-Mia zeigt mir beide Daumen nach oben und flüstert: Lass es zu, es fügt sich jetzt.

Nach dem Essen entscheiden wir uns den eh schon sehr gemütlichen Abend mit der Filmreihe „Saw" zu krönen. Ich habe diese Filme nämlich noch nie gesehen und das geht ja mal gar nicht, sagt Logan. Es dauert allerdings keine 20 Minuten und wir liegen küssend nebeneinander. Das Abschlachten der vielen Unschuldigen muss also ohne mich stattfinden und läuft unbeachtet nebenher als Logans Hand sich langsam zu meiner Brust vorwagt. Für mich ist das ein klares „GO!" und so sucht meine Hand seinen Schritt. Noch sind wir jedoch angezogen. Ich krabbele auf ihn und beginne meine Trockenbewegungen während wir uns weiter küssen und er mir mein Shirt und den BH auszieht. „Hast du Kondome?", hauche ich nach einigen Minuten. „Ja, aber willst du das auch?" „Ja, was willst du denn?" „Ich will, dass du glücklich bist." Prima, denke ich mir. „Also, hast du Kondome?", frage ich erneut. Logan nickt. „Lass uns ins Schlafzimmer gehen.", sagt er leise, steht auf, küsst mich und führt mich an der Hand hinter ihm her. Logan weiß was er tut, auch wenn ich diejenige bin die oben ist. Der Sex ist kurz, aber intensiv, fast schon traditionell, jedoch sehr, sehr schön.

Anschließend hält und küsst er mich. „Puuh.", sagt er nach wenigen Momenten. „Da kann ich mich dran gewöhnen. Brauche vielleicht etwas Training, aber das bekomme ich hin." Ich kann mir ein Grinsen nicht verkneifen. „Ich hätte dich wohl warnen müssen. Ich liebe Sex." „Kein Problem. Wie gesagt, das kriege ich hin." Bis ich am nächsten Abend wieder nach Hause fahre, verbringen wir die Zeit mit Sofa, Bett und Fernsehen.

Wir sehen uns regelmäßig in den nächsten Wochen, allerdings noch ohne die Kinder. Ich genieße die Zweisamkeit, die Nähe und die bereits wachsende Vertrautheit. Ich fühle mich in seiner Nähe einfach wohl. Auf der einen Seite hat er diese dominante Ausstrahlung, die mich glauben lässt, dass die ganze BDSM-Kiste bestimmt auch was für ihn wäre, wenn er ihr eine Chance geben würde und auf der anderen Seite hat er diese sehr einfühlsame und verständnisvolle Art. Dieses Liebevolle was sich jede Frau wünscht, was aber auf der anderen Seite die Männer oft auf eine ganz bestimmte Art und Weise entmannt, so dass wir sie nur als gute Freunde in unserem Leben haben wollen. Nicht so bei Logan. Egal wie liebevoll oder sogar niedlich und witzig er ist, er ist immer ein ganzer Mann dabei. Ich bin endlos fasziniert. Dazu kommt, dass Logan mich beobachtet. Oder besser gesagt, er sieht mich, meine Gestik, meine Mimik, meine gesamte Körpersprache und schon sehr bald erkennt er Dinge und Angewohnheiten an mir, die noch nicht mal mir bewusst sind. Die Art und Weise wie ich meine Lippen zusammenpresse wenn ich überlege zum Beispiel. Oder wie ich meine Augen scheinbar aufreiße wenn ich etwas verunsichert bin. Er grinst dann und nennt mich Bambi-Augen. Dieses Wahrnehmen meiner Person und meiner Gefühle ist für mich eine Wertschätzung wie ich sie vorher noch nie erlebt habe.

An einem heißen Sommernachmittag fahre ich an meinem kinderfreien Wochenende zu ihm. Als besondere Überraschung trage ich mein „Schlampenoutfit" ohne Höschen, sprich den viel zu kurzen Minirock, ein schwarzes Top und Ballerinas. Als Logan die Tür öffnet ist er gerade am Telefon, küsst mich kurz zur Begrüßung auf den Mund und geht direkt aufs Sofa um sein Telefonat zu beenden. Ich setze mich neben ihn, warte und zeige ihm, dass ich kein Höschen trage in der Erwartung dass er grinst, auflegt und mich direkt auf dem Sofa nimmt. Stattdessen aber schaut er genervt weg. Was ist denn hier los? So billig und schäbig habe ich mich noch nie gefühlt und das gefällt mir gar nicht. Irgendwie bin ich aber auch ein wenig sauer oder besser gesagt, enttäuscht. Das funktioniert doch normalerweise immer und außerdem hätte man ja wenigstens so tun können als fände man das toll anstatt mich so abblitzen zu lassen. Natürlich habe ich Wechselsachen mitgebracht, die ich dann auch direkt im Bad anziehe. Als ich zurückkomme hat Logan sein Telefonat beendet. Der Fernseher läuft. „Hi, Baby.", sagt er nun als wäre nichts gewesen. „Hi.", antworte ich. „Verstehe ich das richtig, dass du keine Lust auf Sex hast?", frage ich nach ein paar Minuten Mut ansammeln. „Baby, ich brauche nicht jeden Tag Sex. Ich bin da nicht so." Was heißt hier jeden Tag? Wir sehen uns ja noch nicht mal jeden Tag. Und wir sind ja erst seit wenigen Wochen zusammen, zwischenzeitlich sogar offiziell. Aber gut. Es ist wie es ist. Diese Eigenschaft wird jedoch mehr und mehr zum Problem für mich. Eine Beziehung ohne regelmäßigen Sex scheitert. Das ist unvermeidbar. Man hört es immer und immer wieder. Und ich will nicht, dass diese Beziehung scheitert. Zumal ich so hart daran gearbeitet habe die Hure zu werden, die ich jetzt sein kann. Aber es ist egal was ich mache, es bewirkt das Gegenteil bei ihm. Eines Nachmittags, ich trage ein hübsches Höschen und darauf ein weißes Trikot von Logan. Als ich anfangen möchte zu kochen, sagt er: „Baby, zieh doch das Trikot beim Kochen aus. Nicht dass es noch schmutzig wird." Ich grinse. „Aber klar doch. Mach ich sofort." Also ziehe ich vor ihm das Trikot aus, lege es auf das Sofa, drehe mich um und stolziere voller Vorfreude in meinem sexy Höschen in die Küche. Dort fange ich an zu kochen und warte darauf, dass er irgendwann zu mir stößt und wir leidenschaftlichen Sex haben. Aber er kommt nicht. Mal wieder enttäuscht bringe ich das Essen ins Wohnzimmer. Da Logan nichts entgeht fragt er nach ein paar Minuten: „Was ist los?" Ich zucke gleichgültig mit den Schultern. Erneut fragt er: „Baby, was ist los?" „Ich verstehe nicht, dass du mir sagst ich soll mich ausziehen und halbnackt kochen und dann passiert nichts." „Was?" „Na du hast gesagt ich soll das Trikot ausziehen. Ich verstehe das als eine Aufforderung oder Andeutung, dass du Sex haben willst. Also habe ich mich darauf eingestellt, aber du sitzt die ganze Zeit nur hier im Wohnzimmer und guckst Fernsehen." „Oh, das tut mir leid.", sagt Logan. „Ich habe überhaupt nicht an Sex gedacht. Ich hatte wirklich Angst, dass du mein Trikot mit Tomatensoße bekleckerst." Im Ernst? Aber selbst wenn, warum turnt es ihn nicht an mich so zu sehen? Alle anderen Männer die ich kennengelernt habe, hätten meinem Hintern gar nicht widerstehen können. Und Logan lässt es total kalt. Diese Szenen wiederholen sich. Ich will Sex, er nicht. Ich will Dominanz, er nicht. Er findet BDSM viel zu abgefahren und will damit nichts zu tun haben. Aber wenn er doch mein Seelenpartner ist, dann muss doch auch der Sex zwischen uns stimmen. Nicht das mir unser Sex nicht gefällt. Im Gegenteil. Ich finde es auch gar nicht schlimm, dass wir kein BDSM leben. Mir fehlt es noch nicht mal. Aber ich weiß ja, dass das nicht von Dauer ist. Und was, wenn ich irgendwann diese Bedürfnisse habe und er sie nicht erfüllen kann? Und was, wenn wir auf Dauer so wenig Sex haben und mir das nicht reicht? Ich meine wir sehen uns alle zwei Wochen für mehrere Tage und haben dann aber nur ein Mal Sex in der ganzen Zeit. Und das auch nur wenn ich nicht gerade meine Tage habe. Die Situation belastet mich. Nicht weil mir etwas fehlt, sondern aus Angst, dass mir irgendwann vielleicht etwas fehlen wird. Wir passen so gut zusammen, aber wie gesagt, ohne guten und regelmäßigen Sex haben wir sicher keine Chance. Irgendetwas muss ich ändern.

Nach einigen Wochen ist Logan endlich so weit meine Kleinen kennenzulernen. Lilli und Luke sind mittlerweile 5 und 9 Jahre alt. Ich habe ihnen erklärt, dass ich nun einen Freund habe und der sie gerne kennenlernen möchte. Beide sind sehr aufgeregt und voller Vorfreude, sehr zu meiner Erleichterung. Wie es so ist, wenn kleine Kinder aufgeregt sind, sind auch Lilli und Luke an diesem Samstagvormittag nicht zu bremsen. Sie sind unglaublich aufgekratzt, kichern, toben und zerlegen auf ihre charmante Art und Weise die Wohnung. Es ist wie es ist, sage ich mir. Irgendwann muss er sie kennenlernen und sie gehören zu mir. Entweder er nimmt uns zu dritt oder eben gar nicht. So schwer mir das auch fallen würde und so sehr ich natürlich hoffe, dass alles funktionieren wird. Als Logan endlich klingelt hat Lilli sich bereits als Prinzessin verkleidet und mein Make-up großzügig über ihr Gesicht verteilt. Luke jagt sie mit einem Spielzeuggewehr durch die Wohnung weil er jetzt Prinzessinnenjäger ist. Die nächsten Stunden sind recht anstrengend. Lilli und Luke verlassen unsere Seite nicht. Sie sind vergnügt und fröhlich, haben keinerlei Berührungsängste und Lilli klettert nach kurzer Zeit sogar schon auf Logans Schoß. Aber sie verlangen unsere volle Aufmerksamkeit und als Logan dann am Abend wieder nach Hause fährt, sind wir alle fix und fertig. Dennoch, ein voller Erfolg, würde ich sagen. Zumindest von unserer Seite aus. Doch selbst wenn Logan zweifelt, so gibt er es nicht zu. „Süß sind die. Wirklich.", bestätigt er mir. „Anstrengend, aber total niedlich." „Sie waren heute auch extrem anhänglich.", sage ich. „Ich denke, das wird sich mit der Zeit legen. Normalerweise spielen sie auch viel alleine, im Garten oder auch in ihren Zimmern. Du bist halt im Moment der Renner und sie sind begeistert von dir."

Drei Jahre war ich nun alleine. Ich kann es noch gar nicht richtig glauben, dass sich jetzt alles ändert. Aber es fühlt sich einfach richtig an. Logan ist ein ganz anderer Typ von Mann als alle Anderen die vorher ein Teil meines Lebens waren und ich hätte niemals gedacht, dass diese Art von Mann richtig für mich ist. Aber ich habe mich eben auch verändert in den letzten Jahren. Ich bin gewachsen und fühle mich nicht mehr einsam, selbst wenn ich alleine bin. Mein Glück ist nicht mehr von jemand Anderem abhängig und das macht unglaublich frei. Logan setzt auf Teamwork. Hier gibt es keinen der die Hosen anhat. Weder im Alltag noch im Bett. Alles basiert auf Augenhöhe und für ihn ist das auch selbstverständlich. Er kennt es nicht anders. Ich muss mich erst daran gewöhnen. Auf der anderen Seite aber ist er auch sehr eigen. Häufig bleibt er alleine, selbst an kinderfreien Wochenenden was ich nicht verstehe und was mich verletzt. Außerdem kann er sehr abweisend sein. Nicht nur was den Sex betrifft. Er sagt er kuschelt nicht gerne, er ist einfach so. Er geht auch nicht so gerne weg, denn er ist einfach so und ich muss das akzeptieren. Er schaut gerne fernsehen und schläft auf dem Sofa ein, denn er ist einfach so. Ich verstehe es nicht und es verletzt mich. Vor allem, dass er oft, meiner Meinung nach viel zu oft, lieber am Wochenende für sich bleibt. „Ich verstehe es nicht, Logan.", sage ich am Telefon. „Es ist Samstag, wir haben beide nichts vor. Ich kann zu dir kommen oder du zu mir. Und dennoch möchtest du nicht. Ich kann verstehen, dass es dir zu viel ist, wenn die Kinder hier sind. Aber das ist jetzt noch nicht mal der Fall...." „Ich mag deine Kinder. Das hat damit gar nichts zu tun." „Woran liegt es dann?" „Ich weiß nicht Baby." „Weißt du, wir sind jetzt seit vier Monaten zusammen. Wir unternehmen nicht viel, du bist sehr distanziert, du gehst nie mit mir weg..." „Ich habe dir gesagt, dass ich so nicht bin..." „Ja aber ich bin so!", unterbreche ich ihn. „Ständig heißt es ich mache das nicht, ich mag das nicht, ich bin nicht so, ich habe keine Zeit. Und ganz ehrlich, ich gehe dabei unter und ich habe mir versprochen, dass ich das nicht mehr mit mir machen lasse. Ich habe dir gesagt was ich für dich empfinde und du sagtest du brauchst noch Zeit. Okay, das verstehe ich. Aber wenn du nach vier Monaten noch nicht weißt, was du möchtest oder was du fühlst, dann weißt du es wahrscheinlich auch in 4 Jahren noch nicht. Die Kinder vergöttern dich, und ich tue es auch, aber wenn Familie nicht das ist was du willst, dann ist das Okay. Dann kann ich da nichts dran ändern und ich möchte es auch nicht. Aber ich werde nicht warten und hoffen und leiden. Wenn es nicht sein soll, dann muss ich mich damit abfinden." „Nein, Baby. So ist es nicht." „Warum bist du dann so? Warum machen wir alles so wie du es willst. Wir müssen uns ständig fügen. Ein Mal wollte ich mit dir ins Kino, nur ein Mal und noch nicht mal das konntest du mir zuliebe tun. Wäre das denn so schlimm gewesen ein Mal für mich ins Kino zu gehen?" Kurze Stille. „Oh mein Gott. Ich muss mich ändern.", sagt Logan dann. Was hat er da gesagt? Ich habe ja mit allem gerechnet, aber nicht damit. Ich habe innerlich schon losgelassen und gedacht, er geht jetzt wieder seine eigenen Wege, weil Familie ihm zu viel ist. Aber scheinbar hängt er doch an uns. „Gibt mir eine Stunde Zeit.", sagt er. „Ich komme vorbei." Als es nach einer guten Stunde klingelt steht er mit einer Rose vor der Tür. „Baby, ich liebe dich. Ich liebe dich und ich liebe die Kinder und ich will ein Teil eures Lebens sein." Dann küsst er mich. Es ist und bleibt der Wahnsinn. Sobald man nicht mehr krampfhaft an den Dingen festhält, sondern lernt loszulassen, fügt sich alles ganz von selbst.

Es ist als hätte man in Logan einen Schalter umgelegt. Seine Freizeit verbringt er überwiegend nur noch bei uns. Nach wenigen Wochen zieht sogar Katze bei uns ein, da er hier aufgrund meiner Teilzeittätigkeit viel weniger alleine ist. Nach getaner Arbeit kommt Logan dann zu uns. Die Kinder sind begeistert und Katze auch. Er hat sich erstaunlich schnell an den ganzen Familientrubel gewöhnt und holt sich regelmäßig bei allen seine Streicheleinheiten ab. Irgendwie ist es wie im Traum. Oh bitte lass mich nicht aufwachen. Nur Sex haben wir meiner Meinung nach viel zu wenig, was mich nach wie vor beunruhigt. Sex steht über mir wie eine, mich überwachende Drohne. Aber ich habe gesehen was passiert wenn Menschen kein erfülltes Sexleben haben. Sie streiten, sie gehen fremd, sie betrügen und verraten und verlieren jede Hemmschwelle. Aber mein Verlangen setzt Logan unter Druck, das merke ich. Und wenn Menschen unter Druck stehen, dann machen sie in der Regel dicht. Umso mehr ich Logan also damit unter Druck setze, umso weniger wird er Spaß an Sex haben und wir befinden uns auf einer Abwärtsspirale. Und das ist genau das Gegenteil von dem was ich möchte oder mir vorgestellt habe. Immerhin bekomme ich regelmäßig einen Klaps auf den Po wenn ich mal an ihm vorbeilaufe oder ähnliches. Allerdings muss ich mir selbst eingestehen, dass ich diese Klapse nicht mehr mag. Eigentlich tut es einfach nur weh obwohl sie nicht ansatzweise vergleichbar sind mit der Art von Schlägen die ich zu meiner BDSM-Zeit bekam. Auch der Gedanke an Fesselspiele und Dominanz und Unterwerfung lässt mich total kalt. Alles ist gerade so einfach und ausgeglichen und harmonisch. Keiner von uns steht über dem Anderen und durch Logans Unterstützung lastet weder die ganze Arbeit mit Job, Haushalt und Kindern noch die ganze Verantwortung alleine auf meinen Schultern. Wir sind tatsächlich ein Team. Für ihn ist es selbstverständlich, dass er sich in der Familie einbringt, er macht es freiwillig und geht darin auf. Wer hätte das gedacht. Und ich lasse los. Ich übergebe einen Teil der Verantwortung sehr gerne und merke wie ich innerlich entspanne. Ich finde meine Mitte und erkenne das was ist. Ganz deutlich und klar. Ich bin unabhängig und stark, aber auch liebenswert und fürsorglich. Genau wie Logan. Es gibt Momente, da ist er schwach und ich fange ihn auf. Früher hätte ich das als erbärmlich erachtet, jetzt bin ich dankbar für das Vertrauen und die Möglichkeit ihn zu stützen. In meinen schwachen Momenten fängt er mich auf. Ich glaube das ist der Grund warum ich keinerlei Bedürfnis mehr danach habe mich irgendwem zu unterwerfen und zu gehorchen. Sex ist eine wunderbare Möglichkeit eine Balance ins Leben zu bringen. Sei es durch Dominanz oder Unterwerfung oder einfach nur verrücktem Sex an ungewöhnlichen Orten. Und es ist schön, dass es diese Möglichkeiten gibt. Ich musste so stark sein die letzten Jahre und so viel ertragen, dass ich mich im Bett einfach hingegeben und alle Verantwortung abgegeben habe.

Das habe ich gebraucht, und es tat mir gut. Zumal ich meine Sache gut mache. Ob als Sklavin oder nicht. Hier hatte ich viele Erfolgserlebnisse, ich kann Männer befriedigen und das hat mein Selbstwert um ein vielfaches aufgewertet. Aber jetzt ist alles anders. Jetzt genieße ich die Gleichberechtigung. Die Augenhöhe. Im Alltag wie im Bett. Liebe, Zärtlichkeit und nach wie vor wilden, versauten Sex. Erstaunlich wie man sich verändern kann. Vor wenigen Monaten noch dachte ich, dass ich niemals ohne BDSM leben könnte und unbedingt einen Dom als Partner brauche. Und jetzt weiß ich, dass ich mit einem Dom an meiner Seite zugrunde gehen würde. Beziehungsweise, es würde nie und nimmer gut gehen, denn ich lasse mir einfach nichts mehr sagen. Ich bin unendlich dankbar, dass Logan diese Neigung nicht hat. Er liebt meine Stärke. Er liebt meine Unabhängigkeit. Und ich liebe diese Dinge mittlerweile auch. Wäre ich unterwürfig und hörig, hätte er gar kein Interesse entwickelt. Axel hatte Recht. Ich bin tatsächlich nicht devot. Und ich war es auch noch nie. Ich war gebrochen und ein wenig verloren. Ich hatte Spaß an der Sache und Freude daran etwas gut zu machen. Aber ich bin kein devoter Mensch. Das liegt nicht in meiner Natur und es ist Zeit dieses Selbstbild endlich loszulassen.

Aber was ist mit der Regelmäßigkeit? Ich habe einen Mann der mich liebt so wie ich bin. Der mir morgens nach dem Aufstehen sagt, wie sexy ich bin. Ganz ohne Make-Up und schicke Dessous. Der mir sagt, dass er meine Lachfältchen um die Augen herum liebt, weil sie so schön sind und der mir bestätigt, dass ich eine Granate im Bett bin und er nie wieder jemand anderes haben wollte. Ein Mann der meine Kinder liebt, der Familie will, der geschickt ist und meine, ziemlich heruntergekommene Wohnung, in ein wunderschönes gemeinsames Zuhause verwandelt hat. Mit jedem Tag wachsen wir mehr zusammen und was mache ich? Ich mache mir Gedanken, dass wir nicht oft genug miteinander schlafen und deshalb alles kaputt geht. Mia, willst du das alles aufs Spiel setzen nur weil du, obwohl dir noch nicht einmal etwas fehlt, der Meinung bist ein gesundes Pärchen muss unbedingt 2 bis 3 Mal in der Woche Sex haben? Was, wenn dem nicht so ist? Wir arbeiten beide, haben zwei kleine Kinder und eine renovierungsbedürftige Wohnung. Es ist ja nicht so, dass wir uns nicht attraktiv finden. Wir sind oft einfach nur müde und fertig. Lass es los, Mia. Er ist dein Seelenpartner und es kommt so wie es kommen soll. Es wird nicht schief gehen. Schon gar nicht deswegen. Du hast dich mit deinen Regeln und Weisheiten schon so oft geirrt. Klar, die letzten Jahre habe ich mich darauf trainiert eine Hure im Bett zu sein um Sicherzustellen, dass die nächste Beziehung hält. Und was habe ich davon? Ich liefere dem Mann eine Profiküche und er will lediglich die Mikrowelle. Meine Waffen sind hier nichts wert, teilweise fühle ich mich fast schon hilflos und es bleibt alles an einer Sache hängen. Ich muss verstehen, dass er mich liebt weil ich als Mensch ein Geburtsrecht auf Liebe und Glück habe und dafür nicht kämpfen oder mich erniedrigen oder irgendetwas Besonderes leisten muss. Er liebt mich und unseren Sex, aber er liebt mich nicht wegen unserem Sex. Sex ist wichtig. Sex ist das Spiel der Erwachsenen. Aber es gibt hier keine Regeln. Es muss Spaß machen und in das Leben passen. Wenn wir Beide glücklich und befriedigt sind, dann ist es genau so richtig. Zumal wir uns auch immer noch am Finden sind.

„Weiß du was komisch ist?", frage ich ihn eines Abends. „Was denn?" „Ich dachte immer es würde vielleicht schief gehen, weil du kein BDSM magst. Aber jetzt möchte ich es gar nicht mehr. Ich möchte nicht mehr geschlagen oder gefesselt oder beherrscht werden. Ich habe keinerlei Bedürfnis mehr danach. Ich liebe es wie wir sind. Wie wir zusammen leben und auch arbeiten. Ich will nie wieder etwas Anderes haben. Und schon gar keine Fesseln oder Schläge" Logan freut sich und gibt mir eine High-Five. „Ich liebe dich Baby. Und unser Sex ist so genial, weil er unglaublich intensiv ist. Egal wie und wo wir Sex haben. Selbst bei einem Quickie. Du bist immer voll dabei und genießt es und ich auch und das macht es so einzigartig. So hatte ich das noch nie." „Damit hast du definitiv Recht! Ich habe uns viel zu sehr unter Druck gesetzt und das tut mir Leid. Wir lieben Beide unseren Sex und haben welchen, wann immer es geht. Mal mehr und mal weniger. Und es ist gut so wie es ist." „Ja Baby. Alles ist gut so wie es ist.", sagt Logan und küsst mich.

Loslassen. Man muss die Dinge loslassen, wenn man möchte, dass es weiter geht. Ich habe meine Vorstellungen wie mein Leben verlaufen soll und solange ich mich daran klammere, geht gar nichts, denn dann versuche ich Menschen und Dinge zu beeinflussen, die sich das nicht gefallen lassen. Wenn ich im Rahmen von Selbst- und Nächstenliebe aber loslasse und den Dingen ihren Lauf lasse, dann fügt sich alles. Bis jetzt wurde alles was ich losgelassen habe schöner als alles was ich mir vorher vorgestellt habe. Egal wie man es nennt: Psychologie, Glaube oder Zufall, wir wissen oft nicht was gut und richtig für uns ist. Zumindest nicht im Bewusstsein. Im Unterbewusstsein aber schon. Deshalb ist es so wichtig auf Mini-Mia zu hören. Sie weiß was ich brauche und möchte. Sie ist mein Bindeglied nach oben. Meine Verbindung zu der tiefen inneren Gewissheit, die mir sagt was gut und richtig für mich und mein Leben ist. Meine Intuition hat mich Selbstliebe und Selbstachtung gelehrt. Sie hat mich gelehrt auf mich zu achten, auf mich zu hören und dass niemand das Recht hat seine Bedürfnisse über die meinen zu stellen. Genauso wenig wie ich das Recht habe meine Bedürfnisse über die eines Anderen zu stellen. Ich bin ganz alleine für mich und mein Glück verantwortlich und wenn ich mich nicht als wertvoll genug erachte um auf mich aufzupassen, warum sollte es dann jemand Anderes tun? Ich bin es wert geliebt zu werden so wie ich bin und wenn ich meine Schönheit nicht sehe, dann wird sie auch sonst niemand sehen. Das nennt man dann Resonanz. Ich habe gelernt mich zu lieben und vor allem mich zu verteidigen. Mir tut niemand mehr weh. Nicht körperlich und nicht seelisch. Genauso wenig wie meiner Familie. Und deshalb bin ich auch endlich soweit eine so ausgeglichene und erfüllende Partnerschaft führen zu können. Deshalb möchte ich auch nie wieder etwas anderes haben. Wir leben nicht in Abhängigkeit zueinander sondern in Liebe miteinander.

Der Weg war steil und steinig, gefüllt mit Ängsten, Tränen und Verzweiflung. Aber auch mit Hoffnung, Freundschaften, Erfahrungen, Spannung, Fügung und Liebe. Wie froh und dankbar bin ich, dass ich ihn gegangen bin.